UNSTERBLICH VERFLUCHT

I0553067

EBENFALLS VON LEXI C. FOSS

»Was tust du da?«

»Ich verführe dich«, gestand er, als er über den Bund ihrer Hose strich.

»Zu welchem Zweck?«, fragte sie, während ihre Stimme kaum mehr als ein Flüstern war.

»Zum Vergnügen, Engel. Vielleicht bin ich auch ein wenig neugierig, denn ich will sehen, ob ich dir nicht doch noch eine Reaktion entlocken kann.«

Ihre blauen Augen funkelten vorwurfsvoll. »Das entbehrt jeglichen praktischen Sinns.«

»Es gibt Dinge, die nicht auf praktischem Denken beruhen, Schätzchen.« Er ließ seine Hand unter ihre Bluse gleiten, um ihre nackte Haut zu erforschen. »Manche Erfahrungen fußen auf Empfindungen.«

Er legte seine Hand an ihre Taille und ließ sie dann langsam nach oben gleiten. Sie bekam eine Gänsehaut, was ihm verriet, dass seine Berührung sie nicht annähernd so sehr anwiderte, wie sie vorgab. »Stoizismus entsteht aus einer Abneigung gegenüber Emotionen, doch unsere Körper sprechen ihre eigene Sprache.« Er strich mit dem Daumen über den Bügel ihres BHs und lächelte, als ihre Wangen erröteten. »Ist dir warm, Engel?«

»Ich …« Sie räusperte sich. Zweimal. »Ich verstehe nicht, was das alles zu bedeuten hat.«

Sethios wanderte mit seiner Hand weiter nach oben an ihre Brustwarze und streichelte sie durch den Stoff ihres BHs. »Wie wäre es, wenn ich dir ein Angebot mache, aus dem du einen Nutzen ziehen könntest?«, fragte er, während er weiterhin ihre Brust reizte. »Würde dich das beruhigen?«

Sie schluckte wieder, als die Farbe ihrer Augen sich zu

einem Mitternachtsblau verdunkelte. Er bezweifelte, dass sie ihre eigene Reaktion deuten konnte, doch er wusste genau, worum es sich handelte. *Erregung.*

Hm, offenbar waren Seraphim durchaus in der Lage, etwas zu empfinden.

UNSTERBLICH GEBOREN

UNSTERBLICH VERFLUCHT
BUCH 4

DEUTSCHE ÜBERSETZUNG:
SANDRA MARTIN FÜR
DANIELA MANSFIELD TRANSLATIONS

USA TODAY BESTSELLERAUTORIN
LEXI C. FOSS

Titelbild entworfen von: Manuela Serra
Fotografie: JW Photography
Models: Hannah & Aiden
Herausgegeben von: Ninja Newt Publishing, LLC

eBook:
ISBN: 978-1-954183-07-0

Taschenbuch:
ISBN: 978-1-954183-10-0

Besuchen Sie Lexi im Netz!
www.lexicfoss.com
www.facebook.com/LexiCFoss
twitter.com/LexiCFoss
www.instagram.com/LexiCFoss
E-Mail: lexicfoss@gmail.com

Für Matt, für dein stetiges Verständnis und deine anhaltende Unterstützung. Du bist meine Ewigkeit.

Unsterblich Geboren

Unsterblich verflucht
Buch 4

Unsterblich geboren ist gewissermaßen die Vorgeschichte der Reihe *Unsterblich verflucht*, wobei Sethios' und Caros Erzählung viele der brennenden Fragen beantwortet, die in den ersten drei Romanen aufgeworfen werden. Aus diesem Grund ist *Unsterblich geboren* als vierter Band der Reihe aufgeführt.

Obwohl es nicht unbedingt notwendig ist, rate ich jedem, die Bücher in der richtigen Reihenfolge zu lesen. Für diejenigen, die sich zum ersten Mal in der Welt der Unsterblichen wiederfinden, habe ich ein Glossar mit Schlüsselbegriffen und Definitionen beigefügt.

Also gut, ich will ganz ehrlich sein: Ich habe die Geschichte für mich selbst geschrieben, da ich die Hauptfiguren besser verstehen wollte. Letztendlich hat sie mir jedoch so gut gefallen, dass ich beschlossen habe, sie mit meinen Lesern zu teilen. Ich hoffe, sie bereitet Ihnen so viel Vergnügen beim Lesen, wie sie mir beim Schreiben beschert hat.

Schöne Grüße
Lexi C. Foss

GLOSSAR

ÜBERNATÜRLICHE WESEN

Sprössling (Nomen): Das Kind eines männlichen Ichorianers und einer Menschenfrau, das noch nicht als Hydraianer wiedergeboren wurde. Für gewöhnlich besitzen Sprösslinge vor ihrer Wiedergeburt als Unsterbliche keine übernatürlichen oder übersinnlichen Fähigkeiten.

Hydraianer (Nomen): Der unsterbliche Nachkomme eines männlichen Ichorianers und einer Menschenfrau, der zwei übernatürliche oder übersinnliche Fähigkeiten besitzt und kein menschliches Blut zum Überleben braucht.

Ichorianer (Nomen): Ein unsterbliches Wesen unbekannter Herkunft, das eine übernatürliche oder übersinnliche Fähigkeit besitzt und menschliches Blut zum Überleben braucht.

Unsterblicher (Nomen): Ein genereller Begriff, der ein Wesen beschreibt, das nicht altert und gegen einen natürlichen, menschlichen Tod immun ist.

Seraph (Nomen): Ein Wesen, das zur höchsten Ordnung der Hierarchie der Engel gehört.

GLOSSAR

SCHLÜSSELBEGRIFFE

Arcadia: Ein berüchtigter ichorianischer Klub in New York, der der ichorianischen Regierung außerdem als Hauptversammlungsstelle dient.

Blutgesetze: Eine Reihe von Anordnungen, die als Reaktion auf den Vertrag von 1747 vom ichorianischen Verwaltungsrat aufgestellt wurden.

Stiftung für Katastrophenhilfe (Catastrophic Relief Foundation – CRF): Eine globale humanitäre Hilfsorganisation mit Hauptsitz in New York, der eine paramilitärische Einheit angehört, die geschaffen wurde, um abtrünnige Übernatürliche zu vernichten.

Konklave: Der ichorianische Verwaltungsrat.

Edikt: Ein Gesetz oder eine Vorschrift, die vom Hohen Rat von Seraph erlassen wurde.

Älteste: Die ursprünglichen Hydraianer, die auch als der hydraianische Verwaltungsrat dienen.

Schicksalslinie: Ein Seraph, der die Zukunft voraussagen kann.

Hoher Rat von Seraph: Der Verwaltungsrat der Seraphim.

Nizari: Altertümliche ichorianische Attentäter, die Sprösslinge jagen und töten.

Nizarigift: Eine grüne Substanz, die dafür berüchtigt ist, Sprösslinge zu töten und ihre Wiedergeburt zu verhindern.

Sentinel: Ein Soldat der Einheit der CRF, die geschaffen wurde, um abtrünnige Übernatürliche zu vernichten.

Vertrag von 1747: Eine Übereinkunft zwischen Hydraianern und Ichorianern, um eine Waffenruhe und das Leben in den ihnen zugewiesenen Territorien festzulegen. Diejenigen, die diese Grenzen überschreiten, tun das auf eigenes Risiko.

Erster Teil
Unsterbliche Bande

»Seraphim geben sich fleischlichen Genüssen
nicht hin. Es ist eine rein menschliche Tradition,
die für unsterbliche Wesen keinerlei Wert hat.«

Caro

Kapitel Eins

Blutedikt

Krankheit.

Tod.

Täuschung.

Zerstörung.

Dreck, menschliche Wesen und Gier durchseuchten den Nachtklub, während aus den Lautsprechern verheerende Klänge drangen. Die Menschen nannten es Musik, für Caro war es die reinste Hölle.

Wie kann jemand so etwas genießen?

Zumindest klapperten ihr im hinteren Teil des Raumes, in dem sie saß, nicht die Zähne, wie noch kurz zuvor, als sie über die Tanzfläche gegangen war. Sie konnte nicht verstehen, wie diese Wesen den Lärm aushielten. Sie bevorzugte Ruhe und Frieden. *Gelassenheit.*

Sie war noch nicht einmal zehn Minuten hier, doch sie sehnte sich bereits danach, nach Hause zurückzukehren.

Sie wollte nur Osiris finden, ihm das Edikt überbringen und dann so schnell wie möglich wieder verschwinden.

Der Vergiftete, wie ihre Rasse ihn nannte, hatte schon viel zu lange unter den Menschen gelebt, während seine Gier sich ins Maßlose gesteigert hatte. Zuerst hatte er eine Blutlinie abscheulicher blutsaugender Wesen kreiert, die sich selbst als Ichorianer bezeichneten. Diese hatten sich daraufhin mit Menschen fortgepflanzt und dabei die Hydraianer geschaffen.

Es war die reinste Blasphemie.

Wenn sie könnte, würde sie sie alle bei der erstbesten Gelegenheit abschlachten, doch ihre Vorgesetzten waren der Ansicht, dass es in Osiris' Verantwortung lag, seine Verfehlungen zu beseitigen.

Na schön.

Caro überkreuzte ihre mit einer Jeans bekleideten Beine und wippte ungeduldig mit dem Fuß auf und ab.

Laut ihrer Aufzeichnungen war Osiris der Besitzer dieses erbärmlichen Etablissements, was dank der vielen Ichorianer, die hier herumschwirrten, unverkennbar war. Sie konnten Caro weder sehen noch sonst irgendwie wahrnehmen, da sie sich unsichtbar gemacht hatte. Es war eine Fähigkeit, die ihr bei diesem Auftrag durchaus gelegen kam. Allerdings hielt sich ihre Beute ebenfalls im Verborgenen, was den Zweck ihrer Anwesenheit hinfällig machte.

Das Polster, auf dem sie saß, bewegte sich, als sich jemand für ihren Geschmack viel zu dicht neben sie setzte. Sie dachte daran, sich wieder sichtbar zu machen, nur damit sie den ungebetenen Gast in die Wüste schicken konnte, doch dann sah er sie mit strahlend grünen Augen direkt an.

»Es kommt nicht alle Tage vor, dass ein Seraph uns mit seiner majestätischen Anwesenheit beehrt«, murmelte er, während er sie mit einem abschätzenden Blick betrachtete.

Sie wurde von einem Gefühl ergriffen, das wahrscheinlich einem Anflug von Schock am nächsten kam. Zumindest glaubte sie das, denn Emotionen waren für gewöhnlich den Menschen vorbehalten.

Er streckte einen Arm über die Lehne der Couch und

streifte dabei ihre Schulter. »Welchem Umstand verdanken wir die Ehre, Eure Hoheit?«

»Wie stellen Sie das an?«, wollte sie wissen, als er sie wieder mit seinen Fingern berührte.

»Was tun Sie hier?«, entgegnete er.

»Ich glaube kaum, dass Sie das etwas angeht.«

»Oh, da bin ich anderer Meinung.« Er beugte sich dicht zu ihr vor. »Dies ist mein Territorium und Sie gehören ganz sicher nicht hierher.«

Nun, mit seiner letzten Annahme hatte er völlig recht. Was die erstere Behauptung anging … »Wie kommt man denn dazu, ein ganzes Territorium zu besitzen? Oder meinen Sie damit etwa diesen abscheulichen Ort?«

Sie konnte das Vibrieren seines Lachens durch den Sitz spüren und seltsamerweise gefiel es ihr. Für gewöhnlich gab sich ihresgleichen kaum irgendwelchen Vergnügungen hin, solcherlei Dinge waren menschliche Eigenschaften. Dem Wesen neben ihr wohnte jedoch keine sterbliche Seele inne, wobei er allerdings auch weder ein Ichorianer noch ein Hydraianer zu sein schien. Denn er konnte sie sehen und berühren.

Sie machte sich wieder sichtbar, da er sie ohnehin sehen konnte und sie nur ihre Energie verschwendete. »Was sind Sie?«, fragte sie, während sie sich seine äußerlichen Merkmale ins Gedächtnis einbrannte. Er hatte dichtes braunes Haar und olivfarbene Haut, und er war über ein Meter achtzig groß, wobei sein muskulöser Körper darauf schließen ließ, dass er sich gesund ernährte und fit hielt. Diejenigen, die Wert auf Äußerlichkeiten legten, würden sein symmetrisches Gesicht und den kantigen Kiefer wahrscheinlich als attraktiv bezeichnen. Obendrein kamen seine Grübchen zum Vorschein, wenn er lächelte, was er allerdings im Moment nicht tat.

»Warum sind Sie hier?«, fragte er mit einem machtvollen Unterton in der Stimme.

Die Rune an ihrem Kreuz begann zu brennen, als sie antwortete: »Ich habe eine Nachricht für Osiris.« Sie riss die Augen auf. »Wie …«

»Wie lautet die Nachricht?«, unterbrach er sie mit demselben autoritären Tonfall.

Sie schloss den Mund, öffnete ihn jedoch unwillkürlich wieder, als die Worte ihr wie von selbst über die Lippen kamen.

»Der Hohe Rat von Seraph erlässt für Osiris hiermit folgendes Blutedikt: Deine unsterblichen Machenschaften der vergangenen Zeit sind ein direkter Verstoß gegen deinen eigentlichen Zweck, den du in dieser Dimension zu erfüllen hast. Da du deine jenseitigen Fähigkeiten dazu verwendet hast, um das Blut der Menschheit zu vergiften, werden wir dich mit weiteren fünf Jahrtausenden Einsamkeit bestrafen. Wir werden nur dann Milde walten lassen, nachdem du die Erde wieder von deinen abscheulichen Ausgeburten befreit hast. Falls du dieser Aufforderung nicht nachkommst, könnte das weitere Maßnahmen seitens des Rates nach sich ziehen.«

Sie bedeckte ihren Mund mit einer Hand, doch es war bereits zu spät. Sie hatte gerade die gesamte Nachricht ausgesprochen, wobei sie sie allerdings dem Falschen überbracht hatte.

»Interessant«, sagte er nachdenklich. »Nun, das können Sie ihm natürlich nicht ins Gesicht sagen, es sei denn, Sie haben vor, den Tod herauszufordern.« Er ließ den Blick an ihr auf und ab schweifen. »Und ich hoffe wirklich, dass das nicht der Fall ist, denn Sie sind hinreißend.« Er streckte ihr eine Hand entgegen. »Ich heiße Sethios.«

Sie starrte seine männliche Hand an, während er

erwartungsvoll mit den Fingern zuckte. Das Händeschütteln war ein äußerst menschliches Verhalten und sie ignorierte seine Aufforderung.

»Was sind Sie?« Ihre Frage war eher ein Murmeln, da sie noch immer die Hand vor den Mund hielt und wahrscheinlich ein lächerliches Bild abgab.

Er grinste nur. »Sagen Sie mir zuerst, wie Sie heißen, dann werde ich Ihre Frage beantworten.«

Es war ein merkwürdiger Handel, doch sie war nicht abgeneigt, sich darauf einzulassen. Sie löste die Hand von ihrem Mund und legte sie auf ihren Schoß, als er seine eigene an seine Seite fallen ließ. Seinen anderen Arm hatte er immer noch hinter ihr auf die Lehne gelegt, während er weiterhin mit den Fingerspitzen über ihre Schulter strich. Die Geste war zwar ungewohnt, jedoch nicht unangenehm.

»Caro«, sagte sie. »Und jetzt sagen Sie mir, was Sie sind.«

»Caro«, wiederholte er. Ihr gefiel der Klang ihres Namens auf seinen Lippen. »Ich gehöre keiner Klassifikation an, zumindest wurde mir keine zugewiesen. Oder wie würden Sie das Kind eines Seraphs und eines menschlichen Wesens nennen?«

»Unmöglich«, erwiderte sie wie aus der Pistole geschossen. »Seraphim paaren sich ausschließlich mit anderen Seraphim, und auch nur dann, wenn ein Nachkomme erwünscht wird. Warum würde ein Seraph sich mit einem Partner fortpflanzen, der einer niederen Spezies angehört?«

»Zum Vergnügen?«, schlug er vor.

»Welche Art von Vergnügen?«

Er starrte sie mit offenem Mund an. »Ein sexuelles natürlich.«

»Warum?«

»Was meinen Sie mit ›warum‹?« In seiner Stimme lag ein Anflug von Ungläubigkeit, der sie verwirrte. Die Antwort war doch offensichtlich.

»Warum würde sich jemand dem Paarungsakt zum Vergnügen hingeben? Bis auf den Zweck der Fortpflanzung hat er keinen wesentlichen Wert und entbehrt jeglicher Glaubwürdigkeit. Ein Seraph würde sich niemals mit einem menschlichen Wesen paaren, denn der Nachkomme wäre zweifellos unfruchtbar.«

Er stieß wieder ein Lachen aus, das ihr einen angenehmen Schauer über den Rücken sandte.

Oh, dieser Klang ist wirklich ganz wunderbar.

»Nun, dann ist das wohl die Gattung, der ich angehöre. Unfruchtbar. Danke, dass Sie das geklärt haben, Engelchen.«

»Seraph«, verbesserte sie ihn. »Und gern geschehen, obwohl ich nicht ganz verstehe, wobei ich Ihnen behilflich war.«

»Wow.« Er schüttelte lachend den Kopf. »Sie sind der Beweis dafür, dass die Gerüchte tatsächlich wahr sind.«

Sie blinzelte. »Gerüchte?«

»Über die Seraphim«, erklärte er. Als sie ihn nur mit ausdruckslosem Gesicht anstarrte, fügte er hinzu: »Dass sie kaltherzige, stoische Wesen sind, die sich nicht die Bohne um die Menschheit scheren.«

Sie runzelte die Stirn. Ihr missfiel seine Beschreibung ihrer Art. »Ich bevorzuge die Bezeichnung der intellektuellen, außerweltlichen Wesen mit einem praktischen Blick auf die Dinge.«

»Natürlich, Schätzchen. Wenn Sie sich dadurch besser fühlen.«

Eine seltsame Wortwahl. »Es hat nichts mit Gefühlen zu tun.«

»Weil ihr alle gefühllose Wesen seid.« Er nickte. »Dann stimmen die Gerüchte also doch.«

Die Falten auf ihrer Stirn vertieften sich. »Das ist eine Verallgemeinerung, die schlichtweg nicht zutreffend ist. Es gibt einige unter uns, die sich aus Notwendigkeit ihren Gefühlen hingeben.« Doch das lag nur daran, dass ihre Fähigkeiten andernfalls keinerlei Wirkung hätten. Die Seraphim, deren Kräfte in einer derartigen Verbindung zur Menschheit standen, zogen es vor, unter den Sterblichen zu weilen. Caro war dieser Gedanke jedoch zuwider.

»Und sind Sie einer von ihnen?«

»Nein.«

»Hm, ich verstehe.« Er hob die andere Hand und schnippte mit den Fingern.

Eine kleine Ichorianerin mit kurzen blonden Haaren schlenderte mit einem hoffnungsvollen Ausdruck im Gesicht auf sie zu. »Ja, Sire?«

»Zwei Gläser Bourbon ohne Eis.«

Sie verbeugte sich. »Kommt sofort, Sire.«

Er wandte sich wieder Caro zu. »Was soll ich nur mit Ihnen anstellen?« Er ließ den Blick über ihre taillierte Bluse und ihre Jeans schweifen, was ein unbehagliches Gefühl in ihr hervorrief, das sie an ein viel zu langes Sonnenbad erinnerte.

»Ich bin mir nicht sicher, ob ich Ihnen folgen kann. Was würden Sie denn gern tun?« Sie hatte nicht vor, lange zu bleiben, obwohl sein Verhalten sie durchaus faszinierte. So wie in diesem Moment, in dem er mit seinem Daumen über ihren Oberarm streichelte. Warum tat er das? Und was noch viel wichtiger war, warum ließ sie ihn gewähren?

»Wenn das nicht die Frage des Abends ist«, murmelte er, während seine Augen sich verdunkelten und dunkelgrün funkelten. »Ich hätte da einige Ideen.«

7

»Tatsächlich?«, fragte sie erwartungsvoll.

In dem Moment, in dem er den Mund öffnete, um ihr zu antworten, veränderte sich plötzlich die Stimmung im Klub.

Sie spürte es nicht, sondern *wusste* einfach, dass Osiris hier war. Sie folgte den ehrerbietigen Blicken der anderen im Saal zu einer Wendeltreppe, die hinauf zu einem Balkon über ihnen führte. Natürlich. Ihr war nicht einmal in den Sinn gekommen, dort oben nachzusehen.

»Bleiben Sie sitzen«, befahl Sethios ihr. »Schweigen Sie, bis ich Ihnen die Erlaubnis gebe zu sprechen. Und machen Sie sich auf keinen Fall unsichtbar.«

Sein herrischer Tonfall machte sie wütend. Sie öffnete den Mund, um ihm die Meinung zu sagen, doch es kam kein einziges Wort über ihre Lippen.

Was ist das für eine Zauberei?

Wie dem auch sei. Sie würde ihm ihre Nachricht überbringen und so schnell wie möglich wieder von hier verschwinden. Doch sie war nicht einmal imstande aufzustehen.

Seine Worte hallten ihr wieder durch den Kopf, als es ihr langsam dämmerte.

Er hatte sie seinem Willen unterworfen, wie auch zuvor, als er ihr die Nachricht entlockt hatte.

Wie ungehobelt von ihm.

Die blonde Ichorianerin wollte ihnen gerade die Getränke bringen, doch Sethios winkte ab. Genauso ungehobelt. Sie hatte das Getränk zwar ohnehin nicht gewollt, doch er sollte wirklich etwas an seinen Manieren arbeiten.

Es wird dir noch leidtun, mich zum Schweigen gebracht zu haben.

Sie brachte ihre Gedanken mit einem finsteren Blick

zum Ausdruck, der ihm ein Lachen entlockte. »Gegen diesen Blick habe ich nichts einzuwenden.«

Oh, wenn dieser Zauber endlich seine Wirkung verlor, würde sie ihm gehörig in den Hintern treten. Caro war zwar nicht der stärkste lebende Seraph, doch sie vermutete, dass ihre Kräfte die seinen überstiegen. Sie war die Nachkommin zweier unsterblicher Wesen und übertraf damit seine verunreinigte Blutlinie bei Weitem.

»Sethios«, sagte eine kultivierte Stimme gedämpft, woraufhin der Mann neben ihr aufblickte. »Ich dachte, du wolltest gehen.«

»Das dachte ich auch«, erwiderte Sethios.

Caro seufzte erleichtert, da sie endlich den Empfänger der Nachricht vor sich hatte und diesen unangenehmen Auftrag zum Abschluss bringen konnte. Doch ihr Mund wollte ihr immer noch nicht gehorchen.

»Was hat dich denn aufgehalten?«, fragte Osiris, während er den Blick über Caro schweifen ließ.

Er erkannte sie nicht.

Natürlich, aus genau diesem Grund war sie hier. Der Rat hatte sie geschickt, weil er sie nicht kannte und es ihr damit leichter machen würde, ihm die Nachricht zu überbringen. Osiris ging den Seraphim, die die Erde besuchten, für gewöhnlich aus dem Weg, aber er konnte unmöglich jemanden meiden, den er nicht kannte.

Es gab nur ein Problem. Sie war immer noch nicht imstande zu sprechen.

Zum Teufel damit. Das hier lief wirklich nicht wie erwartet.

Sethios streichelte ihr über den Arm und sie bekam eine Gänsehaut. Sie sollte die Berührung eigentlich nicht so sehr genießen, doch sie fühlte sich richtig an. Und sie wollte es noch einmal spüren.

Hat das auch etwas mit Zauberei zu tun?

»Sie ist hübsch, nicht wahr?«, murmelte Sethios.

»Und ob«, erwiderte Osiris. »Wo hast du sie gefunden?«

»Sie ist an Orten umhergewandert, an denen sie nichts verloren hat.« Während er sprach, streichelte Sethios weiter über ihren Arm, sodass sie sich nicht nur auf seine Worte konzentrieren konnte, sondern sich Gedanken über diese seltsame Hitze machte, die er in ihrem Inneren aufwallen ließ. Sie glaubte, dass sie möglicherweise von der Wut herrührte, die sie dank seines unverfrorenen Verhaltens verspürte. Vielleicht lag es auch an etwas anderem.

Osiris wickelte eine Strähne ihres hellblonden Haares um den Finger und zog ruckartig daran. Sie öffnete den Mund, um ein *Autsch* auszustoßen, doch es wollte ihr nicht über die Lippen kommen.

Weil Sethios sie hatte verstummen lassen.

Dieser Scheißkerl.

Während ihres Aufenthalts auf Erden würde sie nun auch den Mord an ihm begehen. Der Rat würde es sicher gutheißen.

Osiris zog noch einmal an ihrem Haar und lächelte, während sie Tränen in den Augen hatte. »Du hast sie verstummen lassen.«

Sethios zuckte nur mit den Schultern. »Ich werde sie vielleicht später noch zum Schreien bringen, doch im Moment genieße ich ihren Gehorsam.«

Das werden wir ja sehen, dachte sie, während sie innerlich vor Wut kochte.

Osiris strich mit dem Finger, den er noch immer in ihrem Haar verwoben hatte, über ihre Wange und dann ihr Kinn, bevor er seine Hand wieder zurückzog. Er schenkte Sethios ein liebevolles Lächeln. »Gut gemacht, mein Sohn.«

»Danke, Vater«, erwiderte der Mann neben ihr.

Caro riss die Augen auf, als sie das hörte.

Vater und Sohn?

Sie wusste über die Ichorianer und Hydraianer Bescheid, doch sie hatte noch nie von Seraphim gehört, die sich fortpflanzten. Als sie jedoch die beiden Männer näher betrachtete, fiel ihr auf, wie ähnlich sie sich sahen. Im Unterschied zu Sethios wurde Osiris von einer altertümlichen Aura umgeben, doch ansonsten hätten sie mit ihren grünen Augen, olivfarbener Haut und dunkelbraunen Augenbrauen Zwillinge sein können. Sie schienen sogar im selben sterblichen Alter von etwa dreißig zu sein, obwohl Sethios' dichtes Haar ihm ein jugendlicheres Aussehen verlieh als das seines glatzköpfigen Vaters.

Oh, der Rat würde außer sich vor Wut sein.

Sethios war wahrlich ein entartetes Wesen und sogar ein noch schlimmeres Vergehen als das Verunreinigen der menschlichen Blutlinie.

Ein Seraph-Attentäter würde hierher gesandt werden, um ihn umzubringen.

Beide Wesen betrachteten sie mit einem vergnügten Ausdruck im Gesicht.

Sie sahen wohl den Schreck, der in ihren Augen funkelte, doch es war sehr wahrscheinlich, dass sie ihn falsch interpretierten. Denn Caro hatte keine Angst vor ihnen, vielmehr widerte sie die ganze Situation einfach nur an.

»Nun, es scheint, als stünde dir ein ereignisreicher Abend bevor.« Osiris zwinkerte ihr zu, bevor er seinen Sohn mit einem Kopfnicken bedachte. »Viel Spaß.«

»Den werde ich haben«, murmelte Sethios, als er sie dichter an seine muskulöse Brust zog.

Sie krümmte sich innerlich und wappnete sich gegen

den Ekel, der sie sicher gleich überkommen würde. Doch stattdessen begann ihr Herz zu flattern und ihr Atem wurde flacher.

Liegt es daran, dass er vielleicht noch eine weitere Fähigkeit besitzt?, fragte sie sich. *Wie seltsam.*

Das Gefühl wurde noch stärker, als er seine Lippen an ihren Nacken presste.

Konnte er spüren, wie ihr Puls sich beschleunigte?

»Gute Nacht, mein Sohn«, sagte Osiris mit gedämpfter Stimme.

»Gute Nacht«, erwiderte Sethios an ihrem Hals. Er ließ seine Zähne über ihre Haut gleiten, woraufhin sie wieder eine Gänsehaut bekam. Sie musste hilflos dabei zusehen, wie ihre Beute mit den Händen in den Hosentaschen davonschlenderte, wobei er nicht die geringste Ahnung hatte, warum sie überhaupt hier war.

Der Rat würde sicher ungehalten sein. Ihr Auftrag war wichtig und hätte schnell erledigt werden sollen, doch das verabscheuungswürdige Wesen neben ihr hatte alles ruiniert.

Warum nur knabberte er an ihrem Hals? Es kitzelte.

Sie wand sich, doch er hielt sie fest, indem er eine Hand auf ihr Bein legte, während sein anderer Arm noch immer um ihre Schultern geschlungen war. Diese Zurschaustellung seiner Macht regte etwas tief in ihrem Inneren. Sie empfand keine Angst, denn er schien ihr keinen Schaden zufügen zu wollen, doch es war ein verruchtes Gefühl.

Was geschieht in dieser Dimension nur mit mir?

»Dann können Seraphim also doch Lust empfinden«, flüsterte er. »Faszinierend.«

Er stand auf und streckte ihr eine Hand entgegen. »Komm mit. Wehre dich nicht und sag kein Wort, und komm nicht auf den Gedanken, dich unsichtbar zu machen.«

Sie verabscheute die Tatsache, dass ihre Beine ihm gehorchten.

Wenn dieser Bann endlich gebrochen wäre, dann würde er ihren Zorn zu spüren bekommen.

Sie würde ihn umbringen.

Langsam.

Nachdem sie ihm einen Knebel in den Mund gesteckt hatte.

KAPITEL ZWEI

SPIEL MIT EINEM SERAPH

SETHIOS SPÜRTE, wie aufgebracht Caro war, da ihre Wut förmlich durch seinen Arm vibrierte, den er um ihre Schultern gelegt hatte. Er bemühte sich, nicht allzu vergnügt zu wirken, doch er konnte nichts gegen das Grinsen tun, das sich auf seinem Gesicht ausbreitete.

Ihre saphirblauen Augen erinnerten ihn an geschmolzene Edelsteine.

Oh, er konnte es kaum erwarten, ihre Reaktion zu sehen, wenn er den Bann erst einmal lüftete. Er liebte Kämpferinnen, und ihre schlanke Figur verriet ihm, dass sie ihm mit Stärke und Bestimmtheit entgegentreten würde. Wenn man von ihrer gleichgültigen Gelassenheit einmal absah, war sie die perfekte Kandidatin, um sich mit ihr im Bett zu vergnügen. Ihr Körper reagierte ganz wunderbar auf den seinen und er nahm an, dass ihr Mangel an Emotionen nicht unbedingt etwas damit zu tun hatte, dass sie ein Seraph war, sondern auf ihre geringe Erfahrung zurückzuführen war.

Er führte sie durch die Straßen von New York bis zu dem Gebäude, in dem sich sein Penthouse befand. Einer der Vorzüge eines Lebens, das Jahrtausende überdauerte, war Geld. Er wusste, wo und wann er gewinnbringend investieren musste, wobei die Ressourcen seines viel älteren Vaters ihren Teil dazu beitrugen.

Allerdings lag ihm nicht viel an dem Mann.

Im Grunde hasste er ihn sogar.

Er hatte fast dreitausend Jahre in seinem Schatten gelebt und dabei zugesehen, wie er immer wieder gemordet und alles um sich herum ins Chaos gestürzt hatte, bis es ihn erschöpft und gelangweilt hatte. Einzig und allein Ezekiel war es zu verdanken gewesen, dass er nicht dem Wahnsinn anheimgefallen war. Und das war beachtlich, denn sein bester Freund hatte eine Vorliebe dafür, Sprösslinge zu ermorden.

»Du darfst wieder sprechen, dich aber nicht unsichtbar machen«, sagte er zu Caro. »Willst du etwas trinken?«

»Ich werde dich umbringen.« Sie verzog keine Miene, als sie die Worte aussprach, und er musste lachen.

»Tatsächlich? Dann sollte mein letzter Drink aber wirklich verdammt gut sein.« Er ignorierte den wütenden Blick, den sie ihm zuwarf, und schlenderte in die überdimensionale Küche. Ein Glas Wein wäre angebracht. Er nahm eine Flasche Mershano Reserve aus dem Weinregal und schenkte ihnen zwei Gläser ein. »Seraphim trinken doch auch, nicht wahr?«

Als Antwort schleuderte sie ihm ein Messer an den Kopf. Er fing es am Griff auf und legte es auf der Anrichte ab. »Ich werde das als höfliche Ablehnung werten.« Damit blieb mehr für ihn selbst.

Er lehnte sich mit der Hüfte gegen die Anrichte, während er einen Schluck Rotwein trank und sie von oben bis unten begutachtete. »Kleiden sich die meisten Seraphim so modern oder hast du dich nur für dieses Outfit entschieden, um nicht aufzufallen?«

Caro umfasste ein weiteres Messer, wobei ihm der Gedanke kam, dass er sie hätte durchsuchen sollen, bevor er sie in sein Apartment mitgenommen hatte.

Diesmal warf sie das Messer jedoch nicht, wobei er allerdings an ihrem Blick erkennen konnte, dass sie seine Position abwog und sich überlegte, wie sie ihn am besten verletzen konnte.

Nur zu, meine Liebe.

Sethios fand Gefallen an einem ausgeglichenen Duell und nahm an, dass sie für ihn eine Herausforderung darstellen würde. Sie musste jünger sein als er, denn sein Vater hatte sie nicht erkannt. Er war froh darüber, denn der alte Mann hatte eine Vorliebe dafür, Engel bluten zu lassen. Es wäre die reinste Verschwendung, eine so schöne Frau auszuweiden.

»Warum siehst du mich ständig so an?«, wollte sie wissen.

Er trank noch einen Schluck Wein, stellte dann sein Glas zur Seite und bedachte sie mit einem vergnügten Blick. »Wie denn, Schätzchen?«

»So als wolltest du mich jeden Moment verspeisen.«

»Vielleicht will ich das ja.«

Sie runzelte die Stirn. »Aber du bist doch gar kein Ichorianer.«

»Das bedeutet nicht, dass ich es nicht genieße, andere zu beißen.« Denn das tat er. Sehr sogar. Und als ihr ein sichtbarer Schauer über den Rücken lief, vermutete er, dass sie es auch genießen würde.

Plötzlich steigerte sich seine Faszination nur noch mehr. Diese Frau bot ihm völlig neue Möglichkeiten. Sie war ein Seraph, der vorgab, keinerlei Emotionen zu empfinden. Es wäre eine geradezu köstliche Herausforderung, sie zu verführen und sie in Leidenschaft erglühen zu lassen. Ganz sicher wäre es eine willkommene und unterhaltsame Ablenkung.

Sie drehte die Klinge des Messers in ihren geschickten Fingern. »Wie alt bist du?«, fragte sie.

»Etwas über dreitausend menschliche Jahre. Und du?«

Sie blinzelte. »Du hast über drei Jahrtausende hinweg unbemerkt überlebt?«

Er griff wieder nach seinem Weinglas, während er ein wachsames Auge auf das Messer in ihrer Hand hatte. »Mein Vater hielt es für das Beste, die anderen in dem Glauben zu lassen, dass ich ein Ichorianer bin. Ich bin jedoch davon überzeugt, dass er es getan hat, um seine eigene Identität zu schützen. Die meisten seiner Nachkommen halten ihn für ein mächtiges Wesen, doch sie haben keine Ahnung, dass sie nur durch sein Blut als Unsterbliche wiedergeboren wurden.«

Neben Ezekiel gab es nur wenige, die die Wahrheit über Sethios und seinen Vater kannten. Dadurch gelang es Osiris, sich unter die anderen Unsterblichen zu mischen, statt offiziell über sie zu herrschen. Sethios vermutete, dass sich das eines Tages ändern würde, doch im Moment schien sein Sire mit der Situation zufrieden zu sein.

»Aber wie ist das möglich?«, fragte sie. »Ich kann verstehen, warum er es getan hat, denn der Hohe Rat von Seraph würde dich auf der Stelle töten lassen. Allerdings ist mir schleierhaft, *wie* deine Existenz über all die Jahre verborgen geblieben ist.«

Interessant. Er war davon ausgegangen, dass seine Geburt ein Gräuel war, doch sein Vater hatte es nie bestätigt. Vielleicht war der Hohe Rat der wahre Grund dafür, dass er seine Existenz verschwiegen hatte. Doch das würde bedeuten, dass Osiris etwas an seinem Sohn gelegen war, und Sethios wusste besser als jeder andere, dass sein Vater sich selbst der Nächste war.

»Aber irgendjemand muss dich doch gesehen haben, als du noch ein Kind warst, nicht wahr?«, fuhr sie fort, wobei sie die Waffe in ihren Händen nicht länger drehte.

»Er hat den Leuten damals erzählt, dass er mich meinen leiblichen Eltern weggenommen hat, was zum Teil der Wahrheit entsprach, da er meine sterbliche Mutter umgebracht hat, als er ihrer Dienste überdrüssig wurde.« Es war schon lange genug her, sodass Sethios die Geschichte erzählen konnte, ohne dabei zusammenzuzucken, doch die Erinnerung hatte sich für immer in sein Herz eingebrannt. Kein siebenjähriger Junge sollte dabei zusehen müssen, wie seine Mutter starb, vor allem wenn ihr Tod auf schreckliche Weise durch die Hand seines Vaters herbeigeführt wurde.

Caro nickte. »Ich bin mit seinen Grausamkeiten vertraut.«

»Tatsächlich?«

»Oh ja. Er ist unter den Seraphim eine Legende und wird als Beispiel dafür angeführt, wie man sich nicht verhalten sollte.«

Sethios schnaubte. »Das kommt in etwa hin. Er ist hier auf Erden genauso ein Arschloch.«

Sie hielt inne und zog eine ihrer blonden Augenbrauen in die Höhe. »Du magst deinen Schöpfer wohl nicht besonders?«

»Warum sagst du es mir nicht, Engel. Ist er die Art Wesen, die ich mit Stolz meinen ›Vater‹ nennen kann?« Er trank seinen Wein aus und schob das Glas beiseite.

»Seraph«, verbesserte sie ihn wie schon zuvor. »Und die Antwort lautet nein, ganz und gar nicht. Er ist dabei, auf Erden eine ganze Armee zu erschaffen, während meinesgleichen tatenlos dabei zusieht, und das ist absolut inakzeptabel.« Sie presste die Lippen aufeinander und bedeckte ihren Mund mit einer Hand. »Die Bemerkung war fehl am Platz. Du hast mich schon wieder deinem Willen unterworfen.«

Er lachte. »Nein, Schätzchen. Du hast die Worte aus freien Stücken ausgesprochen. Und ich muss sagen, deine Aussage ist durchaus faszinierend, denn ich glaube, dass du recht damit hast.« Er hatte die Angewohnheit, die Motive seines Schöpfers hin und wieder zu analysieren, und hatte sie vor allem während des Krieges der Unsterblichen einer genaueren Prüfung unterzogen. »Er baut seine Macht immer weiter aus. Ich wage zu behaupten, dass es für euch nicht leicht werden würde, falls ihr euch je entscheiden solltet, auf Erden einen Krieg mit ihm auszutragen.«

Sie betrachtete ihn. »Du hast die Fähigkeit, mir deinen Willen aufzuzwingen.«

Er grinste. »Das stimmt.«

»Eigentlich dürftest du gar nicht imstande dazu sein.«

»Warum? Weil eine Rune deinen Rücken ziert, die niedere Wesen abwehren soll?« Er schlenderte auf sie zu. »Wie ich schon sagte, ich bin kein Ichorianer.«

»Du bist aber auch kein Seraph«, erwiderte sie hochmütig.

Er drängte sie an die Wand im Esszimmer und packte ihre Hand, als sie versuchte, ihm mit dem Messer in die Wange zu schneiden. Sie ließ die Klinge fallen, als er ihre Finger zusammendrückte und die Schlacht beendete, bevor sie begonnen hatte.

Schade. Er hätte sich etwas mehr Kampfgeist von ihr gewünscht. Vielleicht konnte er sie provozieren, sich ein wenig energischer zur Wehr zu setzen.

»Ich besitze die meisten Eigenschaften eines Seraphs«, sagte er mit gedämpfter Stimme, als er sie noch dichter an die Wand presste. Sie unternahm einen Versuch, ihm mit ihrer freien Hand einen Fausthieb zu versetzen, doch er packte ihr Handgelenk und umfasste ihre beiden Hände mit einer Hand, um sie dann über ihrem Kopf an die Wand zu drücken.

»Ich bin stark«, fuhr er fort. »Wie mein Vater kann ich andere meinem Willen unterwerfen, ich kann die tarnenden Schleier himmlischer Wesen durchschauen und Runen haben keinerlei Wirkung auf mich.«

»Kannst du dich unsichtbar machen?«, fragte sie, wobei ihre Stimme nur noch ein rauchiges Flüstern war. Er fasste es als Aufforderung auf und machte noch einen Schritt auf sie zu, während nur noch ein winziger Abstand zwischen ihnen bestand. Mit jedem Atemzug streiften ihre perfekten Brüste seinen Oberkörper, was ihnen beiden aufzufallen schien.

»Nein, leider wurde ich weder mit dieser Fähigkeit noch mit einem Paar Flügel ausgestattet.« Letztere waren nur Seraphim in ihrer himmlischen Gestalt vorbehalten. Aus diesem Grund hatte er Caro im Klub erkannt. Ihre feurig blauen Federn hatten ihn sofort in ihren Bann gezogen, denn sie leuchteten förmlich im Dunkeln. Hätte sein Vater sie vor ihm erspäht, dann hätte sie leiden müssen. Ihm lief ein Schauer über den Rücken, als er an den Schmerz und die Verstümmelungen dachte, die sein Vater denjenigen zufügte, die er für nutzlos erachtete. Genau deshalb hatte Sethios nicht auf direktem Weg den Klub verlassen, sondern hatte sich zu ihr gesellt.

Vielleicht war er auch ein wenig neugierig gewesen. Es kam nicht alle Tage vor, dass ein Seraph sich ins Arcadia verirrte.

»Warum hältst du mich auf diese Weise fest?«, fragte sie, wobei sie den Kopf hob, um ihm in die Augen zu sehen. »Wenn du mich nicht entkommen lassen willst, wäre es doch sicher einfacher, mich zu fesseln.«

Er grinste. »Vorsicht, Engel. Ich könnte das als Aufforderung auffassen.«

»Eine Aufforderung wozu?«

Oh, er würde einen Heidenspaß mit ihr haben. »Hat dich schon mal jemand geküsst?«

Sie runzelte die Stirn. »Das Küssen hat keinen praktischen Nutzen und sollte vor allem von Menschen vermieden werden. Dadurch werden eine Menge Krankheiten übertragen und ihr Leben ist ohnehin so kurz.«

»Wir sind aber keine Menschen«, bemerkte er.

»Das ist wahr, aber das Küssen hat für einen Seraph keinerlei Bedeutung. Wir berühren einander nur, wenn wir im Training miteinander kämpfen oder uns paaren.«

Er schob sein Bein zwischen ihre Schenkel und packte ihre Hüfte mit seiner freien Hand, um sie festzuhalten. »Und hast du dich schon einmal gepaart, Engel?«

»Ja«, antwortete sie ganz unverblümt. »Ich habe einen Nachkommen.«

»Und hast du den Geschlechtsakt genossen?« Er bevorzugte die Bezeichnung *Ficken*, doch Caro schien formelle Begriffe vorzuziehen.

Sie zog die Nase kraus. »Das Genießen ist nur den Menschen vorbehalten.«

»Tatsächlich?« Er ließ sein Bein zwischen ihren Schenkeln nach oben gleiten und ihre Atmung beschleunigte sich. »Ich empfinde den Akt als äußerst angenehm.«

Sie musste schlucken. »Was tust du da?«

»Ich verführe dich«, gestand er, als er über den Bund ihrer Hose strich.

»Zu welchem Zweck?«, fragte sie, während ihre Stimme kaum mehr als ein Flüstern war.

»Zum Vergnügen, Engel. Vielleicht bin ich auch ein

wenig neugierig, denn ich will sehen, ob ich dir nicht doch noch eine Reaktion entlocken kann.«

Ihre blauen Augen funkelten vorwurfsvoll. »Das entbehrt jeglichen praktischen Sinns.«

»Es gibt Dinge, die nicht auf praktischem Denken beruhen, Schätzchen.« Er ließ seine Hand unter ihre Bluse gleiten, um ihre nackte Haut zu erforschen. »Manche Erfahrungen fußen auf Empfindungen.«

Er legte seine Hand an ihre Taille und ließ sie dann langsam nach oben gleiten. Sie bekam eine Gänsehaut, was ihm verriet, dass seine Berührung sie nicht annähernd so sehr anwiderte, wie sie vorgab. »Stoizismus entsteht aus einer Abneigung gegenüber Emotionen, doch unsere Körper sprechen ihre eigene Sprache.« Er strich mit dem Daumen über den Bügel ihres BHs und lächelte, als ihre Wangen erröteten. »Ist dir warm, Engel?«

»Ich …« Sie räusperte sich. Zweimal. »Ich verstehe nicht, was das alles zu bedeuten hat.«

Sethios wanderte mit seiner Hand weiter nach oben an ihre Brustwarze und streichelte sie durch den Stoff ihres BHs. »Wie wäre es, wenn ich dir ein Angebot mache, aus dem du einen Nutzen ziehen könntest?«, fragte er, während er weiterhin ihre Brust reizte. »Würde dich das beruhigen?«

Sie schluckte wieder, als die Farbe ihrer Augen sich zu einem Mitternachtsblau verdunkelte. Er bezweifelte, dass sie ihre eigene Reaktion deuten konnte, doch er wusste genau, worum es sich handelte. *Erregung.*

Hm, offenbar waren Seraphim durchaus in der Lage, etwas zu empfinden.

Er würde diese neu erworbene Kenntnis in vollen Zügen auskosten, sobald sie sich einverstanden erklärte.

»W-was könntest du mir schon bieten?« Sie hatte ihn

mit ihren Worten sicher treffen wollen, doch sie klang wenig überzeugend, was ihn ungemein befriedigte.

»Ich weiß, wo Osiris wohnt«, erwiderte er. »Und ich glaube, dass es nicht viele von uns gibt, die über diese Information verfügen.«

Sie erbebte, als er seine Hand tiefer gleiten ließ. Er wollte die Grenzen ihrer Begierde austesten.

»Das ist nicht sehr hilfreich«, entgegnete sie, während sie sich ihm kaum merklich entgegenwölbte.

Oh, er hätte eine Menge gegeben, um in diesem Moment ihre Gedanken lesen zu können. Es wäre sicher amüsant zuzuhören, wie sie mit sich selbst haderte.

»Tatsächlich?«, fragte er, als er den Knopf ihrer Jeans öffnete und den Reißverschluss hinunterzog. »Wie lange willst du denn auf Erden wandeln, Engel? Osiris verkehrt nicht oft im Arcadia. Er war heute Abend nur dort, um an einem Konklave teilzunehmen, und ich nehme an, dass dein Rat dich deshalb heute hierhergeschickt hat.«

Sie bemühte sich, seinem Blick standzuhalten, während er mit den Fingern über den Bund ihres Höschens strich. Seide. Eine interessante Wahl für einen Seraph.

»Wann findet das nächste Konklave statt?«, fragte sie und stieß die Luft aus. Sie klang so sinnlich, während sie sich dem Sex verschloss. Wie war es möglich, dass sie den Unterton in ihrer eigenen Stimme nicht hören konnte?

Sethios wanderte mit seiner Hand noch tiefer und erforschte die feuchte Stelle zwischen ihren Schenkeln. »Oh Engel, du stellst nicht einmal eine Herausforderung dar.«

Er presste seine Stirn an ihre, während er gegen den Drang ankämpfte, ihr die Hose vom Leib zu reißen und sie gegen die Wand zu ficken. Sie war mehr als bereit für ihn. Außerdem war ihresgleichen extrem widerstandsfähig und er könnte es so hart und so lange mit ihr treiben, wie er nur wollte.

Verdammt.

Als ihm die Bilder durch den Kopf schossen, hätte er fast seine Konzentration verloren, doch er riss sich zusammen.

Er hatte nicht vor, sie langsam an den Sex heranzuführen, dennoch wollte er zuerst ihr Einverständnis.

Und vielleicht würde er sie nur zum Spaß ein wenig darum betteln lassen, aber erst, nachdem er sie zumindest einmal gevögelt hatte.

»Was das Wann betrifft«, sagte er und beantwortete damit ihre Frage zum Konklave, »könnte es noch Monate oder Jahre dauern, bis das nächste Treffen einberufen wird. Es sei denn, du hast vor, in der Stadt für Unruhe zu sorgen.«

Ihre Kehle zog sich zusammen, als sie versuchte, etwas zu sagen, doch er hatte seine Hand auf ihre empfindsamste Stelle gelegt und sie konnte das Gefühl nicht länger ignorieren. Es war ein Machtspiel, bei dem er sie für sich gewinnen wollte. Sie glaubte, dank ihrer Herkunft das höhere Wesen von ihnen beiden zu sein, doch er würde ihr das Gegenteil beweisen.

Seine sterbliche Mutter verlieh ihm mehr Stärke, als Caro ahnen konnte. Sie erdete ihn und gab ihm die Kraft, die er als seine ichorianische Fähigkeit beanspruchte. Seine hypnotische Gabe war überaus nützlich und war der Fähigkeit der Willensunterwerfung so ähnlich, dass nur wenige das Ausmaß seiner Talente erkannten.

Doch er hatte nicht vor, eine seiner Kräfte an Caro anzuwenden.

Es wäre so viel erregender, wenn er sie mit ihrer Einwilligung bis zur Besinnungslosigkeit ficken könnte.

»Was sagst du dazu, Engel?«, flüsterte er, während er mit den Lippen über die ihren strich. »Ich werde dir die Informationen geben, die du benötigst, im Austausch für eine Nacht in meinem Bett. Klingt das praktisch genug für dich?«

KAPITEL DREI

MESSER ODER KLEIDER

CARO SOLLTE diesem Handel nicht zustimmen.

Zweifellos besuchte Osiris das Arcadia häufiger, als Sethios andeutete.

Allerdings war seine Bemerkung darüber, warum der Hohe Rat sie ausgerechnet heute Abend hierhergeschickt hatte, zutreffend. Sie war angewiesen worden, so lange zu warten, bis das Konklave beendet war, um dann ihrer Beute gegenüberzutreten.

Doch Sethios hatte sie zuerst gefunden.

Und jetzt berührte er sie auf geradezu erhellende Weise.

Sie erbebte dank der verruchten Aufmerksamkeit, die er ihr zuteilwerden ließ. Die Empfindungen, die er in ihr wachrief, verblüfften sie. Ihr wurde heiß und kalt zugleich, während sie von einer unterschwelligen Verzweiflung getrieben wurde. Sie konnte es nicht verstehen, doch sie wollte mehr darüber erfahren.

Eine Nacht würde sie durchaus überstehen. Wenn sie ihn ausreichend ablenkte, würde er ihr die gewünschte Information vielleicht schon frühzeitig verraten und sie konnte ihn umbringen. Ihre Vorgesetzten würden es sicher befürworten und ihr wahrscheinlich sogar für ihre

Bemühungen danken, wenn sie ihn aus dieser Dimension entfernte.

Er berührte ihre intimsten Stellen auf eine Art, bei der sich ihr Magen auf wunderbare Weise zusammenzog.

Was ist das nur für eine schwarze Magie?

Seraphim sollten eigentlich keine derartigen Gefühle hegen, doch *diese* Berührung spürte sie zweifellos.

Sie hatte sich bisher nur ein einziges Mal mit einem männlichen Seraph gepaart und hatte in den wenigen Minuten, in denen Adriel seine Pflicht erfüllt hatte, nur dagelegen. Keiner von ihnen hatte auch nur einen Laut von sich gegeben, während sie den unangenehmen Geschlechtsakt vollzogen hatten, der erforderlich war, um einen Nachkommen zu zeugen. Sie wünschte sich, dass die technologischen Errungenschaften der Menschheit auch bei Seraphim Anwendung finden würden, doch leider hatte das Schicksal ihnen einen Strich durch die Rechnung gemacht.

»Wir dürfen uns nicht fortpflanzen«, brachte sie hervor, als er noch mehr Druck ausübte. Es schmerzte fast, aber gleichzeitig war es so angenehm. Sie verspürte eine seltsame Befriedigung, die ihren ganzen Körper zum Beben brachte.

»Das ist kein Problem, Schätzchen«, murmelte er mit heiserer und leiser Stimme. »Ich bin steril.«

Sie nickte verständig. »Das Schicksal würde nie zulassen, dass dein Samen in mir gedeiht, denn er ist entartet.«

Er lachte. »Vorsicht, Engel. Du rufst in mir den Wunsch hervor, deinem aufsässigen Mund eine Lektion zu erteilen.«

»Was für eine Lektion?« Sie sprach bereits mehrere Sprachen, einschließlich einiger altertümlicher Dialekte. Was könnte er ihr sonst noch beibringen? Sein Alter war ihrem Geburtsrecht in keiner Weise überlegen. Sie lebte in den Wolken, während er auf Erden wandelte.

Er strich mit der Zunge über ihre Lippen und ließ sie vor Schreck verstummen.

Das ... ist ein schönes Gefühl.

Es kribbelte.

Und war so viel besser als ein Schlag ins Gesicht, doch es fühlte sich feucht an.

Er schmeckt nach Wein.

»Haben wir also eine Abmachung?«, fragte er an ihrem Mund. »Oder brauchst du noch weitere Gründe, die dafürsprechen?«

Sie schluckte. »Wie viele Minuten wirst du brauchen?« Er hatte eine Nacht veranschlagt, doch sie wollte einen genauen Zeitrahmen von ihm.

»Minuten?«, wiederholte er mit unverhohlener Belustigung. »Wenn ich dir geben soll, was du brauchst, dann werde ich Stunden dafür benötigen, meine Liebe.«

Sie blinzelte verblüfft. »Stunden? Das ist sicher nicht nötig.«

»Stimme zu und ich zeige dir, was ich meine.« Er löste seine Hand in dem Moment von ihrer Jeans, als sie kurz davor stand, etwas Wunderbares zu erleben. »Ich will dein Einverständnis.« Statt seiner Hand presste er nun sein Bein zwischen ihre Schenkel und sie wurde von einer Wärme durchströmt, die sie noch nie zuvor gespürt hatte.

Es ist nicht von dieser Welt.

Eine andere Beschreibung fiel ihr nicht ein.

Diese Dimension bringt meine Sinne völlig durcheinander.

Dennoch würde sie ihre Zeit sinnvoll nutzen, wenn sie ihm ein paar Stunden schenken und im Austausch die Informationen erhalten würde, die sie brauchte, und obendrein die Möglichkeit hätte, ihn umzubringen.

Doch dafür brauchte sie ihre Waffen.

»Gib mir meine Messer zurück«, forderte sie, als er wieder die nackte Haut unter ihrer Bluse erforschte. Er schien seltsamerweise auf ihre Brüste fixiert zu sein.

»Später«, sagte er.

»Sofort«, entgegnete sie.

Seine grünen Augen glühten herausfordernd. »Und ich habe geglaubt, dass du keine Vorliebe für Perversionen hast.«

Sie runzelte die Stirn. »Ich kann dir nicht ganz folgen.«

»Das wirst du«, antwortete er. »Aber ich will zuerst dein Einverständnis.«

»Und ich will meine Messer zurückhaben.«

»Ich werde sie dir geben.« Er löste seine Hand von ihrem Bauch und schlang sie um ihren Nacken. »Doch solltest du versuchen, mich damit zu schneiden, dann wirst du es bereuen.«

Seine Drohung beeindruckte Caro nicht sonderlich, denn sie hatte nicht vor, ihn zu schneiden. Sie wollte ihn erstechen.

»Na schön.«

Er grinste, als würde er ihren Worten nicht ganz trauen. »Dann haben wir also eine Abmachung?«

»Wie viele Minuten, oder eher Stunden, wirst du dafür brauchen?«

»Sieben sollten reichen.«

Sie zog die Augenbrauen in die Höhe. »Sieben Stunden?«

»Ja. Das entspricht einer ganzen Nacht.«

Vielleicht hatte er vor, auch ein wenig zu schlafen. Das würde sich perfekt in ihre Pläne fügen. Sie könnte etwas von ihm lernen, die nötigen Informationen sammeln und ihn im Schlaf ermorden. All das waren praktische Gründe, die dafürsprachen, sein Angebot anzunehmen.

Es sei denn … »Was springt für dich selbst dabei heraus?«

»Befriedigung«, antwortete er, als er begann, einen Druckpunkt an ihrem Nacken zu massieren und dabei eine Verspannung zu lösen, derer sie sich nicht einmal bewusst gewesen war.

Oh, das ist ein angenehmes Gefühl, das mir eigentlich nicht so sehr gefallen sollte.

Er rieb weiter über die Stelle, während er sein Bein zwischen ihren Schenkeln kaum merklich höher gleiten ließ. Es war so seltsam, doch gleichzeitig so gut.

»Du bietest mir die Gelegenheit, unbekanntes Terrain zu erforschen«, fuhr er mit gedämpfter Stimme fort, »und in meinem Alter ist das eine wahre Seltenheit.«

»Weil ich ein Seraph bin.«

»Richtig.« Er strich mit seiner Nase über ihren Wangenknochen und nahm einen tiefen Atemzug. »Deine Erregung ist geradezu berauschend, Engel.«

Er presste seine Lippen auf ihren Hals und küsste ihre Halsschlagader mit offenem Mund, woraufhin sie am ganzen Körper unkontrolliert zitterte.

Mehr.

Sie hatte das Gefühl, dass das Adrenalin durch ihren Körper rauschte, sie jedoch nicht wusste, wie sie Erleichterung finden konnte. Die Empfindungen trafen sie mit einer solchen Wucht und schienen all ihre Sinne zu stimulieren. Sie fühlte sich besser als bei einem Kampf, doch erschöpfter als nach einem Lauf. Es verblüffte sie, wie verwirrt sie war, während sie sich gleichzeitig nach mehr sehnte.

»Also gut«, flüsterte sie. »Ich stimme deiner Bedingung zu und schenke dir sieben Stunden meiner Zeit im Austausch für den Aufenthaltsort deines Vaters.«

»Mm.« Er biss ihr zärtlich in den Hals, bevor er sich

von der Wand abdrückte und die Messer vom Boden aufhob. Ihr war fast kalt, als sein Körper sich nicht mehr an ihren schmiegte, doch seine Augen hielten sie warm, als er den Blick über ihre Haut wandern ließ.

Sethios streckte ihr die beiden Messer entgegen. »In meinem Bett wirst du nichts außer diesen Messern tragen.«

Sie blinzelte. »Wie bitte?«

Beim Geschlechtsakt mit Adriel hatte Caro ein zeremonielles Gewand getragen. Er hatte nicht einmal ihre Schenkel zu Gesicht bekommen und nur den Stoff angehoben, um seine Pflicht zu erfüllen. Dann war er gegangen, während sie darauf gewartet hatte, dass sein Samen sie befruchtete. Sie hatte alles dafür getan, dass es beim ersten Mal funktionierte, damit sie die Prozedur nicht noch einmal über sich ergehen lassen musste. Adriel hatte davon ebenfalls profitiert, denn männliche Seraphim gaben sich nur ungern der emotionalen Schwäche hin, die mit einem sexuellen Höhepunkt einherging.

»Du wolltest, dass ich dir deine Spielzeuge zurückgebe, was ich hiermit getan habe, doch deine Kleider bleiben hier.« Er drehte die Messer mit einem Geschick, das darauf schließen ließ, dass er in der Handhabung der Waffen geübt war. »Du hast die Wahl, Engel.«

Sie leckte sich über die Lippen. »Ich will meine Messer.«

»Dann will ich deine Kleider.«

Sie starrte ihn an. »Das ist …«

»Nicht praktisch«, beendete er den Satz. »Vielleicht nicht für dich, doch ich werde dir zeigen, wie praktisch es ist, wenn du dich erst einmal entkleidet hast.« Er ließ die Klinge geschickt durch seine Finger gleiten, während er sie betrachtete. »Ich habe genug von dieser Diskussion. Entweder du bist einverstanden oder nicht.«

»Na schön«, erwiderte sie. »Ich werde deiner

irrationalen Bitte nachkommen.« Es hatte sie noch nie gestört, sich nackt vor anderen zu zeigen. Sie streifte ihre Stiefel ab, zog ihre Jeans aus und entledigte sich dann ihrer Bluse und Unterwäsche. Dann streckte sie ihm eine Hand entgegen. »Messer.«

Ein Lächeln umspielte seinen Mund. »Du kannst es wohl kaum erwarten, mich zu bekämpfen, Schätzchen.«

Nein. Er hatte ihr bewiesen, dass er ein würdiger Gegner war, als er sie gegen die Wand gepresst hatte. Ein Halbblut sollte eigentlich nicht so eine Kraft besitzen, doch Osiris' Blutlinie übertraf ihre eigene, und offenbar hatte sein Sohn ähnliche Talente geerbt.

»Ich will es nur hinter mich bringen, damit ich mich wieder auf den Weg machen kann.«

»Ach tatsächlich?« Er drehte die scharfen Messer in seiner Hand um und streckte ihr die Griffe entgegen. »Mein Schlafzimmer befindet sich am Ende des Flurs. Wir treffen uns in fünf Minuten dort.«

Sie beäugte ihn neugierig. »Willst du denn nicht sofort loslegen?«

»Nein, Engel. Ein Teil des Vergnügens ist die Vorfreude. Du wirst schon sehen.«

Sie hatte ihre Zweifel, doch sie nahm die Messer entgegen. »Dann werde ich im Schlafzimmer auf dich warten.«

»Hervorragend.«

Beischlaf mit einem Halbblut. Wahrscheinlich würde sie damit gegen irgendeine Regel verstoßen. Auf der anderen Seite sollte er eigentlich gar nicht existieren, daher glaubte sie nicht, dass je eine derartige Regel aufgestellt worden war.

Sie musste Osiris' Aufenthaltsort in Erfahrung bringen, um ihm ihre Nachricht zu überbringen, daher war die Abmachung mit Sethios nur ein Mittel zum Zweck. Was machte es da schon, dass ein kleiner Teil von ihr sich voller Entzücken darauf freute, etwas Neues zu erleben. Es kam nicht alle Tage vor, dass sie sich unter die Sterblichen mischte. Im Grunde könnte sie es als Lernmöglichkeit abtun, bei der sie einen tieferen Einblick in die intimen Verhaltensweisen der menschlichen Welt gewann.

Richtig.

In Ordnung.

Sie bedachte ihn mit einem entschlossenen Kopfnicken und ging den Flur hinunter.

Wahrscheinlich würde er ohnehin nur ihre Theorie bestätigen, laut der in die Länge gezogener Geschlechtsverkehr nur ein unnötiger menschlicher Akt war. Ein derartiger Genuss folgte bedeutungslosen Prinzipien und er würde schon bald erkennen, wie nutzlos diese Vereinbarung war. Aber zumindest hätte sie dann die nötigen Informationen.

Und vielleicht würde sie auch sein Leben nehmen.

Sie war perfekt.

Ihre weiblichen Kurven, endlos langen Beine, ihr langes blondes Haar und ihre Haut, die so schnell errötete … Oh ja, Sethios würde dieses Spiel sehr genießen.

Aber zuerst wollte er Caro die Kunst der Vorfreude näherbringen. Die Frau glaubte, sie hätte alles im Griff und würde sich weder irgendwelchen Gefühlen noch der Leidenschaft hingeben, doch er hatte das Interesse in ihren strahlend blauen Augen gesehen. Sie konnte es nicht verstehen und würde es ohne Zweifel bekämpfen, doch er hatte vor, sie am Ende vom Gegenteil zu überzeugen.

Caro würde in lustvoller Erregung baden, immer und immer wieder.

Er nippte an einem frischen Glas Wein und lächelte. Immerhin konnte er einen ansonsten langweiligen Abend auf angenehme Art beenden. Das letzte Konklave hatte mit dem Tod zweier armer Seelen geendet, die dem Zorn seines Vaters vor den Augen zahlreicher Zuschauer erlegen waren.

Vor einer Weile hatte Sethios diese Folterungen noch genossen, doch in letzter Zeit hatten sie für ihn den Reiz verloren. Er verstand ihre Notwendigkeit, um den Ichorianern Angst einzuflößen und sie so in Schach zu halten, doch mittlerweile hatten sie sich so oft wiederholt, dass sie nur noch ein alter Hut waren.

Ihnen stand etwas Großes bevor. Er konnte es mit jeder Zelle seines Körpers spüren, doch er hatte keine Ahnung, was es war. Möglicherweise war Caro der Stein des Anstoßes, vielleicht war es auch nur ihre Nachricht.

Es wäre eine Schande, sie am nächsten Morgen wegzuschicken. Sein Vater würde sie zweifellos foltern und verstümmeln, bevor er sie mit seiner eigenen Nachricht zum Hohen Rat zurücksandte. Genauso wie beim letzten Mal, als die Ratsmitglieder jemanden mit einem Edikt zu ihm beordert hatten.

Doch warum würden sie ein so schönes Wesen hierherschicken? Sie wussten zweifellos, dass Caro seinen Zorn zu spüren bekommen würde.

Mit einem Schulterzucken stellte er das Kristallglas auf der Anrichte ab.

Wie dem auch sei. Das war nicht sein Problem. Er hatte ihr versprochen, ihr den Aufenthaltsort zu verraten, und er würde sein Versprechen halten, nachdem er sie in lustvolle Sphären gehoben hatte, die sie sich in ihren wildesten Träumen nicht ausgemalt hatte. Es ging ihn nichts an, wie sie danach weiter verfuhr.

Er knöpfte sein Hemd auf und warf es auf den Stapel Kleider am Boden.

Er hatte es genossen, als sie sich vor ihm ausgezogen hatte. Es kam selten vor, dass eine Frau auch nackt derart unbefangen war, doch Caro hatte sich offenbar wohlgefühlt. Allerdings war ihr Selbstvertrauen von einer Unwissenheit gefärbt, die er mit Vergnügen zunichtemachen wollte. Wenn er erst einmal mit ihr fertig war, würde sie sich selbst nicht wiedererkennen.

Sethios streifte auch seine Schuhe und Socken ab und zog sein Unterhemd aus, bevor er alles auf den Stapel warf. Er behielt lediglich seine Hose an, denn er wollte Caro dazu bringen, sie ihm auszuziehen.

Nun denn.

Es war Zeit für ein wenig Spaß mit einem nackten Seraph und seinen Messern.

KAPITEL VIER

FLÜGEL MIT AUSSICHT

CARO BEWUNDERTE die Skyline von New York. Sie hatte nie verstanden, welchen Reiz der Blick von ganz oben ausübte, doch Sethios' deckenhohes Fenster bot einen atemberaubenden Ausblick.

Die Lichter der Stadt erhellten sein Zimmer, in dem Braun- und Schwarztöne überwiegten und ein überdimensionales Bett ein Viertel des Raumes einnahm. Sie hatte keine Ahnung, warum er eine so große Matratze brauchte. Offenbar war ihm sein Schlaf überaus wichtig.

Sie strich mit dem Daumen über den Griff ihres Messers, bevor sie es in der Hand kreisen ließ, genauso wie er es noch vor ein paar Minuten getan hatte. Es wäre das Beste, wenn sie ihn gleich mit dem Messer angriff, sobald er eintrat. Wenn sie ihn schwer genug verletzte, würde er ihr vielleicht den Aufenthaltsort seines Vaters verraten.

Sie könnte aber auch seiner Aufforderung nachkommen und im Austausch für Informationen eine Nacht in seinem Bett verbringen.

Welche Art Wesen würde so etwas als praktische Vereinbarung sehen?

Eines, das schon viel zu vermenschlicht war.

Der arme Mann hatte keine Ahnung, wie sehr diese

Dimension seinem Geist geschadet hatte. Doch sie durfte nicht außer Acht lassen, dass seine Existenz an sich ein Gräuel war, was die Vermutung nahelegte, dass das Schicksal es von vornherein auf ihn abgesehen hatte.

»Versuche es nur, Engel.« Seine Stimme kam von der Tür, der sie den Rücken zugewandt hatte. »Ich werde meine Kraft der Willensbeugung nicht anwenden, um gleiche Bedingungen für einen Kampf zu schaffen, doch wir spielen um bestimmte Bedingungen.«

»Seraph.« Sie wandte sich um und blickte ihm in die Augen. »Und welches Spiel schlägst du diesmal vor?«

Er trat aus dem Schatten der Tür und stellte sich ins Licht, das durchs Fenster fiel. Sie hatte angenommen, dass er athletisch gebaut war, und sein nackter Oberkörper bestätigte ihre Vermutung. Er bestand nur aus schlanken Muskeln, während sein Bauch wie gemeißelt erschien. Sie bewunderte ihn dafür, denn sie wusste, wie viel harte Arbeit ein solcher Körperbau erforderte.

»Nun?«, drängte sie, während sie darauf wartete, dass er endlich fortfuhr.

Seine Lippen verzogen sich zu einem Lächeln. »Im tiefsten Inneren bist du eine Kriegerin, Caro. Zeig mir, wie gut du mit deinen Messern umgehen kannst.«

Sie blinzelte. »Du willst, dass ich dich bekämpfe?«

»Ich wünsche mir, dass du es versuchst, ja.«

Versuchen, hatte er gesagt. Schon zweimal. »Du glaubst also nicht, dass ich fähig bin, dich zu besiegen?«

»Nicht im Geringsten, aber ich bin gewillt, mir einen Nachteil zu verschaffen, indem ich meine Fähigkeiten nicht anwende. Es sei denn, du würdest es vorziehen, wenn ich dich auf die Knie zwinge und mit unserem siebenstündigen Marathon beginne.«

Er war so arrogant. »Ich werde niemals vor dir

niederknien«, sagte sie voller Überzeugung. »Und du solltest dich vorsehen und mich nicht unterschätzen.«

Seine Pupillen erweiterten sich, als er ihren herausfordernden Unterton hörte. »Dann beweise mir das Gegenteil, Engel.«

»Seraph«, verbesserte sie ihn nun schon zum tausendsten Mal. »Engel sind nur ein Mythos.«

»Du versuchst wohl, mich hinzuhalten«, murmelte er, als er auf sie zu schlenderte. »Komm schon, ich will etwas Unterhaltsames sehen, oder ich werde zuerst deinen Mund ficken, während du vor mir niederkniest.«

Sie kochte vor Wut, als er ihr drohte, sie auf diese Weise zu erniedrigen. »Dazu habe ich meine Zustimmung nicht gegeben.«

»Du hast einer Nacht in meinem Bett zugestimmt, meine Liebe, was bedeutet, dass du nach meinen Regeln spielen wirst.« Er trat noch einen Schritt auf sie zu, bis er dicht vor ihr stand. »Mir geht so langsam die Geduld aus, Caro. Du scheinst …«

Sie schnitt ihm mit der Klinge in die Wange und duckte sich außer Reichweite, bevor er reagieren konnte. Sie war nun dem Ausgang näher und somit im Vorteil. »Was geschieht, wenn ich gewinne?«

Er wandte sich zu ihr um. »Wenn?« Er schüttelte missbilligend den Kopf, als er mit dem Daumen über die Wunde auf seiner Wange strich. »Wenn du verlierst, werde ich dich bis morgen früh ficken.« Er trat einen Schritt auf sie zu. »Und ich bestimme, in welcher Position, auf welche Art und an welchem Ort ich es mit dir treiben werde.«

Sie federte auf und ab und versuchte, seine nächste Bewegung vorauszusehen. »Das beantwortet nicht meine Frage.«

»Ich ziehe es vor, meine Zeit nicht mit Frivolitäten zu

verschwenden«, sagte er leise, als er ihr noch näher kam. »Versuche es noch einmal.«

Er ließ seine Hände locker neben seinem Körper hängen und wirkte dadurch täuschend entspannt. Doch mit jedem Schritt übte er sich in tödlicher Zurückhaltung und gewährte ihr einen Blick auf das Raubtier, das in seinem Inneren lauerte.

Der Mann strahlte eine unglaubliche Gefahr aus.

Ihr Puls beschleunigte sich voller Erwartung. Das Kämpfen zählte zu ihren Lieblingsbeschäftigungen, obwohl die meisten Seraphim nicht viel dafür übrig hatten. Für sie war es eine unnötige Angelegenheit, doch Caro hatte schon seit Jahrzehnten eine dunkle Vorahnung, dass ein großes Unheil bevorstand. Es war nicht mehr als ein leises Flüstern in ihrem Ohr. Sie hatte dem Hohen Rat nichts davon erzählt, da man sie aufgrund ihres geringen Alters ohnehin nicht ernst nehmen würde.

Doch das hielt sie nicht davon ab, sich darauf vorzubereiten.

Sie drehte das Messer und stieß es in Richtung seines Bauches, doch er machte lachend einen Satz zurück. »Besser als ich erwartet habe, aber nicht annähernd gut genug.«

Als sie die beleidigenden Worte hörte, kniff sie die Augen zusammen. Sie hatte nicht wirklich versucht, ihn zu verletzen, doch das würde sich jetzt ändern.

Er wehrte den ersten Stoß mit seinem Unterarm ab und blockte ihren Tritt mit seinem Oberschenkel. Mit ihrem Angriff wollte sie nur seine Reaktionszeit testen und musste sich widerwillig eingestehen, dass sie ziemlich gut war.

Caro warf eines ihrer Messer nach ihm, um seine Aufmerksamkeit auf den tödlichen Gegenstand zu lenken, bevor er sich in seinen Schädel bohrte.

Sie nutzte die vorübergehende Ablenkung, um sich unsichtbar zu machen und hinter ihm wieder aufzutauchen, wobei sie ihm mit der anderen Klinge in die Schulter schnitt. Er wirbelte herum und packte ihr Handgelenk, dann drehte er sie um und presste sie mit dem Rücken an seine Brust.

»Nicht schlecht«, murmelte er an ihrem Ohr. Sie zielte mit der Faust auf seinen Oberschenkel, doch er ergriff ihren Unterarm und hielt sie mit Leichtigkeit fest. Er war so viel stärker als sie. »Sollen wir noch einmal spielen, Engel?«

Ihre Brust hob und senkte sich, als sie tief durchatmete. Er hatte sie viel zu schnell geschlagen und sie dabei nicht einmal seinem Willen unterworfen. »Du hast eine gute Ausbildung genossen.«

»Ja, und sie hat viel länger gedauert, als du lebst«, sagte er mit sanfter Stimme. »Wie alt bist du, Caro?«

Es würde nichts bringen zu lügen. »Fast ein Jahrhundert.«

»So jung.« Er knabberte an ihrem Nacken, als er ihre Arme über ihrem Bauch verschränkte. »Dein erhöhter Herzschlag verrät mir, dass du unsere kleine Auseinandersetzung genossen hast. Ich würde gern wissen, ob der Gedanke, mich zu verletzen, dich derart erregt hat. Oder steckt etwas anderes dahinter?«

»Beim Kämpfen wird Adrenalin ausgeschüttet, und genau das hast du wahrgenommen. Sonst nichts.«

Sie konnte sein Lachen an ihrem Rücken spüren. »Oh Caro, du hast ja keine Ahnung, nicht wahr?« Er ließ ihre Arme los. »Lass das Messer fallen und lege die Hände an die Fensterscheibe.«

Gegen ihren Willen öffnete sie die Hand und das Messer fiel zu Boden. »Das ist nicht nötig«, knurrte sie, als ihre Hände die Scheibe berührten.

»Da du verloren hast, liegt die Entscheidung nicht bei dir.« Er bückte sich, um das Messer aufzuheben. Sie wusste nicht, was er mit dem anderen angestellt hatte, doch sie nahm an, dass er es in seiner Tasche verstaut hatte.

»Und jetzt?«, murrte sie, während sie darauf wartete, dass er sie noch einmal seinem Willen unterwarf.

»Wie du mir, so ich dir, Engel.« Er ließ die scharfe Klinge über ihre Wirbelsäule gleiten. Er übte genügend Druck aus, sodass sie die Berührung fühlen konnte, war jedoch vorsichtig genug, sie nicht zu verletzen. »Ich habe für dich geblutet und du wirst für mich bluten.«

Sie riss die Augen auf. »Wie bitte?«

»Pst.« Mit seiner freien Hand packte er ihr Haar und legte es über ihre Schulter, dann küsste er ihren Nacken. »Ich habe mich noch nicht entschieden, wie genau ich meinen Lohn einfordern will, Liebling. Verdirb mir nicht den Spaß.«

Er ließ die Klinge weiter nach unten über ihren Hintern bis an die Rückseite ihrer Oberschenkel gleiten. Sie bekam eine Gänsehaut, als er hinter ihr auf die Knie fiel.

»W-was tust du da?« Sie wollte sich zu ihm umdrehen, doch sie war nicht imstande, ihre Hände von der Fensterscheibe zu lösen.

»Spreiz die Beine für mich«, sagte er und zwang sie dazu, ihm zu gehorchen.

Sie zuckte zusammen, als die Spitze der Klinge die Innenseite ihres Schenkels berührte. »Sethios«, brachte sie mit trockenem Mund heraus. In diesem Bereich befanden sich zu viele Stellen, die eine tödliche Wunde davontragen konnten.

»Ich hatte schon immer eine Vorliebe für die Oberschenkelarterie«, murmelte er. »Und Seraphim heilen so schnell.«

Caro schrie auf, als er ihre Haut mit einer flinken, effizienten Bewegung durchschnitt. Sie musste nicht hinsehen, um zu wissen, dass der Schnitt wesentlich tiefer war als die, die sie ihm auf seiner Wange und Schulter zugefügt hatte. Die Wunde wäre dank ihrer seraphischen Gene innerhalb von Minuten verheilt und es schien nutzlos und verschwenderisch, sie auf diese Weise zu verstümmeln.

»Wunderschön.« Sie spürte, wie er das Wort an ihren Schenkel hauchte. »Jetzt sind wir quitt, Engel.« Er strich mit der Zunge über die offene Wunde und linderte den Schmerz.

Sie konnte keinen klaren Gedanken mehr fassen.

Warum ist er …

Oh.

Das ist neu.

Seine Berührung strahlte eine Hitze aus, die bis hinauf in ihren Unterleib und sogar darüber hinaus drang. Sie biss sich auf die Unterlippe, um ein Stöhnen zu unterdrücken.

Es erschien ihr unpraktisch, darauf zu reagieren oder es zu genießen.

Er wollte eine Nacht mit ihr verbringen und sie war entschlossen, ihm diesen Wunsch stillschweigend zu gewähren. Denn nichts …

Völlig unerwartet strich er mit dem Daumen über ihre Spalte und sie wäre fast zusammengesackt.

»Bleib stehen und löse deine Hände nicht von der Fensterscheibe«, sagte Sethios. »Du wirst dich nicht von der Stelle rühren, bis ich dir die Erlaubnis dazu gebe.«

Sie stieß ein Knurren aus, das sich in ein Stöhnen verwandelte, als er seinem Daumen auch seine Zunge folgen ließ.

So etwas hatte sie noch nie erlebt.

Es war unglaublich.

»W…« Sie konnte ihre Gedanken nicht in Worte fassen. Sie verflogen gänzlich, als er mit seinen Lippen ihre Klitoris umschloss. Caro kannte den Zweck dieser Liebkosung. Sie war Tausende Male Zeuge dieses Akts geworden und hatte in verschiedenen Handbüchern darüber gelesen, doch sie hatte den wahren Grund dafür nie verstanden. Bis jetzt.

Sie presste die Stirn an die Fensterscheibe, als sie am ganzen Körper unkontrolliert zitterte und fast zusammengebrochen wäre. Nur durch seinen Bann hielt sie sich aufrecht. Sie verspürte eine berauschende Mischung aus Verärgerung, Verwirrung und Glückseligkeit. Es waren Empfindungen, die ihr eigentlich nicht zustanden.

Doch er umkreiste mit seiner Zunge ihr Geschlecht auf eine Weise, die sich über jegliche Logik hinwegsetzte.

»Ich kann nicht … Das ist …« Es verschlug ihr den Atem, als eine Welle fremdartiger Hitze durch ihren ganzen Körper schoss. »A-akzeptabel.«

Sie konnte nicht hören, ob er etwas erwiderte, denn ihr Puls rauschte ihr lautstark in den Ohren. Der Rhythmus erinnerte sie an das Schlagen einer Trommel, während sie versuchte, nicht zusammenzusacken. Mit jedem Streich seiner Zunge sandte er heftige Schauer durch ihre Gliedmaßen.

Sie krallte sich in die Scheibe, als sie versuchte, ihre Hände zu Fäusten zu ballen, doch sie war nicht imstande, ihrem Drang nachzugeben, denn Sethios hatte ihr verboten, sich zu bewegen. Ihr Körper hatte seinen Befehl nicht vergessen, während ihr Verstand jedoch in tausend Stücke zersprang.

Er drang mit dem Daumen in sie ein, während er mit der anderen Hand ihren Schenkel streichelte. Sie wusste nicht, wo er ihr Messer verstaut hatte, doch sie konnte sich auch später noch Gedanken darüber machen.

Gib dich dem Gefühl hin, flehte eine dunkle Stimme in ihrem Inneren. *Lass es zu.*

Nein. Ihr gesunder Menschenverstand war bestenfalls nur noch ein Flüstern. *Gib ihm nicht die Genugtuung.*

Es ist eine lehrreiche Erfahrung. Lass dich darauf ein.

Oh, Sethios.

Ihr zitterten die Knie, als er ihr mit seiner Liebkosung auch noch den letzten Funken ihres gesunden Menschenverstands raubte. Ihr ganzer Körper wurde von einer flammenden Hitze durchströmt, die sie in ein Inferno der Lust hüllte. Sie kannte die Anzeichen, denn sie hatte Nachforschungen darüber angestellt, doch sie hatte nie daran gedacht, sie selbst zu erleben.

Warum habe ich nur ohne dieses Gefühl gelebt?, flüsterte ihre Seele ihr zu. *Welch eine Verschwendung meines Lebens.*

Er zog den Daumen heraus und stieß stattdessen zwei Finger tief in ihre Öffnung, wobei er eine Stelle in ihrem Inneren berührte, von deren Existenz sie nicht einmal gewusst hatte. Ihr Unterleib spannte sich an und explodierte förmlich, als sie über den Abgrund fiel und von der Welle der Lust davongetragen wurde. Sie hätte nie erwartet, dass es sich … derart … *heiß* anfühlte.

So intensiv.

Die Zeit scheint stillzustehen.

Ich kann meine Beine nicht spüren.

Es ist zu viel, oh, es ist einfach zu heftig.

Caro erzitterte und war völlig überwältigt von der Empfindung, die sie nicht recht verarbeiten konnte. Ihrer Kehle entfuhr ein ihr unbekannter Klang.

Irgendwie hielt sie sich aufrecht, doch es war fast schmerzhaft, seinem Befehl Folge zu leisten. Ihre Beine flehten sie förmlich an nachzugeben, und ihre Hände waren vor Anstrengung verschwitzt, während in ihrem Verstand nur noch ein Meer verbotener Emotionen wogte.

Sethios leckte sie noch einmal genüsslich, bevor er seinen Mund von ihr löste und ein Lachen ausstieß, dass ihr durch Mark und Bein ging. »Oh Engel, du hast mich nicht enttäuscht.«

SETHIOS LIEß seine Hände über Caros straffen Hintern und ihren bebenden Rücken gleiten. Mit einem zufriedenen Lächeln betrachtete er ihre errötete Haut.

»Du hast es genossen«, murmelte er, als er ihr einen Kuss auf den Nacken presste. »Jetzt bin ich an der Reihe.« Er verwob seine Finger in ihrem blonden Haar und zog ruckartig ihren Kopf zurück. »Geh auf die Knie und zieh mir die Hose aus.«

Er wollte keine Zeit verschwenden. Sie hatten sieben gemeinsame Stunden vor sich und er hatte vor, jede einzelne Minute zu nutzen. Wenn er erst einmal das erste Verlangen gestillt hatte, würden sie richtig beginnen können.

Sein Befehl ließ Caro fast zu Boden fallen. Mit geschickten Fingern machte sie sich an seinem Gürtel zu schaffen, während sie mit berauschtem Blick zu ihm aufsah. Oh, dieser Anblick gefiel ihm. Es wäre ein solches Vergnügen, ihren Mund zu ficken, während sie mit einem widerspenstigen Funkeln in ihren wunderschönen Augen zu ihm aufblickte.

»Vorsicht Liebling, du bringst mich auf verruchte Gedanken«, sagte er leise, als sie den Reißverschluss seiner Hose ruckartiger als nötig aufzog.

»Kannst du in deinen Gedanken auch sehen, wie ich

dich ersteche?«, fragte sie mit einem knurrenden Unterton, den er auch im Bett von ihr zu hören hoffte.

»Du willst mich wohl reizen, Caro.« Sein Schwanz wurde hart, als er sich daran erinnerte, wie sie versucht hatte, ihn nackt zu bekämpfen. Es war eine der erotischsten Erfahrungen seines sehr langen Lebens gewesen.

Sie würden später noch mit ihren Waffen spielen können, nachdem er sie gefickt hatte. Er konnte es kaum erwarten, ihre Grenzen auszutesten. Sie hatte kaum mit der Wimper gezuckt, als er ihre Oberschenkelarterie durchschnitten hatte. Ein Mensch wäre auf diese Weise langsam verblutet, doch bei ihr war die Wunde bereits verheilt, während sie äußerst lebendig vor ihm kniete.

Ohne Umschweife zog sie seine Hose hinunter, als wäre es ihr egal, dass er darunter nackt war. Er bemerkte jedoch das verräterische Blähen ihrer Nasenflügel und ihre erweiterten Pupillen, als ihr Blick auf seinen Schwanz fiel.

Dann bist du wohl doch nicht so immun gegen mich, wie du geglaubt hast, nicht wahr, Liebling?

Ihr Orgasmus hatte so wunderbar süß geschmeckt.

Es war der Geschmack des Sieges.

Er hatte sie aufgefordert, ihn zu bekämpfen, denn er hatte gewusst, dass ihr Adrenalinspiegel dadurch in die Höhe schießen würde. Dann hatte er ihr Schmerzen zugefügt, um ihre Mauer der Gleichgültigkeit zu durchbrechen, und es hatte wunderbar zu seinen Gunsten funktioniert.

Sethios umfasste ihr Gesicht mit beiden Händen und belächelte ihre unterwürfige Haltung. »Ich liebe es, wenn eine Frau vor mir niederkniet.«

»Wenn ich aufstehen könnte, würde ich es tun«, erwiderte sie mit unverhohlener Wut. Für einen Seraph war sie überaus hitzig und aufgebracht. Er liebte es.

»Du darfst dich erheben«, murmelte er und streckte ihr eine Hand entgegen.

Sie ignorierte sie wie erwartet und richtete sich mit anmutigen Bewegungen auf. Ihre Würde und ihr Selbstbewusstsein verschlugen ihm den Atem. Die meisten Frauen würden zu diesem Zeitpunkt bereits zitternd und schluchzend am Boden liegen, doch sie hielt seinem Blick stand und betrachtete ihn mit feurigen Augen. Ihr Trotz erregte ihn nur noch mehr.

»Wie würdest du denn gern gefickt werden, Liebling? Gegen die Fensterscheibe oder willst du dich lieber übers Bett beugen?« Er hatte keine Ahnung, warum er ihr die Wahl ließ, doch er wartete gespannt auf ihre Antwort.

Sie warf einen neugierigen Blick auf das Fenster und das Bett und überraschte ihn damit nur noch mehr. Er hatte einen Vortrag darüber erwartet, wie unpraktisch beide Stellungen waren, doch sie schien sein Angebot ernsthaft zu erwägen.

Perfekt.

Warum verhielten sich nicht alle seine Gespielinnen so? Sie alle ergaben sich seinem Willen, doch Caro blieb trotz seiner offensichtlichen Überlegenheit wie eine ebenbürtige Partnerin neben ihm stehen.

»Fenster«, murmelte sie nur und drehte sich um, um ihre Hände wieder an die Scheibe zu legen. »Mir gefällt die Aussicht.«

Er lächelte verschmitzt. »Warum glaubst du, dass ich dich in dieser Stellung nehmen will?«

Sie schob ihre Hüfte mit einer einladenden Geste vor, die ihn überraschte. »Du kannst mir ja sagen, wenn ich es falsch mache.«

»Da hast du recht«, stimmte er zu und strich mit dem Daumen über seine Unterlippe. »Na schön, Engel.« Er würde ihr einen Ausblick bieten, den sie nie vergessen würde. »Nimm deine himmlische Gestalt an, aber geh nicht fort.«

Sie warf einen Blick über ihre Schulter, als ihre Flügel halbtransparent erschienen und den Raum in atemberaubende hell- und dunkelblaue Farbtöne tauchten. Er strich mit den Fingerspitzen über die Federn und folgte ihrem Verlauf bis zu ihrer Wirbelsäule.

»Kannst du sie entfalten?«, fragte er voller Ehrfurcht vor ihrer Schönheit. Er wollte sie in diesem Zustand vögeln.

Sie gehorchte und breitete vor seinen Augen ihre azurblauen Flügel aus. Er war wie vom Blitz getroffen. Offenbar brachte sie sich bereitwilliger in dieses Spiel ein, als sie zugeben wollte.

»Bleib so«, sagte er. Es war ein Befehl, doch er unterwarf sie nicht seinem Willen. Sie zuckte nur gleichgültig mit den Schultern und wandte sich wieder der Skyline von New York zu, doch er sah, wie ihr ein Schauer über den Rücken lief. Möglicherweise war es ihr nicht bewusst, doch ihr Körper war ihm gegenüber nicht ganz so gleichgültig, wie sie glauben wollte.

Er packte ihre Hüften und hob sie ohne Vorwarnung hoch, bis ihre Füße in der Luft baumelten.

Sie schrie auf und flatterte mit den Flügeln, die seine Brust streiften.

»Hände an die Scheibe«, erinnerte er sie, als sie sich bemühte, die Balance zu halten. Sie krallte sich an die Scheibe, als er sie in die richtige Position brachte und von hinten in sie eindrang.

Als sie nach Luft schnappte, wusste er, dass er zu grob gewesen war, doch ihre warme, feuchte Öffnung zog sich gefällig um seinen Schwanz zusammen. Er küsste ihren Nacken und grinste, als ihre Federn gegen seine Brust schlugen. »Zu heftig, Engel?«

»Ich werde mich daran gewöhnen«, hauchte sie.

»Ja, das wirst du«, stimmte er zu, als er langsam seine Hüfte vor- und zurückschob. Normalerweise würde er sie ficken, wie er es wollte, doch sie war so eng und er wusste, dass sie noch unerfahren war.

Er würde sie langsam an die fleischlichen Genüsse heranführen müssen, denn er wollte, dass sie sich ihrer Lust voll und ganz hingab. Er würde es genießen, sie wieder und wieder zum Höhepunkt zu bringen.

Sie beugte die Knie und schlang ihre Unterschenkel um seine Hüften. Die Reaktion war ungemein erregend, denn dadurch konnte er noch tiefer in sie eindringen. Sie hatte die Hände gegen das Fenster gepresst, während sie ihm ihren Unterleib entgegenschob.

Es musste sie unglaubliche Kraft kosten, doch sie verharrte mit einer Leichtigkeit in dieser Position, was sie nur noch verführerischer machte.

Meine Güte, allein der Anblick ließ ihn fast zum Höhepunkt kommen.

»Verdammt, Caro.« Er presste den Kopf an ihren Rücken und schwelgte in dem Gefühl, von einem so himmlischen Wesen umgeben zu sein. In seinem viel zu langen Leben hatte er nur selten Gelegenheit, neue Erfahrungen zu machen, und er wollte den Moment so lange wie möglich hinauszögern und genießen.

Sein Schwanz war jedoch anderer Meinung.

»Schrei, wenn du willst«, sagte er leise, als seine Stöße heftiger wurden. Er krallte sich in ihre Hüften, als er immer wieder in sie hineinstieß und seiner Lust mit einer Brutalität freien Lauf ließ, unter der die meisten Menschen kollabiert wären. Doch statt zusammenzubrechen, erwiderte sie seine Stöße und stöhnte jedes Mal auf, wenn er ihren G-Punkt reizte.

Ihr Körper hatte keinerlei Probleme damit, sich der

Lust hinzugeben, und nach den Lauten zu urteilen, die ihr über die Lippen kamen, kämpfte sie nicht mehr dagegen an. Er knurrte an ihrem Nacken, als er noch heftiger in sie hineinstieß. Jedes Stöhnen aus ihrem Mund war wie ein Flehen, sie noch härter zu ficken, und ihm blieb keine Wahl, als sie mit sich über den Abgrund in die Besinnungslosigkeit zu reißen.

»Komm für mich, Caro«, befahl Sethios, als er sich von der Welle der Lust davontragen ließ.

Ihre heiße Enge umschloss seinen Schwanz und melkte ihn bis auf den letzten Tropfen, als sie einen Schrei ausstieß, der wie sein Name klang. Er lächelte an ihrem Nacken und genoss das Beben ihres Körpers.

Die ganze Nacht lang, versprach er sich selbst.

Er würde sie wieder und wieder nehmen, bis sie nicht mehr laufen konnte.

Und dann würde er sie noch einmal ficken.

Sie würden im Bett beginnen.

Er gewährte ihr keine Ruhepause, sondern zog sie von der Fensterscheibe weg und warf sie auf die Matratze. Ihre Flügel verschwanden, als sie ihre Beine einladend spreizte.

Diesmal würde er sie auf jeden Fall beißen.

Und zwar an mehreren Stellen.

»Noch einmal«, murmelte er, als er sich auf sie legte.

Sie blinzelte mit ihren wunderschönen blauen Augen zu ihm auf und nickte. »Ja.«

KAPITEL FÜNF

MEIN WILLE GESCHEHE

CARO ERWACHTE WIE IM NEBEL, während ihr Kopf in den Wolken zu schweben schien. Ihre Messer waren verschwunden, genauso wie ihre Vernunft.

Seraphim brauchen kein Lustempfinden.

Das war falsch.

Es stimmte ganz und gar nicht.

Warum verheimlicht der Hohe Rat die Wahrheit? Männliche Seraphim mussten ejakulieren, um sich fortzupflanzen, und das bedeutete, dass sie *irgendetwas* fühlen mussten, um zum Höhepunkt zu kommen. Die ganze Zeit über hatte sie jedoch geglaubt, dass es sich dabei nur um eine körperliche Reaktion aus reiner Notwendigkeit handelte.

Caro hatte nie den Versuch unternommen, sich in einen Zustand der Erregung zu versetzen, denn ihre Vorgesetzten hatten ihr versichert, dass es reine Zeitverschwendung sei. Die einzigen Seraphim, die sich ihren Gefühlen und Emotionen hingaben, waren diejenigen, deren Fähigkeiten ohne sie wertlos waren. Caro hatte dieses Bedürfnis jedoch nicht, daher hatte sie es auch nie versucht. Wie unrecht sie damit gehabt hatte, sich diese Freuden selbst zu verweigern.

Sethios hat mich zum Schreien gebracht.

Und ich habe es genossen.

Sie erzitterte, als die Erinnerung an Sethios' Körper, der sich mit dem ihren vereinte, ihre Gedanken erfüllte. Sie spannte die Schenkel an, als eine dunkle Sehnsucht ihr Blut in Wallung brachte, während der muskulöse Arm, der um ihre nackte Taille geschlungen war, ihre Begierde nur noch steigerte. Wenn sie ihre Hüften drehte, würde sie sich an seine Lenden schmiegen.

Würde er die Einladung verstehen? Würde er darauf eingehen?

Caro biss sich auf die Unterlippe, um ein sowohl begieriges als auch frustriertes Stöhnen zu unterdrücken. Eigentlich wäre dies der Zeitpunkt, an dem sie ihn foltern sollte, um Informationen aus ihm herauszupressen, um ihn anschließend zu töten, statt noch einmal mit ihm Unzucht zu treiben.

Ficken, verbesserte sie sich in Gedanken. Sethios hatte es so genannt.

Sie wand sich unwillkürlich, als sich verführerische Bilder vor ihrem inneren Auge abspielten. Sie wollte noch mehr dieser wunderbaren Gefühle empfinden, die ihre Gliedmaßen zum Beben brachten und sie Sterne vor Augen sehen ließen.

Es war so falsch, doch es fühlte sich so richtig an.

Wie viele Jahrzehnte hatte sie in einem Kokon aus logischem Denken verbracht und sich geweigert, etwas zu empfinden? Sethios hatte diese schützende Hülle durchbrochen und sie einem verborgenen Teil ihrer selbst nähergebracht. Würde sie je in der Lage sein, das Erlebte zu vergessen und zu ihrer vorherigen Existenz zurückzukehren?

Ich habe den Verstand verloren, erkannte sie.

Es ist diese Dimension. Sie bringt meine Sinne völlig durcheinander.

Vielleicht liegt es auch an Sethios.

Nein.

Warum würde er sie auf diese Weise verändern?

Möglicherweise wollte er verhindern, dass sie Osiris ihre Nachricht überbrachte. Oder er wollte sich selbst vor dem Unausweichlichen schützen, denn Sethios musste sterben. Für ihresgleichen war er ein entartetes Wesen, selbst wenn er in ihr ein Feuerwerk der Gefühle hervorrief, das sie in nie da gewesene Sphären erhob.

Ihr gefror das Blut in den Adern, als ihr der Zweck ihres Besuchs auf Erden langsam wieder bewusst wurde. Wenn sie ihren Auftrag nicht ausführte und Osiris die Nachricht nicht überbrachte, würde der Hohe Rat einen anderen Seraph schicken und Caro würde sich ihrer Bestrafung stellen müssen.

Ihr lief ein Schauer über den Rücken, als sie daran dachte, was sie erwarten würde. Seraphim konnten zwar nicht getötet werden, aber sie konnten Leid empfinden. Und der Hohe Rat würde sie leiden lassen, wenn sie ihre Aufgabe nicht ausführte und der Rat obendrein von ihrer Nacht in Sethios' Bett erführe.

Caro musste sich ihm sofort entziehen oder sie lief Gefahr, den Verstand gänzlich zu verlieren. Denn sie konnte nicht so weitermachen. Allein der Gedanke, noch mehr Zeit mit ihm zu verbringen, war völlig absurd. Es war schlimm genug, dass sie diesem Handel überhaupt zugestimmt hatte.

Sie versuchte, sich aus seiner Umarmung zu lösen, und schrie auf, als sich plötzlich alles um sie herum drehte. Sie prallte mit dem Rücken auf die Matratze, als er ihre Handgelenke mit einer Hand über ihrem Kopf aufs Bett drückte.

»Guten Morgen«, murmelte er, als er sich auf sie legte. »Wo willst du hin?«

Er durchbohrte sie mit einem feurigen Blick, der ihren Puls in die Höhe schnellen ließ. Er hatte sie bereits letzte Nacht so angesehen, kurz bevor er sie gebissen hatte. Sie hatte erwartet, dass es schmerzte, doch stattdessen hatte es ihr Blut in Wallung gebracht.

»Ich … Unser …« Sie räusperte sich, als sie versuchte, die Kontrolle über ihre Worte wiederzugewinnen. »Du schuldest mir Osiris' Aufenthaltsort.«

»Tatsächlich?« Er packte ihre Hüfte mit seiner freien Hand. »Und du wolltest ihn einfordern, nachdem du dich aus meinem Bett gerollt hast?«

Sie leckte sich über die Lippen, während sie sich eine Antwort zurechtlegte. »Ich, äh, wollte mich zuerst anziehen.«

»Wirklich?« Er zog eine Augenbraue in die Höhe. »Das ist interessant. Die meisten Frauen verlassen mein Bett nicht freiwillig und wagen es auch nicht, sich ohne meine Erlaubnis zu entfernen.«

Der Mann strotzte nur so vor Arroganz, bei der sich ihre unsichtbaren Federn verärgert aufstellten. »Wenn du willst, dass ich dich um Erlaubnis bitte, dann kannst du lange warten.« Sie hatte sein überhebliches Gehabe während der vergangenen Nacht nur akzeptiert, weil sie es genossen hatte, doch im Moment rief sein Verhalten in ihr den Wunsch hervor, zu ihren Messern zu greifen.

Wo hat er sie versteckt?

Er grinste. »Wunderbar. Ich habe kein Problem damit, hier zu warten, Engel.« Seine erregte Männlichkeit schmiegte sich an ihr empfindsames Fleisch. »Soll ich währenddessen einen Weg finden, wie wir uns die Zeit vertreiben können?«

Sie spannte die Hüften an, als sie gegen den Drang ankämpfte, sich ihm entgegenzuwölben. Er würde es als Einladung auffassen, die ihr Körper bereitwillig aussprach, während sie im Geiste mögliche Fluchtpläne durchging.

»Ich habe meinen Teil unserer Abmachung eingehalten«, sagte sie, während sie ihren nächsten Schritt abwog. »Jetzt musst du mir seinen Aufenthaltsort verraten.«

Er beugte sich zu ihr hinunter und küsste die Stelle an ihrem Hals, an der er sie letzte Nacht gebissen hatte. Es verblüffte sie immer noch, wie sie auf diese erniedrigende Geste reagiert hatte, denn sie hatte sie viel zu sehr genossen.

»Dein Herzschlag singt förmlich, Caro.« Er hauchte die Worte an ihre zarte Haut. »Warum bist du denn so aufgebracht, Liebling? Stört dich der Gedanke, noch ein paar Stunden in meinem Bett zu verbringen, oder machst du dir Sorgen, weil dein Auftrag möglicherweise unschön enden könnte?«

Er strich mit der Zunge über ihre Kehle und brachte damit den dunklen Teil ihrer Seele zum Beben. Es war der Teil von ihr, der es für eine gute Idee hielt, noch ein paar Tage bei ihm zu bleiben.

»Aber vielleicht«, überlegte er, »habe ich dich auch unterbrochen, als du gerade darüber nachgedacht hast, mich zu erstechen.«

Er festigte den Griff um ihre Hüfte, als er mit seiner harten Männlichkeit in ihre warme Höhle eindrang. Sie warf den Kopf zurück und stieß ein knurrendes Stöhnen aus, das sowohl ihren Ärger als auch ihre Begeisterung zum Ausdruck brachte.

Die Nacht war vorüber und sein Handeln lief den Bedingungen ihrer Vereinbarung zuwider, doch ihr Körper weigerte sich, gegen ihn anzukämpfen. Ihr Unterleib hieß ihn willkommen und nahm ihn begierig in sich auf, während ihr Blut aufs Neue in Wallung geriet.

»Mm.« Er zog seinen Schaft heraus, bis seine Eichel gerade noch ihre Öffnung berührte. »Ich liebe diesen Laut, Caro. Ich will ihn noch einmal hören.« Er stieß mit einer solchen Wucht in sie hinein, dass ihr keine andere Wahl blieb, als seiner Aufforderung Folge zu leisten.

»Sethios«, hauchte sie, als sie die Hände zu Fäusten ballte. »Das ist nicht …«

Er brachte sie mit einem weiteren harten Stoß zum Verstummen.

Nicht fair.

Er hatte sich dreitausend Jahre lang den fleischlichen Genüssen hingegeben, während ihre Erfahrung sich auf die letzte Nacht beschränkte. Gegen sein meisterliches Geschick hatte sie keine Chance.

»Wolltest du etwas sagen, Liebling?«, fragte er und hielt inne. »Willst du mein Bett verlassen?«

Ihr lief ein Schauer über den Rücken. »Ich …« Ihr Innerstes wurde von einem heftigen Beben gepackt, das ein heißes Kribbeln in all ihre Gliedmaßen sandte. Ihr fehlten die Worte. Eigentlich sollte sie ihn jetzt mit dem Messer aufschlitzen, doch gleichzeitig wollte sie nicht, dass er aufhörte.

Er blickte mit seinen grünen Augen auf sie herab und betrachtete den Ausdruck auf ihrem Gesicht. »Du bist hin- und hergerissen«, murmelte er. »Ich habe immer noch den Wunsch, deinen Mund um meinen Schwanz zu spüren, Caro. Sollen wir das jetzt tun? Allein deine Unentschlossenheit würde mich im Handumdrehen an den Rand des Abgrunds treiben. Ich wäre mir nicht sicher, ob du meinen Saft schlucken oder mich beißen wolltest.«

»Ich würde dich beißen«, stöhnte sie, als er seinen Schwanz wieder in sie hineinstieß. »Ganz ohne Zweifel.«

Er lachte. »Vorsicht, Liebling. Es könnte mir gefallen.«

Caro war sich sicher, dass er es genießen würde,

vielleicht sogar ein wenig zu sehr. Er steigerte das Tempo, während er ihre Hüften festhielt. In dieser Position verwehrte er ihr die Möglichkeit, ihre Lust voll und ganz auszukosten, und hielt sie immer am Rande des Hochgefühls.

»Sethios.« Sein Name klang wie ein Flehen aus ihrem Mund, als sie vergeblich versuchte, ihre Position zu ändern.

»Brauchst du etwas?«, fragte er mit schläfrig zufriedenem Unterton, als er seine Bewegungen verlangsamte.

»Mein Messer«, knurrte sie, während sie die Hände frustriert zu Fäusten ballte. Es würde zwar nicht viel helfen, wenn sie ihn erstach, doch es würde ihr eine vorübergehende Genugtuung verschaffen.

»Mm.« Er strich mit der Nase über ihre Wange und ließ ihre Hüften los. Er drückte sie mit seinem Unterleib auf die Matratze, während sie versuchte, ihre Freiheit zu nutzen und sich loszureißen. Er schüttelte missbilligend den Kopf. »Deine Ungeduld ist nicht besonders reizvoll.«

»Dein Spott ebenso wenig«, entgegnete sie mit zusammengebissenen Zähnen.

»Tatsächlich?« Sie spürte einen scharfen Gegenstand, der sie an der Taille kitzelte, und schnappte nach Luft.

Mein Messer …

»Hast du danach gesucht, Engel?«, fragte er, als er das scharfe Messer an ihre Brust gleiten ließ. Er drückte das Klingenblatt auf ihre harte Brustwarze. »Ich habe es über Nacht für dich verwahrt, für den Fall, dass du auf reizvolle Gedanken kommen könntest.« Er drang mit einer solchen Wucht in sie ein, dass sie keinen klaren Gedanken mehr fassen konnte.

»Sethios«, hauchte sie.

»Ich liebe die Art, wie du meinen Namen sagst.« Er

übte noch mehr Druck auf die Klinge aus, verletzte ihre Haut jedoch nicht. »Ich will ihn noch einmal hören.«

»Sethios.« Ihr wurde heiß und kalt, als sie sich seinem Willen unterwarf. Ihr war bewusst, wie bedrohlich seine Haltung war, doch sie brachte es nicht über sich, sich unsichtbar zu machen. Sie genoss das Machtspielchen, obwohl es jeglicher Vernunft entbehrte. Nicht viele Männer konnten sie auf diese Weise kontrollieren, und er schien es mit Leichtigkeit zu tun.

»So hübsch«, murmelte er, während seine Männlichkeit in ihrem Inneren pulsierte.

Sie schrie auf, als er ihr in die empfindsame Brustwarze schnitt, bis sie blutete.

»Hör auf, dich zu wehren, Engel.« Er zog seinen Schwanz aus ihr heraus und umschloss mit den Lippen ihre Brust, während er ihre Hände über ihrem Kopf festhielt. Er leckte über die Wunde, als er sie direkt darunter noch einmal stach. Sie versuchte, sich zu bewegen, doch es gelang ihr nicht, denn er hatte ihr befohlen, sich nicht zu wehren.

Sie sollte wütend sein, doch sie konnte nur das erwartungsvolle Kribbeln spüren, das durch ihre Venen rauschte.

Er saugte an ihrem steifen Nippel und entlockte ihr damit ein Wimmern. Die Luft schien elektrisch geladen, als er ihre Haut mit seinen Zähnen durchbrach.

Entartetes Wesen, flüsterte ihr Verstand.

Mehr, flehte ihre Seele.

Sie konnte ihren inneren Konflikt nicht lösen, während ihr Körper auf seine Berührung reagierte.

Sie machte sich abwechselnd unsichtbar und erschien wieder, während er ihr Fleisch mit seinem Mund quälte. Sie hatte nicht einmal gemerkt, wie er sich ihrer anderen Brust zugewandt hatte, während er ihr weiterhin das

Messer an den Hals hielt. Sie konnte nicht klar genug denken, um sich darüber Sorgen zu machen.

»Verdammt, Caro«, flüsterte er mit ehrfurchtsvoller Stimme. »Ich liebe deine Stärke. Du willst einfach nicht brechen.«

Seine Worte riefen Zweifel in ihr wach, denn sie fühlte sich gebrochen. Seraphim sollten eigentlich keinen Genuss empfinden, doch Caro konnte Sethios' Biss nicht ignorieren. Er löste ein Kribbeln und ein Stechen in ihr aus, während sie zitternd unter ihm lag.

Er löste seinen Griff und setzte sich neben sie auf die Knie, um mit feurigem Blick ihre Brüste zu betrachten.

»Dreh dich auf den Bauch.« In seiner Stimme schwang ein machtvoller Unterton mit, der anregend durch jede Zelle ihres Körpers vibrierte, wobei sie die unterwürfige Haltung eher freiwillig als gezwungen einnahm. Sie stützte sich auf ihren Unterarmen ab und wartete darauf, dass er seinen nächsten Befehl aussprach.

»Streck den Hintern in die Luft«, forderte er. Caro ging auf die Knie und zuckte zusammen, als er ihr mit der flachen Hand auf eine Pobacke schlug. »Du verlässt mein Bett nicht ohne meine Erlaubnis.«

Sie warf ihm einen finsteren Blick über die Schulter hinweg zu. »Versuch das noch einmal.«

Er grinste. »Gern.«

Er versetzte ihr noch einen Klaps und brachte damit ihr Blut in Wallung. Sie versuchte, sich zu bewegen, um ihm die Meinung zu sagen, doch ihre Gliedmaßen schienen wie festgewachsen, während er sie belustigt beobachtete.

»Kannst du dich etwa nicht bewegen, Liebling?«, fragte er mit unschuldigem Unterton, als er sich hinter sie aufs Bett kniete. »Das ist wirklich schade.«

»Was hast …«

Er stieß von hinten in sie hinein und presste ihr die Luft aus der Lunge. Sie ließ die Stirn auf die Unterarme fallen, als sie um Atem rang. Lust und Schmerz vermischten sich, als er ihren Körper mit einer Heftigkeit fickte, bei der die meisten Wesen zerbrechen würden.

Sie ballte die Fäuste um die Decke und hätte fast den Seidenstoff mit ihren Nägeln zerrissen. Mit jedem Stoß rieb er über die Male auf ihrem Hintern, die sie an die erniedrigenden Schläge erinnerten.

Er hatte ihr den Hintern *versohlt.*

Wie kann er es wagen.

Wenn sie jetzt ihr Messer in Händen hielte, dann würde sie ihn erstechen.

Als hätte er ihre Gedanken gehört, presste er die Klinge an ihren Hals und durchbohrte damit ihre Haut. Er beugte sich über sie und leckte über die Wunde.

»Deine Wut ist berauschend«, murmelte er, »und eine wunderbare Herausforderung.«

Sie stieß unter ihm ein Knurren aus. »Ich werde dich töten.«

»Natürlich, Engel.« Er küsste ihren Nacken. »Stütz dich auf den Händen ab.«

Ihr Körper gehorchte, obwohl ihr Verstand sich weigerte. Caro sehnte sich danach, ihren Sinn für die Realität wiederzugewinnen, um die Emotionen, die ihr Blut zum Kochen brachten, zum Schweigen zu bringen. In ihrem Inneren tobte eine Mischung aus Zorn und Erregung, denn trotz allem liebte ihr Köper alles, was er ihr antat, und sehnte sich gleichzeitig nach so viel mehr.

Diese Dimension hat mich gebrochen.

Ihr lief ein Schauer über den Rücken, als er die Klinge über ihre Rippen gleiten ließ und dann damit ihre Brüste umkreiste. Doch statt sie wie zuvor zu schneiden, strich er nur sanft über ihre harte Brustwarze und wanderte danach noch tiefer.

»Beweg dich nicht«, sagte er leise, als die Spitze ihre empfindsame Spalte berührte.

Sie war wie vom Blitz getroffen, doch durch seinen Befehl konnte sie sich nicht rühren.

Die Klinge war scharf, aber das Gefühl war gleichzeitig so unglaublich gut.

»Sethios«, hauchte sie wieder, während sie an nichts anderes denken konnte. Wenn sie sich auch nur einen Zentimeter bewegte, würde die Klinge sie an ihrer intimsten Stelle schneiden und vielleicht sogar ihn verletzen, denn er war weiterhin in ihr. Nichtsdestotrotz rieb die Klinge sie genau an der richtigen Stelle und rief in ihr eine hypnotische Mischung aus Angst und Erregung hervor.

Diese Art von Spielchen erforderte eigentlich großes Vertrauen. Sie war zwar nicht bereit gewesen, ihm derart entgegenzukommen, doch er hatte ihr keine Wahl gelassen.

Und obwohl er die totale Kontrolle über sie hatte, fühlte sie sich in seinen Händen sicher. Er wollte ihr Lust bescheren, weil er dadurch seine eigene steigerte. Er tat all das nur, um ihre Grenzen zu testen und sie dazu zu zwingen, etwas zu empfinden. Sie wollte ihn dafür hassen, doch sie war nicht imstande dazu, denn er trieb sie fast gewaltsam zu einem neuen Bewusstsein ihrer selbst.

Er liebkoste mit den Lippen ihre Schulter, während er sich weiterhin auf gefährliche Weise ihrem intimsten Bereich widmete. Er stieß vorsichtig und tief in sie hinein und weckte eine Reihe dunkler Begierden in ihr, von deren Existenz sie nichts gewusst hatte, bis er sich ihrer angenommen hatte.

»Mehr«, flehte sie ihn mit heiserer Stimme an.

»Luder«, erwiderte er an ihrem Nacken. Er versenkte seine Zähne in ihrem Fleisch und durchstach ihre Halsschlagader, wobei er ihr Blut mit einer euphorischen Macht versetzte. Sie hatte nicht gewusst, dass Seraphim dazu imstande waren, und vielleicht war auch nur Osiris' Blutlinie dazu fähig, doch sie war noch nie zuvor dankbarer gewesen als in diesem Moment.

Das Adrenalin vermengte sich mit einer Wollust, die sie über den Abgrund in die Ekstase stieß. Sie sprach wieder und wieder seinen Namen aus, während die schmerzende Verzückung von ihrer Seele Besitz ergriff.

Ich habe alles aufgegeben.

Doch der Fall über den Abgrund war es wert gewesen.

Allein durch seinen Willen hielt sie sich kniend auf dem Bett aufrecht, ansonsten wäre sie zusammengesackt und hätte sich von der Welle der Glückseligkeit davontragen lassen. Doch er gab sich weiter seiner Lust hin und stieß immer wieder in ihren heißen Unterleib, bis ihm ein tiefes Stöhnen entfuhr, das das ganze Zimmer zum Beben brachte. Das Messer verschwand, als er sie mit sich auf die Seite riss, während er seinen Mund immer noch an ihren Nacken gepresst hatte und mit seinen Armen ihre Taille umschlang.

Sie bemühte sich, die Kontrolle über ihre Sinne wiederzugewinnen und einen klaren Gedanken zu fassen, doch das, was sie gerade getan hatten, widersprach jeglicher Vernunft.

Ihr Unterleib wurde von einem Nachbeben erfasst, das in Wellen bis hinunter in ihre Zehen ausstrahlte. Sethios küsste beruhigend ihren Nacken und flüsterte etwas in einer fremden Sprache in ihr Ohr. Sie glaubte, es könnte sich um Koptisch oder eine andere altertümliche Sprache handeln, die lange vor ihr entstanden war, doch sie folgte einem lyrischen Rhythmus.

»Ich kann dich nicht verstehen«, flüsterte sie, denn ihre Kehle war vom vielen Schreien ganz wund.

»Ich behalte dich.« Er küsste wieder ihren Hals. »Zumindest fürs Erste.«

Sie blinzelte. »Wie bitte?«

»Du hast mich schon verstanden.« Er zog sie auf den Rücken und blickte sie mit seinen verführerischen Augen an. »Ich behalte dich, Caro.« Er gab ihr einen Kuss auf die Wange und rollte sich aus dem Bett, während sie ihn mit offenem Mund anstarrte.

»Du kannst mich nicht einfach *behalten*.« Ihr wurde schwindelig, als sie versuchte, sich aufzusetzen, und sie ließ sich sofort wieder auf sein Bett sinken. *Hm, wie seltsam.*

»Doch, das kann ich.« Er öffnete eine Schublade, während er sprach. »Und ich werde es tun, bis wir miteinander fertig sind.«

»Das haben wir nicht vereinbart.«

»Möglicherweise nicht«, sagte er, als er sich Trainingshorts anzog. »Wir können beim Mittagessen neu verhandeln.«

»Ich … Wir verhandeln nicht neu.«

»Noch nicht, da hast du recht. Aber das werden wir. Im Esszimmer.« Er schenkte ihr ein Lächeln und öffnete die Hand, in der all ihre Messer lagen. *Wie? Wo?* »Komm zu mir, wenn du so weit bist, Engel. Und denk nicht einmal daran, dich unsichtbar zu machen oder zu verschwinden. Ich habe alles unter Kontrolle.«

Er zwinkerte ihr zu und schlenderte durch die Tür, während sie verzweifelt nach einer passenden Antwort suchte.

Wie sollte sie gegen ein so törichtes Benehmen ankämpfen?

Sie konnte nicht hierbleiben, solange sie ihren Auftrag

nicht ausgeführt hatte. Außerdem *wollte* sie nicht bei ihm bleiben.

Eine Lüge.

Nun gut, ihr Körper hätte nichts gegen einen längeren Aufenthalt einzuwenden, doch ihr Verstand brauchte mehr als ein paar verführerische Spielchen, um aufzublühen.

Sie drückte sich vom Bett ab und zuckte zusammen, als ihr wieder schwindelig wurde.

Was geschieht nur mit mir?

Seraphim wurden weder krank noch zeigten sie Schwäche. Doch ihr war wirklich elend zumute.

Hatte er ihr etwas angetan, während sie geschlafen hatte? Hatte er ihr den Befehl erteilt, mit menschlichen Eigenschaften auf ihn zu reagieren?

Sie runzelte die Stirn. Wäre er überhaupt imstande dazu?

Nein.

Ihr Befinden hatte nichts mit ihm zu tun, sondern war ihre Reaktion auf all die fremdartigen Gefühle, die auf sie einstürmten. Sie hatte fast ein Jahrhundert in stoischer Ruhe verbracht, die sie abgestumpft hatte und einen undurchdringlichen Schild um ihre himmlische Seele hatte entstehen lassen.

Doch Sethios hatte ihre Schutzmauern zum Einsturz gebracht und das wollüstige Weib, das in ihrem Inneren geschlummert hatte, zum Spielen herausgelockt.

Sie hätte erwartet, dass sie neben all den anderen Emotionen auch Bedauern empfinden würde, doch das war nicht der Fall. Stattdessen verspürte sie eine Woge der Befriedigung und einen ebenso starken Wunsch, Sethios eine Lektion zu erteilen. Allerdings entstammte dieser Wunsch weder ihrer Wut noch dem Drang nach Vergeltung, sondern vielmehr der Lust, sich einer weiteren Herausforderung zu stellen.

Er hatte sie wie ein Kind herumkommandiert, sie übers Knie gelegt und dann verkündet, dass er sie behalten wolle. Nun, sie war nicht irgendein Objekt, das man einfach besitzen konnte.

Offensichtlich hatte er eine Lektion nötig, und sie würde ihn daran erinnern, dass Seraphim nicht ohne Grund höhere Wesen waren.

Doch dafür würde sie einen klaren Verstand, Geschicklichkeit und die perfekte List brauchen.

Ja.

Ein letztes Spielchen, bevor sie wieder verschwand.

Dann würde sie ihren Auftrag zu Ende bringen.

KAPITEL SECHS

ZERSCHLAGENE BLUTSBANDE

SETHIOS BETRACHTETE Caros Kleider auf dem Wohnzimmerboden mit einem Lächeln. Würde sie nackt aus dem Schlafzimmer kommen, um mit ihm zu verhandeln? Er hoffte es. Und wenn sie dabei wütend wäre, würde er sich noch mehr darüber freuen.

Er hätte durchaus Lust, noch eine weitere Runde mit ihr nackt zu kämpfen. Die Messer befanden sich in seiner Tasche, falls sie noch einmal spielen wollte.

Er nahm zwei Tassen aus dem Schrank und schaltete die Kaffeemaschine ein. Sicher nahmen Seraphim auch gern Koffein zu sich. Wenn nicht …

Ihm lief ein Schauer über den Rücken, als eine vertraute Präsenz seinen Gedankengang unterbrach.

Hm. Schlechter Zeitpunkt. Normalerweise würde er sich über den Besuch seines besten Freundes freuen, doch Sethios zog es vor, seinen Engel ohne die Anwesenheit eines Publikums zu reizen. Zumindest heute. Vielleicht würde er Ezekiel morgen auf ein Spielchen einladen.

»E«, murmelte er, als der Ichorianer sich neben ihm materialisierte. »Ich bin gerade …«

»Er ist auf dem Weg hierher.« In seiner Stimme lag ein

dringlicher Unterton, der Sethios veranlasste, seinem Freund in die tiefschwarzen Augen zu blicken.

»Wer?«, fragte er neugierig.

»Dein Vater.«

Sethios schnaubte. »Sicher.« Osiris besuchte ihn nie. Sie sprachen eigentlich nur miteinander, wenn sein Vater ihn zu sich rief oder wenn sie sich bei einem Konklave trafen. Sethios zog eine weitere Tasse aus dem Schrank. »Ich nehme an, du bleibst auf einen Kaffee.«

Ezekiel riss ihm die Tasse aus der Hand und knallte sie auf die Anrichte. »Skye hat Osiris' Tod vorausgesehen, bei dem du und ein unbekanntes Wesen eine Rolle spielen.«

Sethios blinzelte seinen ältesten Freund an. »Wie bitte?«

»Er ist bereits auf dem Weg hierher. Wir müssen von hier verschwinden. Sofort.« Ezekiel streckte den Arm nach ihm aus, als Caro in Sethios' Kleidern die Küche betrat. »Scheiße.«

Sein bester Freund zog ein Messer hervor und warf es, ohne mit der Wimper zu zucken, nach ihr. Die Klinge segelte auf Caros Kopf zu, wobei sie in der Nachmittagssonne aufblitzte, die durch das Fenster fiel.

Sethios verschwendete keinen Gedanken, sondern reagierte nur.

Mach dich unsichtbar und komm zu mir. Der Befehl erreichte sie noch vor dem Messer und zwang sie, sich neben ihn zu stellen. Caro stolperte auf ihn zu und er fing sie mit einem Arm auf.

Ezekiel starrte sie mit offenem Mund an und zog seine Augenbrauen in die Höhe. »Aber hallo, unbekanntes Wesen.« Seine gold gesprenkelten Augen strahlten Ehrfurcht aus. »Ein Seraph?«

»Sie ist hübsch, nicht wahr?« Sethios grinste belustigt, als Caro auf seinen abfälligen Tonfall mit einem Knurren reagierte. »Und bitte bring sie nicht um, E. Ich bin noch nicht fertig mit ihr.«

Er befahl ihr im Geiste, sich ruhig zu verhalten, bevor sie etwas erwidern konnte, und musste lächeln, als sie ihn mit einem finsteren Blick bedachte.

»Du darfst sprechen, Liebling«, neckte er sie. *Ich ermutige dich sogar dazu.*

Ezekiel schüttelte den Kopf, als wäre er gerade aus einem Bann erwacht. »Wir haben keine Zeit dafür. Du musst von hier verschwinden, und zwar sofort.«

Sethios bedachte ihn mit einem verschmitzten Lächeln. »Wegen einer Prophezeiung.« Er hatte bereits mehrere Male den Zorn seines Vaters über sich ergehen lassen müssen und hatte jedes Mal überlebt. Diesmal würde es nicht anders sein. Doch er würde Caro zuerst nach Hause schicken müssen oder sie zwingen zu verschwinden. Er war noch nicht bereit, sie zu verlieren.

»Welche Prophezeiung?«, wollte Caro wissen. »Und welche Seherin hat sie ihm überbracht?«

»Skye. Sie hat Osiris' Tod durch die Hand seines Sohnes und eines gesichtslosen Wesens vorausgesehen.«

»Eine ›Skye‹ ist mir nicht bekannt.« Sie runzelte die Stirn.

»Das wundert mich nicht«, blaffte Ezekiel. »Ich setze mein Leben aufs Spiel, weil ich hier bin, Sethios. Entweder du kommst mit oder du stellst dich deinem Schicksal, aber ich werde nicht so lange warten, bis Osiris meine Anwesenheit wahrnimmt.« Er streckte die Hand aus und zog eine Augenbraue in die Höhe. »Entscheide dich.«

Sethios überlegte kurz und zuckte dann mit den Schultern. »Ich weiß die Vorwarnung zu schätzen, E, aber ich werde mich darum kümmern.« Das tat er immer auf die eine oder andere Weise. Außerdem hatte er einen Seraph bei sich. Sie könnte sie beide unsichtbar machen und an jeden Ort der Welt oder sogar in die himmlische Dimension transportieren. Eine bessere Fluchtmöglichkeit gab es nicht.

Ezekiel schüttelte den Kopf und bedachte ihn mit einem traurigen Blick. »Du warst schon immer ein starrköpfiges Arschloch.«

»Das musst du gerade sagen.«

»Da hast du wohl recht«, murmelte sein bester Freund. »Aber kannst du mir einen Gefallen tun?«

»Sicher.« Er würde es zumindest versuchen.

»Bleib am Leben. Du bist eines der wenigen erträglichen Wesen, die noch unter uns weilen.« Mit diesen ernsthaften Worten verschwand Ezekiel wieder.

Sethios musste lächeln. »Gleichfalls, mein Freund. Gleichfalls.«

Er konnte einen Schwall von Energie spüren, was ihn vermuten ließ, dass Ezekiel seine Worte vielleicht noch gehört hatte, dann war die Präsenz seines Freundes verschwunden.

»Hm.« Sethios schenkte sich eine Tasse frisch gebrühten Kaffee ein und dann auch eine für Caro. »Sag mir, was du mit Osiris vorhast.« Er verlieh seinen Worten die Macht der Überzeugung und zwang sie damit, seinem Befehl zu gehorchen.

»Ich werde ihm die Nachricht des Hohen Rates von Seraph überbringen.«

»Und was wirst du danach tun?«

»Ich werde dich umbringen«, antwortete sie schlichtweg.

Er grinste. »Nun, das stellt für meinen Vater keine Bedrohung dar. Er wird vielleicht enttäuscht sein, aber ich glaube nicht, dass er es fälschlicherweise für seinen eigenen Tod halten würde.« Sethios betrachtete wohlwollend ihre

Kleiderwahl, die aus einem weißen Hemd und Boxershorts bestand. »Das gefällt mir.«

»Was? Die Vorstellung, dass ich dich umbringe?«

»Der Gedanke, dass du es versuchen willst«, verbesserte er sie. »Vor allem, solange du meine Kleider trägst.«

»Ich konnte meine eigenen Sachen im Schlafzimmer nicht finden und diese hier waren die einzig praktische Wahl.«

»Wie ich schon sagte, es gefällt mir.« Er wollte ihr gerade die Erlaubnis erteilen, sich wieder frei bewegen zu können, als sich die Härchen auf seinen Armen aufstellten. »Nun dann.«

Sethios hatte Ezekiels Behauptung nicht angezweifelt, doch er hatte sich gefragt, wie wahrscheinlich es war, dass er tatsächlich recht hatte. Osiris besuchte die Stadt nie ohne einen bestimmten Zweck, und seine Anwesenheit verriet ihm, dass er die Prophezeiung viel zu ernst nahm.

Das wird ein Spaß werden.

Oder es wird wehtun.

Vielleicht auch beides.

Er lehnte sich mit der Hüfte gegen die Anrichte und griff nach seiner Kaffeetasse, wobei er die Lässigkeit in Person war.

Caro stand neben ihm und hatte die Hände zu Fäusten geballt. »Befreie mich.« Ganz offensichtlich hatte sie keine Ahnung, welches Unheil ihnen beiden bevorstand.

»Ich glaube nicht, dass das klug wäre«, sagte Sethios mit gedämpfter Stimme. *Obwohl ...* »Du wirst kein Wort sagen und dich weder unsichtbar machen noch dich bewegen, bevor ich dir nicht die Erlaubnis dazu gebe.« Sein Tonfall ließ keine Widerrede zu und ließ auch keinen Raum für Verhandlungen.

Er konnte förmlich sehen, wie sie vor Wut kochte. Zu

einem anderen Zeitpunkt wäre der Anblick äußerst amüsant gewesen.

»Es ist nur zu deinem Schutz, Engel.« Und zu seinem eigenen. »Wenn ich deine Hand ergreife und dich ›Liebes‹ nenne, dann machst du uns unsichtbar und bringst uns nach Paris.«

Er pustete auf seinen Kaffee und nippte daran. Die arme Caro würde noch warten müssen, bevor sie einen Schluck aus ihrer eigenen Tasse trinken könnte. Er traute ihr nicht und befürchtete, sie könnte ihm die kochend heiße Flüssigkeit über den Kopf schütten.

Fünf.

Vier.

Drei.

Zwei.

Es klopfte an der Tür.

Sethios stellte die Tasse ab und schlenderte in den Empfangsbereich der Wohnung.

»Vater«, sagte er zur Begrüßung, als er die Tür öffnete. »Das ist aber eine Überraschung.« Die letzten Worte waren an die beiden ichorianischen Lakaien gerichtet, die draußen im Korridor standen. Er konnte sich nicht an ihre Namen erinnern, doch das war nicht wichtig, denn sie waren nicht von Bedeutung.

»Tatsächlich?«, fragte sein Vater. Er ließ den Blick über Sethios' Schulter hinweg durch das Apartment schweifen, als könnte er Ezekiels Aura spüren. Es war durchaus möglich, doch er würde es hoffentlich auf alte Rückstände seiner Energie zurückführen. Es war kein Geheimnis, dass sie enge Freunde waren.

Sethios zuckte mit den Schultern und ging in die Küche, um seine Tasse zu holen. Dadurch sorgte er sowohl für Ablenkung und war gleichzeitig seiner Fluchtmöglichkeit ein Stück näher, sollte er sie brauchen.

»Welchem Umstand verdanke ich die Ehre?«, fragte Sethios mit einem betont gleichgültigen Ausdruck im Gesicht.

Sowohl sein Vater als auch seine beiden Schoßhunde hinter ihm beäugten Caro mit unverhohlenem Interesse. »Ist das die Frau von letzter Nacht?«

»Ja.«

»Sie ist noch am Leben.« Es war keine Frage, sondern eine Feststellung, wobei ein überraschter Unterton in seiner Stimme lag.

Sethios zuckte mit einer Schulter. »Sie trägt zu meiner Belustigung bei. Zumindest im Moment noch.« Es war die Wahrheit, der er keine weitere Erklärung hinzufügen musste. »Ich weiß, wie sehr du diese Stadt verabscheust. Warum bist du also hier?«

»Du kommst wie immer gleich zur Sache.« Sein Vater hatte die ganze Zeit über den Blick nicht von Caro abgewandt. »Erlaube ihr zu sprechen.«

»Willst du, dass sie schreit?« Sethios grinste. »Es ist ein wunderschöner Klang, aber ich würde gern zuerst meinen Kaffee trinken.«

»Das war keine Bitte.«

Nein. Ganz und gar nicht.

»Verrate mir, warum du hier bist«, sagte Sethios stattdessen, als er seine Tasse wieder auf der Anrichte abstellte. »Du bist doch sicher nicht ihretwegen gekommen.«

»Brauche ich denn einen Grund, um meinen einzigen Nachkommen zu besuchen?«

»Ja.«

Sein Vater wandte schließlich seine Augen von Caro ab und bedachte ihn mit einem eindringlichen Blick. »Du verheimlichst mir etwas.«

»Das ist nichts Neues.« Es hatte keinen Sinn, es zu leugnen. »Aber deshalb bist du nicht hier.«

»Nein.« Sein Vater trat einen Schritt auf ihn zu und wandte die Aufmerksamkeit wieder Caro zu. »Du kommst mir bekannt vor.«

Sie sagte weder ein Wort, noch rührte sie sich. Sie blinzelte nicht einmal.

Gut so, Engel.

»Weil du sie gestern Abend getroffen hast«, erinnerte Sethios ihn mit einem betont gelangweilten Ausdruck im Gesicht. »Gib nicht so an und erzähl mir, warum du gekommen bist.«

»Skye hatte heute Morgen eine Vision, die ziemlich verstörend ist. Aber das weißt du bereits, nicht wahr?« Seine uralten grünen Augen blitzten auf, als er sich ihm zuwandte. »Ich kann spüren, dass Ezekiel erst kürzlich hier war. Wir werden später darüber sprechen.«

Sethios runzelte die Stirn. »Ezekiel geht ständig in meiner Wohnung ein und aus, Vater. Ganz im Gegensatz zu dir. Und jetzt erzähl mir, was für eine Vision dein kostbares Spielzeug hatte, die dich derart durcheinanderbringt.«

»Waffen weg«, befahl sein Vater stattdessen. »Sofort.«

So läuft es also ab.

»Verstanden.« Da ihm keine Wahl blieb, legte Sethios Caros Messer auf die Anrichte. »Die wollte ich gegen sie verwenden, falls du dich wunderst.«

»Auf die Knie«, befahl er ihm als Nächstes.

Natürlich. Es würde keinerlei Diskussion oder Verhandlung geben und im nächsten Moment würde er über seine mögliche Zukunft entscheiden.

»Deinem Verhalten nach zu urteilen sieht die Prophezeiung mich, deinen Sohn, als eine Art Bedrohung.« Er sprach die Worte aus, während er unter

Zwang auf die Knie ging. »Und offensichtlich werden wir nicht wie zwei Erwachsene darüber reden.«

Er formulierte die Worte nicht als eine Frage, sondern eine Feststellung, denn die Handlungsweise seines Vaters war ihm Antwort genug.

Sethios hatte gehofft, diesen Moment zumindest für einige weitere Jahrhunderte umgehen zu können, doch es schien, sein Vater teilte diese Auffassung nicht. Vielleicht hatte er erkannt, wie mächtig sein Sohn geworden war, und war für jede Ausrede dankbar, die ihm erlaubte, ihn zur Strecke zu bringen.

Vielleicht war sein Vater aber auch nur gelangweilt und sehnte sich nach einer neuen Herausforderung.

Oder die Prophezeiung wird sich selbst bewahrheiten und ich werde tatsächlich für den Tod von Osiris verantwortlich sein.

Wie dem auch sei, Ezekiel hatte recht damit gehabt, Sethios zur Flucht zu raten.

Er würde mit seinem Vater nicht vernünftig reden können. Das nahm er zumindest an, doch er musste sich zuerst sicher sein.

Nur gut, dass er sich bereits mehrere Ausweichpläne für ein solches Szenario zurechtgelegt hatte.

»Ich bin enttäuscht, dass du einer Seherin mehr Vertrauen schenkst als deinem eigenen Fleisch und Blut«, sagte Sethios mit ausdrucksloser Stimme. Es wäre weder hilfreich noch würde es das Problem lösen, wenn er jetzt Gefühle zeigte.

»Sie liegt mit ihren Visionen nie falsch.« In der Stimme seines Vaters lag weder Bedauern noch Besorgnis. »Wir werden ja sehen, inwiefern sich ihre Prophezeiung ändert, wenn ich dich erst einmal dingfest gemacht habe. Auf unbestimmte Zeit.«

»Das klingt unheilvoll und unmöglich«, murmelte Sethios. *Vor allem weil ich mich dir auf keinen Fall fügen werde.*

»Ich bitte dich. Du hast deine neuste Eroberung mit ein paar Befehlen zu deinem Schoßhündchen gemacht. Ich bin mehr als imstande, dir dasselbe anzutun.«

»Ich verstehe.« *So weit ist es also gekommen.* »Und ich hatte geglaubt, dass wir wie zwei zivilisierte Menschen darüber sprechen könnten, doch stattdessen willst du mich zu deiner Marionette machen.«

»Vielleicht ist es nur vorübergehend.«

Das bezweifle ich. »Du hast mich schon immer kontrollieren wollen.« Sethios hatte es schon vor einem Jahrtausend erkannt. »Ich bin überrascht, dass du so lange gebraucht hast, um einen Versuch zu wagen.«

»Wer sagt denn, dass ich nicht schon längst Erfolg damit habe?« Ein bösartiges Lächeln umspielte den Mund seines Vaters und Sethios drehte sich der Magen um. Er kannte diesen Gesichtsausdruck, denn er hatte ihn bei jedem Konklave gesehen, kurz bevor sein Schöpfer irgendein armes Wesen folterte.

Sein Schicksal war schon immer besiegelt gewesen.

Blutsbande bedeuteten den meisten uralten Wesen nur wenig. Diejenigen, die ein gewisses Alter erreicht hatten, empfanden weder Reue noch hatten sie ein Gespür für die Menschlichkeit, es sei denn, es lagen einzigartige Umstände vor.

In Osiris' und Sethios' Fall hatte nie eine wirkliche Verbundenheit zwischen Vater und Sohn existiert. Sethios war Mittel zum Zweck, aber kein Sohn oder Nachkomme.

Osiris würde weder Gnade noch Milde walten lassen, vor allem wenn er glaubte, dass sein Nachfolger eine Bedrohung für ihn darstellte. Und dank der Prophezeiung einer Seherin war er offenbar davon überzeugt.

Es war ein Wunder, dass sie so lange gebraucht hatte, um diese Zukunft vorauszusehen.

Denn es war einzig und allein sein Sohn, der Osiris seinen Platz streitig machen konnte.

Aber nicht heute.

»Nun, ich glaube, es gibt nur noch eines zu tun«, sagte Sethios und ergriff Caros Hand. Er wandte sich ihr zu. »Denkst du nicht auch, Liebes?«

Mit dem Stichwort zeigte der Befehl seine Wirkung und Sethios' Magen verkrampfte sich, als sich alles um ihn herum drehte.

Ezekiels Fähigkeit, die Spur anderer zu verfolgen, war nichts im Vergleich zu der Gabe, sich unsichtbar zu machen. Er wurde fast geblendet, als leuchtende Farben wie Blitze auf ihn einstürmten, deren Schattierungen den Blau- und Weißtönen von Caros Flügeln ähnelten. Sie schlang die Arme um seinen Hals, als er ihre Taille umfasste, während sie durch einen fremdartigen Tunnel von Licht und Klängen rauschten und er beinahe das Bewusstsein verlor.

Im nächsten Moment standen sie mitten in einer Gasse in Paris, wobei er den Rücken an eine Backsteinwand gepresst hatte und vor ihm ein Engel stand, der vor Wut kochte.

KAPITEL SIEBEN

BLUTLINIEN

»Du Scheißkerl!« Sie schlug ihm mit der flachen Hand ins Gesicht. Zweimal. »Jetzt muss ich noch einmal in deine Wohnung zurückreisen, um mit ihm zu sprechen. Wahrscheinlich ist er längst verschwunden. Wenigstens kann ich dabei meine Messer holen.«

»Mach dich nicht unsichtbar«, brachte Sethios hervor, bevor sie sich wieder in Luft auflösen konnte. Er legte all seine Kraft in diesen einen Befehl und zwang sie damit zum Bleiben. Im Moment war es für sie beide von Nutzen, wenn sie am Leben blieb.

Sie versetzte ihm einen Fausthieb, woraufhin er zusammensackte und zu Boden sank. Verdammt. Es war ungewöhnlich, dass er eine solche Schwäche zeigte, und er machte das Teleportieren dafür verantwortlich, das offenbar ziemlich an ihm zehrte.

Er schüttelte den Kopf, um das Klingeln in seinen Ohren zu vertreiben, während er seine ganze Kraft in seinen Befehl legte. Sie fiel neben ihm mit einem Schrei auf die Knie, als er sie zu Boden zwang und dort festhielt. Er würde sie so lange in dieser Position verharren lassen, bis er wieder richtig durchatmen konnte.

Sie stieß eine Drohung nach der anderen aus und

zählte all die durchtriebenen Möglichkeiten auf, mit denen sie ihn kastrieren würde, wenn sie erst wieder im Besitz ihrer Waffen wäre. Trotz seines Unbehagens verzogen sich seine Lippen zu einem Lächeln.

Ich sollte mir merken, dass es mir nicht gefällt, unsichtbar gemacht und dann teleportiert zu werden.

Ezekiels Gabe ließ die Welt um ihn herum schwarz werden, wobei sich im Handumdrehen eine neue Szene materialisierte.

Caros Art der Fortbewegung jedoch bescherte ihm ein Gefühl der Übelkeit und Desorientierung. Es machte fast den Eindruck, als wäre es falsch gewesen, mit ihr zu reisen. Es war nicht verwunderlich, dass sein Vater diesen Teil seines Wesens zurückwies.

Sethios schüttelte den Kopf und versuchte, einen klaren Gedanken zu fassen.

Sie mussten sich in Bewegung setzen. Sein Schöpfer würde Ezekiel bitten, ihre Spur zu verfolgen. Es war nur eine Frage der Zeit, bis sein bester Freund sie aufgespürt hatte und Osiris ihren Aufenthaltsort verraten würde.

Sethios liebte seine Fähigkeit, anderen seinen Willen aufzuzwingen, doch er verabscheute die Art, wie sie mit Leichtigkeit gegen ihn eingesetzt werden konnte.

Er zwang sich zum Aufstehen, wobei seine Beine von der Anstrengung zitterten. Sie brauchten Geld, Kleider und eine Transportmöglichkeit. Vorzugsweise in dieser Reihenfolge.

Außerdem war er auf Caros Mitwirkung angewiesen, doch wenn er nach den Drohungen urteilte, die sie ihm weiterhin an den Kopf warf, würde sie sich nicht einfach so überzeugen lassen.

Es kostete ihn eine Menge Energie, sie seinem Willen zu unterwerfen, und er brauchte all seine Kraft, wenn sie überleben wollten. Er hatte keine Wahl, er musste sie entweder zu ihrer Mithilfe überreden oder sie zurücklassen.

»Wenn du zu ihm gehst …«, sagte Sethios und hielt inne, um sich zu räuspern. Seine Stimme klang, als wäre er gerade einer Gruft entstiegen. »Dann wird er dich vernichten.«

»Ich habe keine Angst vor ihm.«

In diesem Moment zweifelte Sethios ernsthaft ihre Intelligenz an. »Das solltest du aber. Ich kann dich kontrollieren, Engel, und das bedeutet, dass er es ebenso tun kann. Doch im Gegensatz zu mir wird er sein Talent nicht dazu benutzen, um dich zu ficken.«

Sie sah mit einem finsteren Blick zu ihm auf. »Er kann mir nicht wehtun.«

»Warum bist du dir dessen so sicher?«

»Ich bin eine Botin des Hohen Rates von Seraph. Es käme einem Todesurteil gleich, mir Schaden zuzufügen.«

Sethios grinste, doch in seinem Gesicht spiegelte sich keinerlei Belustigung wider. »Das wird Osiris nicht abschrecken. Du solltest deinen Hohen Rat fragen, was mit dem letzten Seraph geschehen ist, den die Ratsmitglieder mit einem Edikt hierhergeschickt haben.« Sein Vater scherte sich nicht um Konsequenzen, und noch weniger fürchtete er sich vor den Wesen, die sie ihm androhten.

Sie runzelte die Stirn. »Ich bin die Erste, die mit dieser Mission beauftragt wurde.«

Er schüttelte den Kopf. »Nein, Engel, das bist du nicht. Dieselbe Warnung wurde ihm bereits vor drei Jahrhunderten überbracht. Weißt du, was ich glaube?« Er ließ ihr keine Gelegenheit, ihm zu widersprechen. »Ich glaube, dein Hoher Rat wollte, dass Osiris dir Schaden zufügt, damit es einen Grund gibt, gegen ihn vorzugehen.«

Es schien logisch zu sein. die Ratsmitglieder schickten einen hübschen kleinen Seraph hierher, um ihm eine

Botschaft zu überbringen, und übten Rache, wenn die Abgesandte von ihm gefoltert und verstümmelt wurde. Allerdings hätten sie schon beim ersten Mal reagieren sollen, falls Sethios mit seiner Theorie richtiglag.

Sie presste die Lippen aufeinander und er konnte an ihren Augen erkennen, dass sie in Gedanken sämtliche Möglichkeiten durchging. »Bist du sicher, dass sie schon vor drei Jahrhunderten jemanden geschickt haben?«

»Mehr oder weniger«, antwortete Sethios und zuckte mit den Schultern. »Die Zeit ist nicht wichtig, doch es war auf jeden Fall ein Bote hier und hat meinem Vater eine ähnliche Nachricht überbracht, die er jedoch nicht besonders zu schätzen wusste. Nachdem er den Seraph übermäßig lange gefoltert hatte, hat er den Mann lebendig filetiert und ihn wahrscheinlich zurückgeschickt. Vielleicht hat er den armen Kerl auch irgendwo in einem Loch vergraben. Ich bin nicht lange genug geblieben, um es herauszufinden.«

Um einen Seraph außer Gefecht zu setzen, musste man ihn beerdigen, eine andere Möglichkeit gab es nicht. Das hatte ihm sein Vater an jenem Tag beigebracht. Er hatte ein Loch gegraben und das himmlische Wesen gezwungen, sich hineinzulegen. Seine Angst war fühlbar gewesen, selbst als er sich dem Willen seines Vaters unterworfen hatte. Wenn Sethios nicht längst über die Machenschaften seines Schöpfers Bescheid gewusst hätte, dann hätte er danach sicher mit Albträumen zu kämpfen gehabt.

»Glaub mir, Engel, du willst ihm diese Nachricht nicht überbringen.«

»Warum sollte ich dir vertrauen?«, wollte sie wissen, während sie einen vielsagenden Blick auf den Boden richtete, wo sie immer noch kniete.

»Das solltest du nicht.« Er erlöste sie aus seinem Bann,

während er jedoch den Befehl aufrechterhielt, sich nicht unsichtbar zu machen. Sie sprang im Handumdrehen auf die Füße und trat mehrere Schritte zurück.

Er fuhr sich mit den Fingern durchs Haar und seufzte. »Hör zu, ich werde dich nicht zwingen hierzubleiben. Mir ist es wichtiger, am Leben zu bleiben, als mir um dich Gedanken zu machen. Doch ich kann dir versichern, dass es böse für dich enden wird, wenn du ihm die Nachricht überbringst.«

Er strich mit der Hand über seinen nackten Bauch und warf einen Blick auf das Straßenschild, um sich zu orientieren. Er erkannte den Namen jedoch nicht, was bedeutete, dass er sich nicht einmal annähernd in der Nähe seiner Wohnung befand. Er würde sie ein letztes Mal dazu zwingen müssen, ihn von hier fortzubringen, es sei denn, er könnte sie davon überzeugen, mit ihm zusammenzuarbeiten.

»Macht es dich denn nicht ein klein bisschen neugierig, warum wir gemeinsam in einer Prophezeiung vorkommen?«, überlegte er laut. »Ich glaube nicht an Zufälle, und da du in letzter Zeit die einzige Veränderung in meinem Leben bist, muss all das in einer Beziehung zueinander stehen.«

»Erzähle mir von der Seherin.«

»Skye? Sie ist eines der wertvollsten Besitztümer meines Vaters und sie irrt sich nie.«

Sie zog eine Augenbraue in die Höhe. »Dann willst du Osiris also ausschalten?«

»Vernichten wäre eine treffendere Bezeichnung.« Sethios empfand keinerlei Zuneigung für seinen Schöpfer.

»Aber er hat dich geschaffen.«

»Und er hat gerade damit gedroht, eine wandelnde Marionette aus mir zu machen«, bemerkte er. »Ich bin nützlich für ihn, aber nur, solange ich ihm gehorche. Und offenbar bin ich laut der Seherin nicht länger imstande, mich zu unterwerfen. Zumindest stehe ich kurz davor, ihn zu verraten. Und wenn ich Ezekiel Glauben schenken kann, dann bist du der Grund für meinen bevorstehenden Verrat. Ich würde liebend gern den Grund dafür herausfinden. Hast du vielleicht eine Idee?«

Sie schüttelte langsam den Kopf. »Ich habe dir bereits erklärt, warum ich hier bin. Ich bin nichts weiter als eine Botin.«

»Hm.« Er strich mit dem Daumen über seine Unterlippe, als die Erinnerungen an die vergangene Nacht zurückkehrten. »Ich denke, dass du weit mehr bist. Die Frage ist nur, was?«

Caro runzelte die Stirn. »Und du hast vor, es herauszufinden?«

»Ja.« Unter anderem. »Aber ich werde keine Nachforschungen anstellen können, wenn Osiris uns hier aufspürt.«

Sie leckte sich über die Lippen und drückte den Rücken durch. »Er wird nicht imstande sein, unsere Spur zu verfolgen.«

»Das ist wahr, aber dafür hat er Ezekiel. Er spürt andere anhand ihres Blutes auf und er hat von meinem getrunken.« Osiris hatte es ihm befohlen.

Caro schenkte ihm ein geheimnisvolles Lächeln, das fast einen durchtriebenen Eindruck machte. »Genauso wie du von meinem getrunken hast.«

Es war eine seltsame Bemerkung, vor allem, solange ihre Worte von diesem merkwürdigen Grinsen untermalt wurden. »Nicht auf dieselbe Weise, aber du hast recht.«

»Nein. Das habe ich damit nicht gemeint. Mein Blut gewährt dir vorübergehende Immunität, was bedeutet, dass niemand dich ausfindig machen kann.«

Er starrte sie an. »Das wirst du mir schon näher erklären müssen.«

»Der Hohe Rat hat mich gesandt, weil ich nicht identifiziert werden kann. Aus diesem Grund hat Osiris mich auch nicht als Seraph erkannt.« Sie schien verwundert, dass ihm ihre Erklärung nicht sofort einleuchtete.

»Aber ich habe dich sofort erkannt.«

Sie stieß einen ungeduldigen Laut aus. »Du wusstest es nur, weil du mich *gesehen* hast. Meine Blutlinie ist das Herzstück der Aurenverschleierung. Ich könnte irgendein x-beliebiges Wesen sein, und während mein Lebenssaft durch dich hindurchfließt, kann dich ebenfalls niemand identifizieren.«

Heilige Scheiße.

Als bräuchte er eine weitere Ausrede, um sie zu beißen. Caro reizte ihn ohnehin schon mit ihrer cremeweißen Haut und ihrer himmlischen Aura. Doch aufgrund der Tatsache, dass sie ihn zudem durch eine Kostprobe ihres Blutes unendlich lange beschützen konnte, war sie von unschätzbarem Wert für ihn.

Jetzt hatte Sethios keine andere Wahl, als sie zu behalten, denn sie bot ihm einen Ausweg, den er nie für möglich gehalten hätte.

Es wäre von Vorteil, wenn sie ihm ihre Hilfe bereitwillig anbot, doch ihre Zustimmung war für ihn nicht länger von Bedeutung.

»Wie lange hält die Wirkung an?«, wollte er wissen.

»Da du der Erste bist, der je mein Blut getrunken hat, habe ich keine Ahnung.«

Hm, nicht die Antwort, die er hatte hören wollen. »Wenn ich der Erste bin, woher kannst du dann wissen, dass ich durch deinen Lebenssaft anonym bleiben kann?«

Sie zuckte mit den Schultern. »Es ist nicht anders zu erwarten. Die Gaben der Seraphim gedeihen durch die Blutlinien hindurch. Während einige mächtiger sind als andere, funktionieren sie im Grunde nach demselben Schema. Nimm deine eigene Blutlinie zum Beispiel. Indem Osiris seine Blutlinie mit den Menschen vermischt hat, hat er ihnen dadurch das Geschenk des Lebens oder vielmehr der Wiederauferstehung gegeben. Auf diese Weise konnte er eine ganze Armee unsterblicher entarteter Wesen erschaffen.«

In ihrer Stimme schwang Abscheu mit, was ihn auf die Idee brachte, sich später näher damit zu beschäftigen. Sie hatte ihre Abneigung bereits mehrere Male zum Ausdruck gebracht und dabei bedauert, dass Sethios überhaupt noch am Leben war. Aber er würde ein andermal mit ihr darüber sprechen.

»Dir sind die Spielchen meines Vaters zuwider.« Es war keine Frage, sondern eine Feststellung.

Sie schnaubte. »Ob sie mir zuwider sind oder nicht ist meinen Vorgesetzten ziemlich egal.«

»Sie haben also nicht vor, ihm Einhalt zu gebieten?« Denn das würde seiner Theorie zuwiderlaufen, dass sie Caro nur hierhergeschickt hatten, um einen Grund zu haben, ihn aufzuhalten.

»Falls sie vorhaben, ihn für seine Taten zu bestrafen, dann werden sie das nicht in nächster Zeit tun.« Ihre Stimme verdunkelte sich und verriet ihm, wie sie selbst zu dem Thema stand.

»Dennoch besagt die Prophezeiung, dass ich für seinen Untergang verantwortlich sein werde und mir ein unbekanntes Wesen dabei helfen wird. Und wahrscheinlich bist du damit gemeint.« Er zog eine Augenbraue in die Höhe. »Fasziniert dich das denn nicht einmal ein bisschen?«

Sie biss sich auf die Innenseite ihrer Wange, während

sie nachdachte. »Diese Prophezeiung … wie lautet sie genau?«

»Ezekiel hat sie nicht wortgetreu wiederholt, aber ich habe vor, ihn bei der nächsten Gelegenheit danach zu fragen.« Doch das würde nicht leicht werden, da er zuerst seinen Vater umgehen musste. »Was würdest du dazu sagen, wenn wir zusammenarbeiten, bis wir mehr wissen?« Er würde sie behalten, egal wie ihre Antwort ausfiel, doch er wollte es zuerst auf diese Weise versuchen.

Caro kniff die Augen zusammen. »Du willst mein Blut, damit du anonym bleiben kannst.«

Es würde nichts bringen, sie anzulügen. »Ja.«

Ihr Gesicht wurde ein wenig sanfter, als sie seine ehrliche Antwort hörte. »Und was bekomme ich im Gegenzug?«

»Unter Umständen wird sich dir die Gelegenheit bieten, Osiris zu vernichten.« Offenbar sehnte sie sich danach.

»Seraphim können nicht sterben.« Eine so pragmatische Aussage.

»Das ist wahr, aber er kann handlungsunfähig gemacht werden. Ich habe zuvor schon erwähnt, dass ich Zeuge war, wie ein anderer Seraph dieses Schicksal erleiden musste.« Es sollte ihr eine weitere Mahnung sein, dass es nicht klug wäre, Sethios' Vater aufzuspüren. »Ich würde vorschlagen, dass wir zuerst mehr über die Prophezeiung in Erfahrung bringen und dann weitersehen. In der Zwischenzeit werde ich noch etwas mehr von deinem Blut benötigen.«

»Und wenn ich es dir nicht geben will?«, entgegnete sie, während sie eine Augenbraue in die Höhe zog.

Er grinste, denn er liebte ihre trotzige Haltung. »Wir wissen beide, dass es keine Bitte war.« Er trat einen Schritt auf sie zu und drückte sie gegen die Wand. »Und wir wissen ebenfalls, dass es dir nichts ausmacht.«

Sie sah mit einem wütenden Blick zu ihm auf. »Es macht mir etwas aus.«

»Wirklich?« Er packte ihre Hüften, als sie versuchte, zur Seite auszuweichen. »Denn dein Stöhnen vorhin hat nicht danach geklungen.«

»Das …« Sie verstummte, als er mit den Lippen über ihren Hals strich. Er hob gerade noch rechtzeitig das Bein, um ihr Knie abzublocken, als sie es ihm zwischen die Beine rammen wollte.

Er stieß ein dunkles Lachen an ihrem Hals aus. »Netter Versuch.«

Sie versuchte noch einmal, ihn zu treten, doch er hob sie hoch und drückte sie mit seinen Hüften gegen die Wand. Als sie ihm einen Faustschlag versetzen wollte, packte er ihre Hände.

»Dieses Vorspiel bringt mich richtig in Wallung, Engel.« Er presste ihre Handgelenke zu beiden Seiten ihres Kopfes an die Wand und schmiegte seinen Oberkörper an den ihren. »Ich hoffe wirklich, dass du recht hast, was dein Blut angeht, denn ich verschwende gerade eine Menge Zeit damit, dich zur Mitarbeit zu überreden.«

Er ließ seine Zunge über ihre Halsschlagader kreisen und lächelte, als sie leise nach Luft schnappte.

Es wäre einfacher, sie einfach seinem Willen zu unterwerfen, doch ihm gefiel die Herausforderung.

Zudem waren seine Tage auf Erden möglicherweise gezählt, da konnte er sich genauso gut noch ein wenig amüsieren.

Er küsste die Stelle unterhalb ihres Ohrs mit offenem Mund und knabberte dann an ihrem Ohrläppchen. »Du zitterst ja, Caro.« Die körperliche Reaktion war sicher kein Ausdruck von Wut. »Sag mir warum.«

Sie ballte die Hände zu Fäusten und spannte die Hüften an. Das war nicht die Reaktion einer Frau, die ihn bekämpfen wollte. Vielmehr schien sie seine körperliche Nähe zu suchen. Es war ihr vielleicht nicht bewusst, doch ihr Körper genoss die Aufmerksamkeit, die er ihr zukommen ließ.

»Du willst mein Blut und meine Mitarbeit«, mutmaßte sie mit ausdrucksloser Stimme. »Was springt für mich dabei heraus?«

»Eine einmalige Gelegenheit«, antwortete er mit sanfter Stimme. »Du verabscheust die Tatsache, dass dein Hoher Rat Osiris noch nicht das Handwerk gelegt hat, doch gemeinsam können wir ihn vielleicht zur Strecke bringen.«

»Was sonst noch?«, wollte sie wissen.

»Erfahrung.« Er streifte mit den Zähnen über ihre nackte Haut und hinterließ eine Gänsehaut auf ihrem Nacken. »Weil ich in dir eine Sehnsucht geweckt habe, die noch längst nicht gestillt ist.« Seine Worte hatten nichts mit Arroganz zu tun, sondern waren die reine Wahrheit. Sie konnte es zwar leugnen, doch ihr Körper sprach eine andere Sprache, vor allem, als sie versuchte, sich ihm entgegenzuwölben.

»Du bist … das …« Sie räusperte sich. »Ich will dich nach wie vor umbringen.«

»Darin liegt doch gerade das Vergnügen«, flüsterte er mit tiefer Stimme. »Wenn Lust sich mit einer potenziellen Bedrohung vermischt, ist das ein berauschendes Gefühl.« Er liebkoste wieder ihre Halsschlagader. »Arbeite mit mir zusammen, Caro. Hilf mir dabei, Osiris zu vernichten. Mit deiner Fähigkeit, uns zu verbergen, und meinem Wissen über seine wahre Macht wären wir ein hervorragendes Team.«

Er hatte bereits mehrere Male daran gedacht, seinen

Schöpfer aus dem Weg zu räumen, doch er war nie so weit gekommen, sich einen handfesten Plan zurechtzulegen. Da Skye aber nun die Möglichkeit vorausgesehen hatte, gab es für ihn keinen Grund mehr, sich noch länger zurückzuhalten.

Und das warf die Frage auf, ob die Prophezeiung sich selbst bewahrheiten würde.

Sethios war einzig und allein an diesen Punkt gebracht worden, weil sein Vater in seiner Wohnung aufgetaucht war und vorhatte, ihm zu schaden. Hätte Osiris nichts unternommen, dann hätte Sethios wahrscheinlich noch eine Weile mit Caro gespielt und sie dann wieder fortgeschickt.

Hatte Skye gewusst, dass sie den Ball ins Rollen bringen würde, indem sie Osiris von ihrer Vision erzählte?

So viele Möglichkeiten.

»Sag Ja, Engel.« Er strich mit den Lippen über ihre Wange und hielt dann vor ihrem Mund inne. »Bitte.«

Das Wort hinterließ einen bitteren Nachgeschmack in seinem Mund, doch er wollte, dass sie ihm aus freien Stücken half. Zumindest hätte er damit vollen Zugriff auf seine Fähigkeiten. Wenn er einen widerborstigen Seraph jedes Mal seinem Willen unterwerfen müsste, damit er seinen Wünschen nachkam, würde ihn das schnell an den Rand der Erschöpfung bringen.

Und dann war da noch ein kleiner Teil von ihm, der hoffte, dass sie zustimmen würde. Auf diese Weise könnten sie noch ein wenig Spaß miteinander haben. Immerhin kam es nicht alle Tage vor, dass er eine Frau fand, die seinen Vorlieben im Bett standhalten konnte, ohne dabei das Zeitliche zu segnen.

»Wir müssen den genauen Wortlaut der Prophezeiung in Erfahrung bringen, um ihre Bedeutung zu entziffern.« Selbst durch ihren Pragmatismus konnte sie nicht verbergen, wie sehr ihr Atem sich beschleunigte. Er musste grinsen, denn er hatte längst gewonnen. »Erst dann sollten wir entscheiden, wie wir weiter verfahren.«

»Dann willigst du also ein, mir zu helfen?« Er formulierte es als eine Frage, obwohl er ihre Antwort bereits kannte.

»Fürs Erste.« Sie starrte ihn mit ihren saphirblauen Augen direkt an. »Und ich werde mein Blut nur mit dir teilen, solange wir uns verbergen müssen, um unseren nächsten Schachzug zu planen.«

Er verzog den Mund zu einem Grinsen. »In Ordnung, Engel.« *Wenn du es sagst.*

Er ließ sie los und trat einen Schritt zurück.

Sie landete geschickt auf ihren Füßen und ließ die Hände lose neben ihrem Körper hängen. »Außerdem will ich meine Messer zurückhaben.«

»Hm, das könnte ein Problem werden.« *Denn sie befinden sich immer noch in meiner Wohnung, in die wir niemals zurückkehren können.* »Aber ich kann dir neue besorgen«, bot er ihr an.

Sie schürzte die Lippen, während sie darüber nachdachte. »Werden sie von der gleichen Qualität sein?«

»Sogar besser«, versprach er ihr und meinte es ernst. Er würde sich nie so weit herablassen, mit stumpfen und glanzlosen Spielzeugen zu hantieren. Er wollte nur das Beste.

Sie nickte zögerlich, wobei ihre blauen Augen aufblitzten. »Also gut.«

»Hervorragend. Und jetzt musst du mich auf die andere Seite der Stadt bringen.« Er nannte ihr die Adresse. »Ich habe dort eine Wohnung, von der Osiris nichts weiß.« Tatsächlich besaß er mehrere Eigenheime an verschiedenen Orten der Welt. »Wir können dort duschen, uns umziehen und etwas essen. Und danach arbeiten wir einen Plan aus.«

Sie streckte ihm eine Hand entgegen. »Ich bin einverstanden.«

»Wunderbar.« Sethios glaubte, sie wollte ihre Abmachung mit einem Handschlag besiegeln, doch als er ihre Hand ergriff, verzerrte sich die Welt um ihn herum und wurde zu einem Tunnel aus blauen Federn. Offenbar war das ihre Art, ihm ihre Mitarbeit zuzusichern.

Doch das verhaltene Grinsen, das sie ihm am Ende zuwarf, legte die Vermutung nahe, dass sie es mit Absicht getan hatte. Ihre Art der Revanche.

Sie wollte also spielen.

Nun gut.

»Das wird ein Heidenspaß werden, Engel«, krächzte er atemlos, nachdem sie kurz durch Paris gereist waren.

Sobald der Schwindel nachließ, würde er ein ganz eigenes Spielchen beginnen, bei dem sie ihn am Ende anflehen würde, sie zu ficken. Er würde ihr zuerst etwas Freiraum lassen, wobei sie ständig darauf warten würde, dass er den nächsten Schritt unternahm. Und dann, wenn ihre Schutzschilde zu bröckeln begannen, würde er sie solange reizen, bis sie es nicht mehr aushielt. Erst dann würde er nachgeben und ihre Begierden befriedigen.

Und er würde jede verdammte Minute genießen.

KAPITEL ACHT

UND NUN?

CARO KAUTE GEMÄCHLICH auf dem Sandwich herum, das Sethios ihr besorgt hatte. Es schmeckte gut, sogar sehr gut, aber sie hatte schon vor einer Weile den Appetit verloren.

Sie musste immerzu darüber nachdenken, was er über den Hohen Rat und dessen Motive, ihr diesen Auftrag zu erteilen, gesagt hatte. Sie konnte nicht leugnen, dass in seinen Worten eine gewisse Logik steckte.

Wenn die Ratsmitglieder tatsächlich schon einmal jemanden mit derselben Aufgabe betraut hatten, warum hatten sie sie dann überhaupt hierhergeschickt?

Brauchten sie einen Grund, um eingreifen zu können?

Es war streng verboten, einen anderen Seraph zu foltern. Für ihresgleichen war der Verstoß noch schwerwiegender als das Teilen von Blut mit einem Menschen. Wenn ihre Vorgesetzten einen wirklichen Grund brauchten, um Osiris zu vernichten, dann machte es Sinn, dass sie sie als Anstifterin missbrauchen würden. An ihrer Stelle würde sie ähnlich handeln. Allerdings behagte ihr der Teil nicht, bei dem sie unaussprechliche Schmerzen erleiden musste.

Caro lief ein Schauer über den Rücken, als sie noch einen Bissen aß.

Möglicherweise wussten sie nicht, was er dem anderen Seraph damals angetan hatte. Sie hatte noch nie davon gehört, dass schon einmal ein Wesen mit einem ähnlichen Auftrag hierhergeschickt worden war, doch es wunderte sie nicht, dass sie die Einzelheiten nicht kannte. Nur Mitgliedern des Hohen Rates war dieses Wissen vorbehalten.

Sethios schenkte ihnen Wein nach und beäugte sie dabei abschätzend. Das tat er schon seit einer Stunde, wobei er jedoch kein einziges Wort gesagt hatte. Auch gut. Wenn er sie anstarren wollte, dann würde sie es ihm eben gleichtun. Er hatte geduscht und sich eine Jeans angezogen, doch seinen Oberkörper hatte er bisher noch nicht bedeckt. Und obwohl es keinem besonderen Zweck diente, hatte sie nichts dagegen, seinen Körper zu bewundern.

Er war schön anzusehen und bereitete ihr vor allem Vergnügen, wenn er sie berührte.

Sie verzog den Mund, als ihr die verbotenen Gedanken durch den Kopf schwirrten. Es war eine so menschliche Eigenschaft, sich den fleischlichen Genüssen hinzugeben, doch gleichzeitig war es unglaublich belebend. Bei ihm fühlte sie sich so lebendig wie nie zuvor.

Das bedeutete auch, dass ein Teil von ihr diesem wahnsinnigen Unterfangen zugestimmt hatte, weil er ihr noch weitere lustvolle Erfahrungen bieten konnte. Sie genoss diesen Luxus und er hatte recht damit gehabt, dass sie mehr wollte.

»Hm«, murmelte er, als er den Blick an ihr auf und ab schweifen ließ. »Darauf können wir später noch zurückkommen. Zuerst müssen wir uns eine Strategie zurechtlegen.«

»Worauf können wir später zurückkommen?«, fragte sie mit einem unschuldigen Blinzeln.

Seine Lippen verzogen sich zu einem Lächeln. »Du kannst es gern für dich behalten, Engel, aber ich kenne diesen Blick nur allzu gut. Und ja, wir werden uns später noch vergnügen.«

Er nippte an seinem Wein und stellte das Glas auf dem Beistelltisch ab, bevor er die Arme über den Kopf streckte. Seine Muskeln spannten sich an und ihr Blick wanderte zuerst auf seinen Bauch und dann tiefer. Sie wollte ihn schmecken.

»Wir müssen wissen, was Skye prophezeit hat«, sagte er, als er die Arme wieder senkte. »Leider werde ich kaum eine Möglichkeit haben, mit Ezekiel in Kontakt zu treten, denn Osiris wird mich durch ihn sicher aufspüren können. Er hat die verblüffende Fähigkeit, alle in seiner Nähe ohne ihr Wissen seinem Willen zu unterwerfen, und ohne Zweifel hat er meinen besten Freund mittlerweile mit seiner Überzeugungskraft manipuliert.«

»Dann brauchen wir etwas, woran Osiris nicht gedacht hat«, erwiderte Caro. »Oder vielmehr jemanden.«

Sethios zog eine Augenbraue in die Höhe. »Hast du eine Idee?«

»Ja.« Ihr war der Gedanke vorhin schon gekommen, als er die Pläne des Hohen Rates erwähnt hatte, und sie hatte bereits die ersten Schritte unternommen. »Mein Sohn.«

Er zog die Augenbrauen so weit in die Höhe, dass sie fast seinen Haaransatz berührten. »Dein Sohn?«

Es erschien ihr völlig logisch. »In seinen Adern fließt mein Blut, was bedeutet, dass er nicht aufgespürt werden kann. Darüber hinaus ist er ein Krieger. Für ein Wesen seiner Herkunft wird dies eine einfache Aufgabe sein.« Sie wollte ihn außerdem fragen, was er von den Motiven ihrer Vorgesetzten hielt. Da er auch Adriels Sohn war, hatte er vielleicht Zugang zu Informationen, die Caro verwehrt blieben.

»Ein Krieger? Was meinst du damit?«

Sie starrte ihn an. »Adriels Blutlinie.« Sethios blickte sie verständnislos an. »Jeder Seraph besitzt eine einzigartige Fähigkeit. Ich bin eine Nachkommin der Blutlinie mit der Gabe der Verschleierung. Aus diesem Grund bin ich die perfekte Botin, denn meine Aura kann nicht nachverfolgt werden. Adriel ist der Ursprung der Blutlinie der Krieger, ähnlich deinem Vater, der der Seraph des Lebens und der Wiederauferstehung ist. Sind dir die Stammbäume denn kein Begriff?«

Er schüttelte langsam den Kopf. »Während der dreitausend Jahre meiner Existenz hat Osiris nicht ein Mal über seine Herkunft gesprochen. Ich wusste, dass er sein Blut dazu benutzt, um Ichorianer zu erschaffen, aus denen dann wiederum die Hydraianer entstanden sind, doch er hat nie etwas über Stammbäume oder seinen Titel erwähnt.«

»Es ist ein alter Titel, den er aufgrund seiner Verbannung ins Exil schon seit mehreren tausend Jahren nicht mehr trägt. Zu seinen Bestrafungen gehörte das Verbot, seine Blutlinie fortzuführen, doch daran hat er sich ganz offenbar nicht gehalten. Du bist vielleicht kein reinrassiger Seraph, aber deine Fähigkeiten sind beeindruckend.«

Er betrachtete sie mit einem belustigten Ausdruck im Gesicht. »Sollte das etwa ein Kompliment sein?«

Sie ignorierte seine Frage. »Mein Sohn ist das Produkt meiner Blutlinie der Nicht-Aufzuspürenden, die auch als Boten bekannt sind, und Adriels Linie der Krieger. Aus diesem Grund ist er wie geschaffen dafür, uns zu helfen. Ich bin bereits mit ihm in Kontakt getreten.«

»Du bist mit ihm in Kontakt getreten?«, wiederholte Sethios.

»Ja, als wir aus der Gasse verschwunden sind.«

»Du meinst telepathisch?«

Osiris hatte seinem Sohn wirklich nichts beigebracht. Sie wäre schockiert darüber, wenn es dem uralten Unsterblichen nicht so ähnlichsehen würde. Entweder hatte er Sethios nicht auf die Zukunft vorbereiten wollen, was durchaus wahrscheinlich war, oder er hatte nicht genügend Respekt vor den Traditionen, um seinem Nachkommen die Schlüsselelemente der seraphischen Gesellschaft weiterzugeben.

»Diejenigen, in deren Adern dasselbe Blut fließt, können mental miteinander kommunizieren, doch es hat nichts mit Telepathie zu tun. Diese gehört zu einer anderen Art von Fähigkeiten. Unsere Gabe ist eher eine Emotion, die an Anweisungen gekoppelt ist und durch Zustände der Bewusstlosigkeit übermittelt wird. Vielleicht hört er mich sofort, möglicherweise erhält er meine Nachricht aber auch erst in ein paar Tagen. Es kommt ganz darauf an, wann er sich entschließt zu schlafen.« So wie sie ihren Sohn kannte, konnte es eine Weile dauern, bis es so weit war. »Er wird mich aufsuchen, sobald er meine Bitte hört.«

Sethios wurde blass. »Soll das bedeuten, dass Osiris mir dasselbe antun kann? Kann er mich auf diese Weise seinem Willen unterwerfen?«

Der Gedankengang war logisch, doch völlig falsch.

»Osiris könnte dir eine Nachricht seines Missfallens zukommen lassen, doch seine Überzeugungskraft hat auf diesem Weg keinerlei Wirkung.« Sie hielt inne, um einen Schluck Wein zu trinken, da ihre Kehle wie ausgetrocknet war. Caro bedauerte Sethios fast wegen seines mangelnden Wissens. Dies waren die Schlüsselprinzipien ihres Lebens.

Sie konnte nicht verstehen, wie er es geschafft hatte, dreitausend Jahre lang ohne sie zu überleben.

»Blutsbande erlauben es zwei Wesen, ihre Fähigkeiten einander weiterzugeben, außerdem dienen sie als einzigartige familiäre Verbindungen. Da du mein Blut getrunken hast, hast du meine Gabe sozusagen angezapft. Wenn ich mir auch dein Blut einverleiben würde, dann würden wir unsere ganz eigene Bindung eingehen, die uns die Möglichkeit eröffnen würde, ebenfalls auf diese Weise miteinander zu kommunizieren.«

Dadurch hätte sie außerdem Zugang zu seiner Fähigkeit, genauso wie sie ihm die Möglichkeit eröffnet hatte, ihre zu nutzen. Allerdings wäre die Verbindung unendlich und sie zog es vor, das zu vermeiden. Die Vorstellung, mit jemandem auf Ewigkeit verbunden zu ein, gefiel ihr ganz und gar nicht. Eigentlich sollte der Hauptgrund für ihre Abneigung die Tatsache sein, dass er ein entartetes Wesen war, doch aus irgendeinem Grund war dies nur ein unbedeutendes Detail. Sie würde später noch darüber nachdenken.

»Wenn ich dir richtig folgen kann, dann sind all die Sterblichen, die Osiris durch sein Blut verändert hat, Teil meiner Abstammungslinie?«

»Im Wesentlichen ist das richtig, aber es ist nicht ganz dasselbe. Du bist der Einzige, der ein direkter Nachkomme der Blutlinie der Wiederauferstehung ist, deshalb hast du die Fähigkeit, andere deinem Willen zu unterwerfen. Wahrscheinlich bist du selbst in der Lage, deine eigenen Lakaien wiederauferstehen zu lassen. Ich nehme an, dass die Gabe dank deiner sterblichen Mutter nicht ganz so ausgeprägt ist wie bei deinem Vater, doch dein Blut wird von den genetischen Eigenschaften der Seraphim dominiert. Was die Menschen angeht, die die Blutlinie der Wiederauferstehung trinken, so erhalten sie lediglich das

Geschenk der Wiedergeburt und Unsterblichkeit. Vorausgesetzt natürlich, sie sterben innerhalb des vorgegebenen Zeitrahmens.«

»Das erklärt, warum manche Sterbliche nicht als Ichorianer wiedergeboren werden«, murmelte er. »Faszinierend. Ich habe mich immer nach dem Grund dafür gefragt.«

»Die Sterblichen sind empfindliche Wesen. Wenn das Blut durch sie hindurchfließt, bevor der Tod eintritt, dann kommt es nicht zur Wiedergeburt. Der Lebenssaft muss aktiv sein, damit er seine Wirkung entfalten kann.«

»Doch die Hydraianer können den Zeitpunkt wählen, an dem sie sich verwandeln wollen«, erwiderte Sethios, in dessen Stimme ein neugieriger Unterton lag, den sie als Frage auffasste.

»Der einzige Grund, warum Hydraianer – wie sie genannt werden wollen – den Zeitpunkt ihrer Wiedergeburt wählen können, ist die Tatsache, dass sie in die Blutlinie hineingeboren wurden. Deshalb sind sie auch stärker als ihre ichorianischen Väter. Durch sie fließ das Blut der Seraphim, welches während ihrer Wiederauferstehung noch mächtiger wird, was im Grunde bedeutet, dass sie zweimal wiedergeboren werden. Zu Beginn und dann noch einmal während ihres sterblichen Todes. Das erklärt auch, warum sie über zweierlei Fähigkeiten verfügen.«

Es wäre faszinierend, wenn es nicht so unglaublich falsch wäre.

»Dir ist doch klar, dass alle entarteten Kreaturen, die von Osiris geschaffen wurden, vernichtet werden müssen, nicht wahr?«, fragte sie.

Sethios grinste. »Wir sollten uns zuerst auf meinen Vater konzentrieren, danach können wir über die Blutlinie sprechen.«

»Weil du kein Interesse daran hast, sie auszulöschen?«, riet sie.

»Wenn man bedenkt, dass ich eines der ›entarteten Wesen‹ bin, bin ich wahrscheinlich nicht der beste Ansprechpartner. Aber ich werde dir mit Osiris behilflich sein.« Er aß den letzten Bissen seines Sandwichs und schob den Teller beiseite. »Was deinen Sohn angeht, so sagtest du, dass es vielleicht ein paar Tage dauern kann, bis er reagiert?«

»Ja, vielleicht sogar eine Woche. Gabriel schläft nicht sehr häufig.«

»Gabriel«, wiederholte er. »Ich nehme an, dass er nicht sehr erfreut sein wird, mich zu sehen.«

Sie grinste, denn der Gedanke war erheiternd. »Nein. Er wird höchst wahrscheinlich versuchen, dich umzubringen.« Und sie würde die Show genießen.

»Dann freue ich mich darauf, ihn kennenzulernen.« Sethios zwinkerte ihr zu und stand mit ihren Tellern in den Händen auf. »In der Zwischenzeit bleiben wir hier und warten ab, ob du hinsichtlich deines Blutes recht behältst. Sollte Ezekiel jedoch hier auftauchen, dann musst du uns sofort unsichtbar machen und uns an einen anderen Ort bringen.«

Sie machte sich deshalb keine Sorgen, doch sie nickte zustimmend. »Hast du einen bestimmten Ort im Sinn oder überlässt du mir die Wahl?« Denn sie würde Sethios liebend gern mitten in den Pazifik werfen und ihm für eine Weile beim Schwimmen zusehen.

»Wenn ich mir das teuflische Funkeln in deinen Augen betrachte, wäre es besser, wenn ich entscheide. Bringe uns nach Billings in Montana. Ich habe dort Verbündete, deren Hilfe wir brauchen werden.« Er nannte ihr eine Adresse, die sie sich ins Gedächtnis einbrannte.

»Verstanden«, sagte sie leise. *Nachdem du eine Runde im Ozean geschwommen bist.*

Er ging in die Küche und kam mit zwei Gläsern Wasser wieder zurück. Er stellte eines vor ihr ab, blieb jedoch mit seinem eigenen stehen. »Was sollen wir unternehmen, um uns die Zeit zu vertreiben, Engel?«

Sie dachte über ihre Möglichkeiten nach. Es gab so vieles, was er nicht wusste und was sie ihm beibringen konnte. Wahrscheinlich sollte sie es nicht tun, vor allem, da sie nicht glaubte, dass er lange genug am Leben bleiben würde, um die Informationen zu nutzen, doch es war das Mindeste, was sie tun konnte, nachdem sein Vater ihn in dieser Hinsicht ganz offensichtlich vernachlässigt hatte.

»Würdest du gern mehr über die Blutlinien der Seraphim und ihre einzigartigen Fähigkeiten erfahren?«, fragte sie, denn das wäre ein Anfang.

Er schien überrascht, als er sich ihr gegenüber auf den Stuhl fallen ließ. »Ich hatte zwar etwas anderes im Sinn, aber dein Vorschlag ist im Moment interessanter.« Er verschränkte die Finger und legte seine Hände auf den Tisch, während er sie mit seinem Blick fast durchbohrte. »Bitte. Fahre fort.«

»Also gut. Wir beginnen mit dem Hohen Rat, da dessen Mitglieder der ältesten Blutlinie der Seraphim angehören. Und dann sehen wir weiter.«

KAPITEL NEUN

EIN SCHÜTZENDER NACHKOMME

CARO STARRTE IHR SPIEGELBILD AN. Sie schien blasser als gewöhnlich. Selbst ihr Haar hatte einen weißen Farbstich angenommen. Äußerst seltsam. Sie glaubte, es könnte etwas mit ihrem Besuch auf Erden zu tun haben, der mittlerweile fast zwei Wochen andauerte, da ihr Sohn immer noch nicht auf ihre Botschaft reagiert hatte.

Sie hatte ihm zwei weitere dringliche Nachrichten mit Bildern von ihrem Aufenthaltsort geschickt. Worte wurden zuweilen nicht richtig übermittelt, es sei denn, sie wurden mit Nachdruck ausgesprochen. Es war eine komplizierte Angelegenheit, mit der sie sich wirklich genauer beschäftigen sollte.

Ihre blauen Augen schienen heller und fast azurblau zu sein. Sie runzelte die Stirn und ging ins Wohnzimmer, wo Sethios in dem Sessel saß, der seine bevorzugte Sitzgelegenheit zu sein schien. Mit einer Tasse Kaffee in der einen Hand und einer Zeitung in der anderen gab er ein völlig entspanntes Bild ab.

Obendrein wirkte er überaus menschlich.

Er hob den Kopf und blickte sie an. »Guten Morgen, Engel.«

»Wirklich?« Sie spähte zum Fenster hinaus. Die Tage

schienen keine Bedeutung mehr zu haben. Wenn sie überhaupt nach draußen gingen, dann immer nur für kurze Zeit, da sie Gabriels Ankunft nicht verpassen wollten. Sie nahm an, dass Sethios aus demselben Grund nicht versucht hatte, sie in sein Bett zu ziehen.

Doch es war ihr egal.

Er sollte sie eigentlich ohnehin nicht berühren.

Zumindest redete sie sich das ein, während ihr Körper jedoch ungeduldig wurde. Es war, als würde sie darauf warten, dass er sie endlich verführte.

Als jedoch nichts geschah, wurde sie von einem Gefühl der Enttäuschung übermannt. Es war eine vertrackte Situation, die sie sich sicher nicht gewünscht hatte, und es raubte ihr jedes Mal den Verstand, wenn sie ihn nur ansah. Er biss sie einmal am Tag und sie stellte fest, dass sie diesen kurzen Augenblicken erwartungsvoll entgegensah. Sie glich fast einer Drogensüchtigen, die ihren nächsten Schuss Euphorie brauchte.

Sie weigerte sich, ihr Hochgefühl lautstark kundzutun, doch innerlich stöhnte sie jedes Mal vor Erleichterung, wenn er seine Zähne in ihre Haut bohrte. Dabei hatte sie mehr als einmal den Wunsch, sich bei ihm zu revanchieren.

Ich muss diese Dimension verlassen, dachte sie, wie an jedem Tag seit ihrer Ankunft. Sie hatte daran gedacht, Gabriel selbst aufzusuchen, doch wenn der Hohe Rat Wind davon bekommen hätte, dann hätten die Ratsmitglieder von ihr sicher einen Lagebericht zu ihrer Mission verlangt. Und den konnte sie ihnen nicht liefern, bis sie nicht mehr wusste.

Nicht zum ersten Mal in ihrem Leben stellte sie die Motive des Hohen Rates infrage. Sie hatte sich zu Beginn schon darüber gewundert, warum nicht einfach eine Horde Krieger zur Erde geschickt worden war, um Osiris zu vernichten. Doch dank Sethios stellte sie nun auch den Zweck ihres Aufenthalts hier infrage.

Das Warten schien ihm nicht das Geringste auszumachen. Er war ein Unsterblicher ohne Gefühl für das Verstreichen der Zeit. Sie sollte sich ein Beispiel an seiner Lässigkeit nehmen.

Caro setzte sich ihm gegenüber auf die Couch und ergriff die Kaffeetasse, die für sie auf dem Tisch bereitstand. Sethios richtete ständig ungebeten irgendwelche Dinge für sie, und es ging ihr auf die Nerven. Es machte den Anschein, dass er sich um sie sorgte, was völlig absurd war. Keiner von ihnen sollte sich auch nur die Bohne um den anderen scheren.

Sie trank einen Schluck der schwarzen Flüssigkeit und spuckte sie angewidert wieder aus. Sethios blickte von seiner Zeitung auf und zog eine Augenbraue in die Höhe. »Schmeckt er dir nicht?«

»Was hast du damit gemacht?«, wollte sie wissen, als der Geschmack in ihr einen Würgereiz auslöste.

Er runzelte die Stirn. »Nichts. Es ist derselbe Kaffee wie gestern.«

Sie schüttelte den Kopf. »Der ist nicht annähernd so wie gestern. Er schmeckt bitter und widerwärtig.« Sie rümpfte die Nase. »Und er riecht furchtbar.«

Er legte die Zeitung auf den Tisch und stellte seinen Kaffee beiseite, um nach ihrer Tasse zu greifen. Er trank einige Schlucke und bedachte sie mit einem besorgten Ausdruck im Gesicht. »Caro, er schmeckt genauso wie gestern. Ich habe weder die Marke noch die Sorte gewechselt.«

Ihr drehte sich der Magen um und sie eilte in die Küche, um den Geschmack in ihrem Mund mit einem Schluck Wasser zu vertreiben. Sethios ging zu ihr und betrachtete sie mit einem Stirnrunzeln. Sie trank direkt aus dem Wasserhahn, doch es half nichts.

»Ich fühle mich …« Sie verstummte und hielt sich an der Anrichte fest, um die Balance nicht zu verlieren. »Ich fühle mich nicht gut.«

Sethios packte ihre Hüften und hob sie hoch, als es ihr den Boden unter den Füßen wegzog. »Du bist ziemlich blass, Caro.«

»Das ist mir auch aufgefallen«, sagte sie benommen. Die Zimmerdecke schien sich über ihr zu drehen, als er sie ins Wohnzimmer trug.

»Habe ich zu viel von deinem Blut getrunken?«, fragte er.

Sie versuchte, den Kopf zu schütteln, doch das Zimmer verschwamm um sie herum. Ihr Magen verkrampfte sich, was ungewöhnlich war, denn Seraphim hatten im Grunde nie mit derartigen Problemen zu kämpfen. »Ich … nein.« Es lag nicht am Blutverlust. Doch das Gefühl erinnerte sie an …

»Sie ist schwanger«, verkündete eine vertraute Stimme. Die Luft war energiegeladen, als Gabriel vor ihnen aus dem Nichts erschien. Er hatte einen gelangweilten Ausdruck im Gesicht und die Arme vor der Brust verschränkt, als er sie wie immer emotionslos betrachtete. »Hallo Mutter.«

Caro seufzte erleichtert. »Gabriel.«

Sethios' Arme gaben unter ihr nach.

»Schwanger?«, fragte er mit einer tiefen Stimme, die ein Gefühl zum Ausdruck brachte, das sie nicht definieren konnte. »Caro ist schwanger?«

Sie runzelte die Stirn. Sie hatte sich von Gabriels Ankunft ablenken lassen und nicht wirklich *gehört*, was er gesagt hatte. »Das ist …« *Unmöglich* lag ihr auf der Zunge, doch sie brachte es nicht über die Lippen.

Denn genauso fühlte sie sich.

Schwach.

Empfindlich.

Benommen.

Blass.

Diese Symptome hatte sie schon durchlebt, als sie mit Gabriel schwanger war. Doch wie konnte er es wissen?

»Erkläre es mir.« Ihre Stimme klang heiserer, als sie beabsichtigt hatte.

»Ich gehe davon aus, dass du weißt, wie es passiert ist, deshalb willst du wohl wissen, warum ich darüber Bescheid weiß.« Gabriel lehnte sich gegen die Wand und überkreuzte die Füße. »Mir war schleierhaft, warum der Hohe Rat dich auf diese Mission geschickt hat, wenn ich dank meiner Fähigkeiten doch viel geeigneter für diese Aufgabe bin. Deshalb habe ich Nachforschungen angestellt, was auch der Grund dafür ist, warum ich so lange gebraucht habe, um deinem Ruf zu folgen. Ich habe herausgefunden, dass die Schicksalslinie dich für diesen Auftrag vorgeschlagen hat.«

»Schicksalslinie?«, wiederholte Sethios.

»Die Seherinnen«, flüsterte Caro und legte den Kopf an seine Schulter. Er hatte sich nicht gesetzt, sondern stand immer noch mit ihr im Raum, während er sie mühelos in seinen Armen hielt. Zu einem anderen Zeitpunkt wäre es ihr seltsam erschienen, doch im Moment war ihr Körper dankbar dafür.

»Ist das die Blutlinie, die wie Skye die Fähigkeit der Vorsehung besitzt?«

Sie wollte nicken, doch ihr wurde sofort wieder schwindelig. »Ja.«

»Und sie haben Caros Schwangerschaft vorausgesehen?« Er richtete die Frage an ihren Sohn.

»Ja. Mit deinem Kind.« Gabriel drückte sich von der

Wand ab und trat auf sie zu. »Ich dachte, ich müsste mich irren, denn es ist ausgeschlossen, dass meine Mutter von einem entarteten Wesen schwanger werden könnte. Doch offensichtlich ist genau das eingetroffen.«

Er klang fast angewidert und sie wurde wütend. Sie hatte jedoch nicht die nötige Energie, um sich zu verteidigen. Ihr Magen verkrampfte sich wieder und sie vergrub ihr Gesicht an Sethios' Schulter, um nicht laut aufzuschreien.

Es war wie bei ihrer ersten Schwangerschaft. Damals war sie ebenfalls wie aus dem Nichts von einem Gefühl der Übelkeit übermannt worden.

Verdammt. Wenn alles wie beim ersten Mal ablief, dann wäre sie für eine ganze Weile außer Gefecht gesetzt. Sie wusste jedoch nicht, wie lange.

Sethios' genetische Beschaffenheit entsprach nicht dem Durchschnitt. Eine Schwangerschaft bei Menschen dauerte neun Monate, während sie bei Seraphim eher neun Wochen betrug.

»Oh Gott …« Sie fasste sich an den Bauch.

Sie trug ein unbekanntes Wesen in ihrem Inneren.

Nach seraphischem Standard war es eine entartete Schöpfung.

Bei dem Gedanken beschleunigte sich ihr Puls.

Sie würden sie umbringen, oder zumindest das Wesen, das in ihrem Inneren heranwuchs.

Vielleicht war Gabriel hier, um den Befehl auszuführen …

Sie wurde von einem Schreck erfüllt, den sie noch nie zuvor erlebt hatte, und begann zu zittern.

Nein.

Die Fortpflanzung war nur von Bedeutung, solange der Fötus brauchbar war.

Nein.

Es hatte keinerlei praktischen Nutzen, ein Kind auszutragen, das kein vollblütiger Seraph war.

Nein!

Warum sollte sie die Qualen einer Schwangerschaft für ein untaugliches Wesen durchleiden?

NEIN!

»Caro!« Sethios' Schrei durchdrang ihre Gedanken und zwang sie, sich auf ihn zu konzentrieren. Sie konnte eine Mischung aus Angst und Wut in seinem Gesicht erkennen, während in seinen grünen Augen ein Sturm der Emotionen tobte.

»Beruhige. Dich.« Der Befehl war wie ein Schlag ins Gesicht. Ihr Körper ergab sich seinem Willen und sie entspannte sich. Dann erst bemerkte sie die warme Flüssigkeit, die ihr über die Wangen rann.

Tränen.

Hatte sie geweint?

Unmöglich.

Seraphim fühlten keine Emotionen, die stark genug wären, um sie in Tränen ausbrechen zu lassen.

Was stimmt nicht mit mir?

In mir wächst ein fremdartiges Leben.

Ihr zukünftiges Kind. Ein verfluchtes Wesen, das bis in alle Winkel der Welt verfolgt werden würde, bis man es getötet hatte.

Sie legte eine Hand auf ihren Bauch.

Mein Blut.

Mein Nachkomme.

Meine Pflicht, es zu beschützen.

»Das ist eine beeindruckende Fähigkeit«, sagte Gabriel mit ausdrucksloser Stimme. »Hast du meine Mutter auf diese Weise überzeugt, mit dir Unzucht zu treiben?«

Sethios schnaubte. »Wohl kaum. Ich benutze meine Gabe zwar im Schlafzimmer zu meinem Vorteil, doch ich ficke keine Frauen, die sich mir nicht willentlich ergeben. Und du kannst mir glauben, dass deine Mutter durchaus gewillt war.«

Ihr Herz setzte einen Schlag aus, als ein Knurren durch den Raum hallte. Sie wusste nur, dass der Laut aus Gabriels Mund gekommen war, weil er seine eisig grünen Augen zu dünnen Schlitzen zusammengekniffen hatte.

»Wage es nicht, auf diese Art von meiner Mutter zu sprechen, oder du wirst die Konsequenzen zu spüren bekommen. Sie hat Respekt und Ehrfurcht verdient, und keine vulgären Ausdrücke aus dem Mund einer obszönen Missgeburt.«

»Gabriel«, hauchte sie schockiert, als sie den tödlichen Unterton in seiner Stimme hörte.

Er bedachte sie mit einem kompromisslosen Blick. »Bist du etwa überrascht, dass ich dich verteidige? Ohne dich wäre ich nicht am Leben, Mutter. Das ist doch Grund genug, dass ich das Gefühl habe, dich beschützen zu müssen.«

Genauso wie ich das Gefühl habe, das Leben in meinem Inneren beschützen zu müssen.

Sie blinzelte.

Konnte man dieses Bedürfnis als Emotion bezeichnen? Oder handelte es sich dabei um einen animalischen Instinkt?

»Zwei Seraphim, die Gefühle zeigen. Stärkt oder schwächt das eure Position?«, fragte Sethios mit lässigem Tonfall, der jedoch mit Nachdruck durch die Luft hallte. Er sah Caros Sohn offenbar nicht als Bedrohung an, was sie für einen Fehler hielt. Gabriel war zwar jünger als er, doch er besaß eine Macht, die mit kaum einem anderen Wesen ihrer Art vergleichbar war.

Ihr Sohn wandte sich mit einem Blinzeln Sethios zu und setzte eine stoische Miene auf. »Wenn du aufhörst, meine Mutter als Schutzschild zu missbrauchen, können wir darüber reden.«

»Dein überhebliches Gehabe gefällt mir.« Sethios senkte den Blick und sah Caro an. »Du bekommst wieder Farbe im Gesicht. Willst du versuchen, dich auf die Füße zu stellen, oder möchtest du weiterhin als mein *Schutzschild* missbraucht werden?«

Sie runzelte die Stirn. »Du darfst Gabriel nicht bekämpfen.«

»Tatsächlich?« Er zog eine Augenbraue in die Höhe. »Und wie soll ich dann reagieren, wenn er mich angreift?«

Sie legte den Kopf an seine Schulter und wandte sich ihrem Sohn zu. »Du darfst Sethios nicht bekämpfen.«

Gabriel zuckte mit den Schultern. »Das werden wir ja sehen, aber ich verspreche dir, ihn nicht zu töten.«

Ihr Magen verkrampfte sich und sie zuckte zusammen. Natürlich musste ihr Körper sich ausgerechnet heute dazu entschließen, Schwäche zu zeigen, wenn sie doch eigentlich stark sein sollte.

»Was haben die Seherinnen über meine Bestimmung gesagt?«, fragte sie, womit sie das Gespräch wieder auf praktischere Dinge lenkte.

»Es war nie vorgesehen, dass du deinen Auftrag ausführst. Sethios war von Anfang an dein Ziel.« Er hob den Blick und wandte sich an den Mann, der sie im Arm hielt. »Dein Kind repräsentiert eine mögliche Zukunft, von der die Seherinnen hoffen, dass sie sich verwirklichen wird.«

»Das unbekannte Wesen«, flüsterte Sethios, auf dessen Gesicht sich eine Mischung aus Ehrfurcht und Argwohn abzeichnete. »Aber wie ist das möglich? Ich habe in meinem Leben unzählige Frauen gevögelt – so viele, dass ich irgendwann aufgehört habe zu zählen. Keine von ihnen wurde je von mir schwanger.«

»Caro ist ein vollblütiger Seraph und deine Gene sind scheinbar wie geschaffen, um dich mit ihr fortzupflanzen.«

Sethios schien nicht überzeugt zu sein, doch er wusste nicht, was er davon halten sollte. Schließlich hatte sie sich während der letzten dreißig Jahre nicht mit einem anderen Mann gepaart. Er musste wissen, dass sein Sperma für die Schwangerschaft verantwortlich war.

»Nun gut, aber meine Mutter war eine Sterbliche. Der menschliche Einfluss ist dafür verantwortlich, dass Hydraianer sich nicht fortpflanzen können, zumindest habe ich es so verstanden.«

»Möglicherweise«, sagte Gabriel und zuckte mit den Schultern. »Ich vermute, dass die Gene deines Vaters die deiner Mutter überschrieben haben und du deshalb mit Caro ein Kind zeugen konntest. Darüber hinaus seid ihr laut der Seherinnen perfekte Partner füreinander.«

»Was bedeutet, dass sie es vorausgesehen und sich diesen Ausgang gewünscht haben«, fügte Caro hinzu, wobei sie sich ihrer Gefühle jedoch nicht sicher war.

»Genau.« Gabriel verschränkte die Arme. »Ich nehme an, dass die Mitglieder des Hohen Rates dich nicht darüber in Kenntnis gesetzt haben, weil sie das Schicksal nicht herausfordern wollten.«

»Sie wissen nicht, dass du hier bist«, erkannte sie.

»Nein. Ich habe all das eigenständig herausgefunden, nachdem ich von deinem Auftrag erfahren hatte. Dein Ruf hat meine Nachforschungen nur vorangetrieben. Wo liegt denn das Problem?« Sein Blick fiel auf ihren noch flachen Bauch. »Ich meine, abgesehen von der Schwangerschaft natürlich.«

»Osiris' Seherin hat seinen Untergang durch die Hand seines Sohnes vorausgesehen«, antwortete Caro. »Wir wollten dich um deine Hilfe bitten, um herauszufinden, was Skye vorausgesehen hat, aber das weißt du ja bereits.«

Sethios strich mit dem Daumen über ihre Hüfte, als er sie scheinbar noch fester an sich drückte. »Ich würde dennoch gern den genauen Wortlaut der Prophezeiung kennen und in Erfahrung bringen, wie Osiris vorhat, mich aufzuspüren.«

»Interessant«, sagte Gabriel, der seine Hände senkte und lose neben seinem Körper hängen ließ. »Ich würde vorschlagen, dass wir dich Osiris übergeben, um ihn abzulenken, während Caro das Kind im Schutz der anderen Seraphim zur Welt bringt.«

Caro erstarrte, als die Spannung im Raum spürbar zunahm. Sie brauchte keine emotionalen Fähigkeiten, um zu wissen, was Sethios von dem Vorschlag hielt.

»Du kannst es gern versuchen«, murmelte er finster. »Aber zuerst will ich wissen, warum du denkst, dass Caro von genau den Wesen umringt sein will, die sie unter Vortäuschung falscher Tatsachen hierhergeschickt haben. Sie haben sie belogen, um sie schwängern zu lassen, wobei sie nicht wissen, ob sie das Kind überhaupt wollte.«

»Es war ein logischer Schritt«, antwortete Gabriel. Doch selbst Caro konnte die Unsicherheit in seiner Stimme hören.

»Hm, Logik. Ja. Lass uns über die Logik sprechen. Wie kannst du so unvernünftig sein zu glauben, ich würde *mein* Kind von jemand anderem aufziehen lassen als von mir selbst und seiner Mutter?«

»Ich habe nicht gesagt, dass du damit einverstanden sein würdest«, bemerkte Gabriel.

»Hervorragend. Dann wirst du auch verstehen, warum es nicht infrage kommt.«

Gabriel zog eine blonde Augenbraue in die Höhe. »Du scheinst zu glauben, dass du eine Wahl hast.«

»Das reicht«, krächzte Caro. Sie konnte dieses Gezeter keinen Augenblick länger ertragen. In ihrem Inneren rumorte es und sie sehnte sich nach einer Runde Schlaf. »Ich halte das nicht mehr aus.«

Sethios festigte seinen Griff um ihren Körper. Er hatte sie die ganze Zeit über im Arm gehalten und sich kein einziges Mal beschwert. Dabei verwirrte es sie allerdings noch mehr, dass sie ihn nicht gebeten hatte, sie abzusetzen. Wenn sie es nicht besser wüsste, hätte sie geglaubt, dass es ihr gefiel, in seinen Armen zu liegen.

»Was kann ich für dich tun, Caro?« Er sprach die Worte leise in ihr Ohr. »Willst du etwas essen? Oder trinken? Willst du dich hinlegen?«

Sie entspannte sich mit einem Seufzen an seiner Schulter. »Mir ist nicht nach Essen zumute. Ich will mich nur ausruhen. Wir können uns später darüber unterhalten, was wir als Nächstes tun sollen.«

»In Ordnung, Engel.« Er wandte sich zum Gehen. »Geh nicht fort, Gabriel.«

Ihr Sohn stieß ein für ihn untypisches Schnauben aus, woraufhin sie die Stirn runzelte.

»Triff ohne mich keine Entscheidungen, Gabriel«, sagte sie und legte einen strengen Unterton in ihre Stimme. »Und wage es nicht, mit Sethios zu kämpfen.« Sie war selbst überrascht von ihren Worten, vor allem, da sie sie ernst meinte.

»Ich weiß deine Hilfe zu schätzen, aber ich werde auch allein mit ihm fertig, Engel«, sagte Sethios mit gedämpfter Stimme, als er in Richtung der Schlafzimmer ging.

»Ich werde mich zusammenreißen, solange er es auch tut«, rief Gabriel ihnen nach.

Das würde für den Moment genügen müssen.

Sie schmiegte sich wieder an Sethios' Schulter und schloss die Augen. Sein waldiger Duft beruhigte ihre Sinne und linderte die Krämpfe in ihrem Magen. Seltsam.

»Dein Schlafzimmer«, flüsterte sie. »Bring mich in dein

Bett.« Denn dort wäre sie von seinen Sachen und seinem Duft umgeben. Genau das brauchte sie jetzt.

Er hielt inne. »Bist du sicher?«

»Mmhm.« Sie gähnte, als sie von einer Welle der Erschöpfung übermannt wurde. »Nur für ein paar Stunden.«

»Du kannst so lange bleiben, wie du willst, Engel.« Er wandte sich um und schlug die Richtung zu seinem Zimmer ein. Bisher hatte sie am Ende des Flurs in seinem Gästezimmer übernachtet.

Sie wurde von einem wohligen Gefühl durchströmt, als sie in sein Schlafzimmer traten, und sie wusste sofort, dass sie die richtige Entscheidung getroffen hatte. Jede Zelle ihres Körpers und selbst ihre Seele atmeten erleichtert auf, als er die Bettdecke über ihr ausbreitete, die nach ihm roch.

»Danke«, flüsterte sie.

Er gab ihr einen zärtlichen Kuss auf die Stirn. »Ich werde später nach dir sehen.«

Sie wollte nicken, doch ihr Kopf fühlte sich einfach zu schwer an, und als sie etwas sagen wollte, blieben ihr die Worte im Halse stecken.

Zu müde.

Sie konnten sich später noch unterhalten.

Bis dahin würde sie schlafen.

KAPITEL ZEHN

DAS ENTSTEHEN NEUER BANDE

EIN BABY.

Verdammt.

Sethios hatte einen kühlen Kopf bewahrt, während er Caro in seinen Armen gehalten hatte, doch als er ins Wohnzimmer zurückkehrte, traf ihn die Realität wie ein Schlag ins Gesicht.

Gabriel hatte es sich auf der überdimensionalen Couch gemütlich gemacht und die Beine hochgelegt, wobei er einen entspannten Eindruck machte. Sethios sah jedoch die Schläue und Gefahr in seinen Augen, die hinter seiner ruhigen Fassade lauerten. Er durchschaute ihn sofort, denn er selbst bediente sich oft genug derselben trügerischen Haltung.

Sethios setzte sich ihm gegenüber breitbeinig in den Sessel, wobei er die Füße fest im Boden verankerte, um für einen eventuellen Kampf gewappnet zu bleiben. »Caros Körper vertraut mir mehr als ihr Verstand.« Und noch mehr als ihr Herz.

Als sie ihn gebeten hatte, sie in sein Bett zu legen, hatte er einen Stich im Herzen verspürt. Für ihn war es völlig neu, dass sein Instinkt ihm befahl, ihr jeden Wunsch zu erfüllen.

Sethios vertrat vorrangig seine eigenen Interessen und hin und wieder die eines engen Freundes. Doch als sie mit schmerzverzerrtem Blick zu ihm aufgesehen hatte, hätte er seine Seele gegeben, um ihr zu helfen.

Er rieb sich verwirrt über die Brust.

So sehr er auch das Wissen um ihre Schwangerschaft für seine fürsorgliche Reaktion verantwortlich machen wollte, so wusste er, dass es gelogen wäre. Denn er hatte ihr bereits helfen wollen, als sie in der Küche zusammengesackt war. Als er den gequälten Ausdruck in ihrem Gesicht gesehen hatte, war er von einer Panik ergriffen worden, wie er sie noch nie im Leben empfunden hatte.

»Sie bedeutet dir etwas«, murmelte Gabriel, während er ihn beobachtete.

Sethios erwiderte sein Starren. »Ist das der Moment, in dem du mir rätst, mich von ihr fernzuhalten? Willst du mir damit drohen, dass du mich töten wirst, wenn ich ihr wehtue?« Er konnte die Macht spüren, die von dem Seraph ausging. Es wäre ein fairer Kampf, den Sethios vielleicht sogar verlieren würde.

»Wenn du das für nötig hältst, dann kennst du meine Mutter nicht sonderlich gut.« In Gabriels Stimme lag ein Anflug von Stolz, doch seine Miene blieb gekonnt ausdruckslos. »Caro ist durchaus selbst imstande, dich zu töten.«

»Daran erinnert sie mich immer wieder«, entgegnete Sethios.

»Sie ist eine Strategin. Das solltest du nicht vergessen.«

Trotz der prekären Situation, in der sie sich befanden, verspürte er einen Anflug von Belustigung. Caro könnte ihm wahrscheinlich schaden, wenn sie es wirklich versuchen würde. »Ich habe nicht vor, ihr je wehzutun.«

Im Gegenteil, er wollte sie beschützen. Er hatte sie vor

Osiris gewarnt, bevor er wusste, welche Vorteile ihre Nähe ihm einbringen würde. Dieses Verhalten allein war unnatürlich für ihn, doch auf der anderen Seite war nichts an dieser Situation gewöhnlich.

»Die praktischste Lösung wäre es, wenn wir dich als Ablenkung an Osiris übergeben. Dadurch hat Caro Zeit, euer Kind aufzuziehen und es auf den Aufstand vorzubereiten, den die Schicksalsgöttinnen vorausgesehen haben.« In Gabriels Tonfall lag eine Endgültigkeit, die Sethios ganz und gar nicht behagte.

»Dann soll ich mich also selbst für meine Familie opfern«, fasste er zusammen. »Doch laut Skyes Prophezeiung werde ich bei dem Untergang meines Vaters eine wichtige Rolle spielen.« Zumindest hatte er das Ezekiels Worten entnommen. »Es wäre klüger, wenn wir zuerst herausfinden, was sie vorausgesagt hat, bevor wir irgendwelche ›praktischen‹ Lösungen finden.«

Gabriel legte die Fingerspitzen aneinander, während seine grünen Augen nachdenklich funkelten. Sethios konnte die Ähnlichkeit mit Caro in seinem hellen Haar und seiner blassen Haut erkennen, doch seine Gesichtszüge waren viel zu männlich, um sie als engelsgleich zu bezeichnen. Im Gegensatz zu Caro umgab ihn darüber hinaus eine tödliche Aura, die Sethios an den Nerven zerrte.

Die Linie der Krieger, hatte Caro sie genannt. Doch die Art, wie sie ihre Fähigkeiten beschrieben hatte, erinnerte ihn eher an strategisches Können als an körperliche Kampfkünste.

Sie hatte ihm erklärt, dass Hunderte dieser seraphischen Blutlinien existierten, die alle unterschiedliche Kräfte aufwiesen. Als er sie mit Hydraianern und Ichorianern verglichen hatte, hatte sie bemerkt, dass das menschliche Erbgut ähnlich programmiert war wie das ihrer Engelsbrüder. Daher leuchtete es ein, dass Hydraianer und Ichorianer mit einzigartigen Fähigkeiten erwachten, sobald das Blut seines Vaters ihre Wiedergeburt ausgelöst hatte.

Zauberei.

Oder Wissenschaft.

Wie dem auch sei, Genetiker hätten ihre wahre Freude daran, wenn sie die Gelegenheit hätten, ihre Ursprünge zu erforschen und herauszufinden, wie sie sich durch die Wiedergeburt verwandelten.

»Die Schicksalsgöttinnen haben deine wichtige Rolle mit keinem Wort erwähnt, doch das würden sie auch nicht.« Gabriels Worte rissen Sethios aus seinen Gedanken. »Vor allem nicht, wenn sie hoffen, den Verlauf der Geschehnisse beeinflussen zu können.«

»Wie zum Beispiel?«

»Ich bin mir nicht sicher.« Gabriel kratzte sich am Kinn. »Sie versuchen, ein bestimmtes Ergebnis zu erzielen, was auch der Grund dafür ist, dass sie meiner Mutter nicht verraten haben, welchen Zweck sie bei dem Spiel erfüllt, bevor sie sie hierhergeschickt haben. Sie ist loyal und hätte ihre Befehle befolgt, wenn sie ein Edikt erlassen hätten. Doch die Tatsache, dass der Rat ihr die Anweisungen vorenthalten hat, legt die Vermutung nahe, dass noch weitere Spieler beteiligt sind, die bisher weder identifiziert noch besprochen wurden.«

Okay, er würde später auf die »weiteren Spieler« zurückkommen. Doch zuerst wollte er einen anderen Punkt klären. »Der Hohe Rat kann von den Seraphim verlangen, sich fortzupflanzen?«

Gabriel blinzelte. »Natürlich. Warum wäre ich sonst wohl am Leben? Es war nicht Caros Entscheidung, schwanger zu werden, sondern der Wille der Schicksalsgöttinnen.«

Sethios zog eine Augenbraue in die Höhe. »Sie wollte gar kein Kind?«

»Ob sie eines wollte oder nicht, tut nichts zur Sache. Ich wurde gebraucht, deshalb hat sie mich zusammen mit Adriel gezeugt.«

»Fortpflanzung durch Prophezeiung.« Wow. Und Sethios hatte geglaubt, dass die Befehle seines Vaters furchterregend waren. »Was, wenn sie sich kein Kind gewünscht hätte?«

»Wünsche sind menschliche Emotionen, die keinen wirklichen Nutzen haben. Wir tun, was getan werden muss, solange es einem Zweck dient.«

»Natürlich.« Es war kein Wunder, dass Gabriel derart gelangweilt wirkte. »Mein Zweck ist es, das Leben zu genießen.«

»Du hast dich von der Menschheit stark beeinflussen lassen.«

»Und du nicht?« Sethios konnte den Sarkasmus in seiner Stimme nicht verbergen. Sein überhebliches Gehabe von vorhin schien durchaus von *Emotionen* geprägt gewesen zu sein.

»Das ist richtig. Meine Fähigkeit hat keinerlei Verbindung zur Menschheit, im Gegensatz zu Zaras Blutlinie zum Beispiel. Ihre Gabe würde ohne Menschen nicht funktionieren, da sie auf Emotionen beruht. Doch meine Fähigkeit zeigt auch ohne den Einfluss der Menschheit ihre Wirkung.«

Er runzelte die Stirn. »Zara?« Caro hatte den Namen bisher nicht erwähnt.

»Sie ist ein Mitglied des Hohen Rates und die Anführerin ihrer Blutlinie. Hat dein Vater dir nichts über unsere Regierungsstrukturen beigebracht?«

»Nein, aber Caro hat erwähnt, dass jede Familie durch ein Mitglied im Hohen Rat repräsentiert wird.« Da es

Hunderte dieser Blutlinien gab, stellte Sethios sich eine riesige Aula voller alter, gelangweilter Seraphim vor, die miteinander diskutierten und Edikte erließen. *Bei ihnen steigen sicher die besten Weihnachtsfeiern.*

Gabriel betrachtete ihn, wobei ihm ein undefinierbarer Ausdruck übers Gesicht huschte. »Ja, für gewöhnlich hat der Älteste, der sich in einem Zustand des Bewusstseins befindet, einen Sitz im Hohen Rat.«

»Bewusstsein?«, wiederholte Sethios fragend. All diese Begriffe waren ihm völlig fremd, zumindest in diesem Zusammenhang. Sein Vater hatte den Anschein erweckt, als wären Seraphim eine aussterbende Rasse, doch Gabriel und Caro berichteten ihm von einer gut durchstrukturierten Gesellschaft, die *irgendwo* existierte.

»Die Ewigkeit kann beängstigend sein. Die meisten Seraphim verfallen nach einigen Jahrtausenden in einen Zustand der Bewusstlosigkeit und wachen nur auf, wenn sie gebraucht werden.«

»Zum Beispiel wenn sie sich fortpflanzen müssen.« Sethios hatte einen Scherz machen wollen, doch Gabriel nahm seine Worte ernst.

»Ja. Adriel ist erwacht, um mich zu zeugen.«

»Und er ist Mitglied des Rates.«

»Ja.«

»Und das bedeutet, dass du sein Nachfolger bist.« Es war nur eine Vermutung, die auf den neuen Kenntnissen beruhte, die Sethios gewonnen hatte.

»Ja.«

»Was ist mit Caro? Welchen Platz nimmt sie ein?«

»Meiner Mutter gehen mehrere ältere Generationen voraus, was nicht ungewöhnlich für jemanden ihres Alters ist. Ich bin ein Einzelfall, da die meisten der ältesten Seraphim keinen Grund haben, sich fortzupflanzen.«

»Warum wurdest du dann gebraucht?«, fragte Sethios neugierig. »Welchem Zweck dienst du?«

»Mein Schicksal ist bisher nicht zum Tragen gekommen.«

»Was bedeutet, dass du keine Ahnung hast, warum deine Mutter gezwungen wurde, dich zu gebären. Faszinierend.« Sethios konnte den sarkastischen Unterton in seiner Stimme nicht unterdrücken. Ihre ganze Welt war viel zu strukturiert. Keiner von ihnen *lebte* wirklich. Es war kein Wunder, dass die älteren Seraphim es vorzogen, bis in alle Ewigkeit zu schlafen. An ihrer Stelle würde Sethios dasselbe tun.

»Unsere Bräuche haben uns über mehrere Jahrtausende gute Dienste geleistet. Wir haben keine Kriege, keine Hungersnöte und keine Schmerzen. Kannst du dasselbe von deinen kostbaren Menschen behaupten?«

Sethios schnaubte. »Ich würde sie nicht gerade kostbar nennen, und natürlich kann ich nicht dasselbe behaupten, doch ich habe dadurch ein viel interessanteres Leben geführt. Wenn du eine Weile hierbleibst, wirst du es vielleicht verstehen.«

»Ich habe nicht den Wunsch, mich länger als nötig hier aufzuhalten.« Gabriel warf einen Blick in Richtung Flur und wandte sich dann wieder Sethios zu. »Abgesehen davon würde es mich jedoch interessieren, was eure Seherin vorausgesagt hat. Sie wird kaum mächtiger als die Schicksalsgöttinnen sein, doch vielleicht ist sie eher geneigt, uns die ganze Prophezeiung zu verraten. Wann können wir uns mit ihr unterhalten?«

»Sobald wir einen Weg gefunden haben, Osiris zu umgehen.« Sethios grinste und stand auf. Er brauchte einen starken Drink, vorzugsweise einen Brandy. Er fand eine Flasche einer französischen Marke und schenkte ihnen zwei Gläser ein. Falls der Seraph ablehnte, würde er eben beide genießen.

Gabriel hatte sich weder von der Stelle gerührt, noch hatte sich seine Miene verändert, doch er nahm den Drink an und sagte: »Alkohol hat keinen praktischen Nutzen.«

»Er schmeckt gut. Das ist Grund genug für mich.« Sethios setzte sich wieder in den Sessel und nippte an der bernsteinfarbenen Flüssigkeit. Sie brannte ihm auf vorzügliche Weise in der Kehle.

»Schokolade«, sagte Gabriel nach einer Weile. »Caro würde sie vielleicht schmecken.«

»Was hat sie für einen Nutzen?«

»Sie schmeckt gut«, äffte Gabriel ihn nach. »Sie würde sich in ihrem Zustand vielleicht über ein wenig Schwelgerei freuen. Zu Hause würde man ihr davon abraten.«

War dies eine Art Friedensangebot? »Verstanden.«

Gabriel nippte an seinem Drink und es machte den Anschein, als wollte er damit ihrer stillschweigenden Übereinkunft zustimmen, einander bis auf Weiteres zu tolerieren. Nach einer Weile stellte er sein Glas beiseite und überkreuzte die Beine. »Deiner Bemerkung von zuvor entnehme ich, dass Osiris eure Seherin bewacht. Erzähle mir von seinem Anwesen.«

Sethios hätte fast laut losgelacht, doch er besann sich eines Besseren. Wenn jemand die Abwehrmechanismen umgehen konnte, dann war es ein Seraph. Er nannte ihm den Ort und zählte die verschiedenen Schutzsymbole auf, die das Anwesen bewachten, bevor er einen Vorschlag machte. »Du brauchst Ezekiel, denn er weiß, wo Skye sich befindet. Mein Vater wechselt oft ihren Standort.«

»Wer ist Ezekiel?«

»Mein ältester Freund. Er hat die Fähigkeit, Blut aufzuspüren, was ihn zu einem mächtigen Fährtensucher macht. Mein Vater hat ihn zu seinem persönlichen Jagdhund gemacht, indem er Skye als Geisel hält.«

Gabriel zog eine Augenbraue in die Höhe. »Wie stehen die beiden miteinander in Verbindung?«

»Sie ist die Liebe seines Lebens.« Zumindest glaubte sein Freund das.

Sethios hatte mehr als einmal vergeblich versucht, ihn davon zu überzeugen, sein Leben ohne sie weiterzuleben. »Ezekiel könnte meinem Vater ohne Weiteres den Rücken kehren, doch er bleibt um Skyes willen bei ihm.«

»Das ergibt keinen Sinn.«

»Dann sag ihm das bitte, wenn du ihn triffst.« Denn Sethios stimmte voll und ganz mit ihm überein. »Er kann dir dabei helfen, Skye ausfindig zu machen, doch es wird nicht leicht sein, ihn dazu zu überreden. Außerdem hat mein Vater ihn sicher seinem Willen unterworfen, was jegliche Verhandlungen schwierig macht, da Ezekiel möglicherweise gezwungen ist, meinem Vater Bericht zu erstatten.«

Doch wenn es jemanden gab, der die Spielchen seines Vaters umgehen konnte, dann war es Ezekiel. Der Mann war ein Meister der Wortspiele und hatte sich jahrhundertelang darin geübt, Schlupflöcher zu finden.

»Deine Quelle scheint irrational zu handeln und ist daher nicht verlässlich.« Eine scharfsinnige Beobachtung, doch sie war falsch.

»Da könntest du recht haben, aber eine bessere Möglichkeit wird sich dir nicht bieten.« Ezekiel hatte zwar wegen einer Frau den Kopf verloren, aber er war immer noch ziemlich nützlich. »Er ist außerdem äußerst tödlich. Er wird als der beste Nizari-Attentäter in unserer Geschichte verehrt.«

Gabriel zog eine perfekte Augenbraue in die Höhe. »Das sagt mir nichts.«

»Er jagt und tötet Sprösslinge, die die Nachkommen der Ichorianer sind und noch nicht als Hydraianer wiedergeboren wurden. Wenn er erst einmal einen Zugang zu einer Blutlinie gefunden hat, dann kann er dadurch auch den gesamten Nachwuchs aufspüren, der dieser Linie angehört.« Sethios leerte sein Glas und stellte es beiseite. »Ich vermute, dass die Seraphim den Machenschaften der Ichorianer und Hydraianer nicht viel Beachtung schenken.«

»Wir hatten eigentlich gehofft, dass ihr euch gegenseitig vernichten und uns die Mühe ersparen würdet.«

»Charmant.« Offenbar hatten die Seraphim den Vertrag von 1747 nicht vorausgesehen. Verdammt, wahrscheinlich hatten sie noch nie davon gehört. »Ich schlage vor, du suchst in New York nach Ezekiel. Ich würde dir wirklich raten, mit ihm zu sprechen, bevor du das Anwesen meines Vaters aufsuchst. Natürlich nur, wenn du am Leben bleiben willst.«

»Osiris macht mir keine Angst.«

Sethios schüttelte bestürzt den Kopf. »Ich dachte, ihr Seraphim seid logisch denkende Wesen. Zuerst Caro und jetzt auch du … Hat denn keiner von euch eine Ahnung, wozu mein Vater fähig ist?«

Gabriel starrte ihn an. »Warum New York?«

»Weil Ezekiel meinem Vater bei einem Projekt bei der Stiftung für Katastrophenhilfe behilflich ist. Ich bin mir ziemlich sicher, dass sie Supersoldaten züchten, die mit seraphischem Genmaterial ausgestattet sind. Zumindest glaube ich das. Vielleicht könntest du dich mit dem Ichorianer unterhalten, der für das Projekt zuständig ist, wenn du schon mal da bist. Sein Name ist Jonathan Fitzgerald.«

»Seraphisches Genmaterial?«

»Es ist nur eine Vermutung, doch mein Vater liebt Experimente und ich habe schon seit Jahren den Verdacht, dass er im Begriff ist, eine Armee zu erschaffen. Er ist kürzlich eine Partnerschaft mit Jonathan eingegangen und das kann kein Zufall sein.«

Gabriels Kiefermuskeln zuckten kaum merklich. Es war das erste Anzeichen dafür, dass seine gefühllose Fassade zu bröckeln begann. Sethios hatte zweifellos einen wunden Punkt getroffen und vielleicht sogar sein Interesse geweckt. Seine Arbeit war getan. Der Seraph würde entweder seinen Rat annehmen oder versuchen, Sethios an Osiris zu übergeben.

Die Betonung lag dabei allerdings auf *versuchen*.

Er stand auf, denn er musste sich etwas Bewegung verschaffen. Oder besser noch … »Ich werde nach Caro sehen.«

»Es geht ihr gut«, sagte Gabriel leise. »Ich kann fühlen, dass sie friedlich schläft.«

Sicher. Himmlische Bande und so weiter. Wenn es nach ihm ginge, könnte sie ewig dort liegen bleiben. Nackt. Schwanger oder nicht, er wollte sie und er hatte die letzten zwei Wochen damit verbracht, sie zu reizen. Er wollte, dass sie ihn anflehte, sie zu vögeln, und das würde sie auch. Er musste sich nur etwas mehr ins Zeug legen.

Doch zuerst mussten sie über die Zukunft sprechen.

Es ist so unwirklich.

Seltsamerweise fühlte er sich jedoch gut bei dem Gedanken.

Es hätte ihn zu Tode ängstigen sollen, doch ein Kind war etwas völlig Neues. Es war eine Erfahrung, die er in seinem Leben bisher noch nicht gemacht hatte.

Ich werde Vater.

Seine Lippen verzogen sich zu einem Lächeln. Doch es erstarb sofort wieder, als er an seinen eigenen Schöpfer dachte. Wusste Osiris darüber Bescheid? War Skye in diesem Moment dabei, seinem Vater von seinem zukünftigen Nachkommen zu erzählen?

Er blieb auf der Schwelle seines Zimmers stehen, um Caro zu betrachten. Ihr blondes Haar hob sich von seinem schwarzen Kissen ab, während der Rest ihres Körpers unter der Seidendecke einen zarten und zerbrechlichen Eindruck machte.

Die Mutter meines zukünftigen Kindes.

Bei dem Gedanken setzte sein Herz einen Schlag aus. Tief im Inneren musste er es gewusst haben, denn das würde erklären, warum er ein so tiefgreifendes Bedürfnis empfunden hatte, sie zu beschützen, obwohl er sie kaum kannte. Es war wie ein Hauch des Schicksals, der seine Instinkte durcheinanderbrachte.

Sie stieß ein Seufzen aus, als sie sich noch weiter in die Decke kuschelte.

Sie war so schön und gleichzeitig so tödlich.

Die perfekte Partnerin.

Sie ist mein, flüsterte ihm eine dunkle innere Stimme zu. Vielleicht nicht bis in alle Ewigkeit, doch zumindest für den Moment.

Ein Teil von ihm wuchs in ihrem Inneren, eine Zukunft, die er *um jeden Preis* beschützen würde.

KAPITEL ELF

ANGENEHME TEAMARBEIT

HEIẞE SCHOKOLADE.

Es war ein süßer Luxus, der in ihrer Welt verpönt und verspottet wurde.

Doch Caro war es egal. Das Getränk schmeckte himmlisch, als es ihr die Kehle hinunterrann. Sie zog die Tasse an ihre Brust und genoss die Wärme, die sie ausstrahlte.

Seraphim nahmen grundlos weder feste noch flüssige Nahrung zu sich. Sie konnten allein von den Nährstoffen überleben und brauchten Luxusgüter wie Schokolade nicht. Es wurde als unpraktisch angesehen, sich irgendwelchen Genüssen hinzugeben.

Sie trank noch einen Schluck und unterdrückte ein Lächeln. Das exquisite Getränk beruhigte ihre Sinne, was eine praktische Erklärung dafür war, warum sie es genießen sollte.

»Lächelst du etwa?«, fragte Sethios, der den Kopf schief gelegt hatte und sie mit einem neugierigen Blick musterte.

»Nein.«

»Und jetzt lügst du auch noch?« Er lachte. »Faszinierend.«

Sie zog die Tasse von ihrem Mund und senkte sie in ihren Schoß. »Wohin ist Gabriel verschwunden?«

Caro hatte erwartet, dass er nach ihrem Mittagsschlaf noch hier sein würde, doch stattdessen hatte nur Sethios mit einer Tasse dampfender heißer Schokolade auf sie gewartet. Ihr Verstand hatte ihr verboten, das Getränk anzunehmen, doch ihre Nase war anderer Meinung gewesen. Und, oh, es schmeckte so gut.

»Er wollte Osiris' Anwesen auskundschaften und die Sicherheitsmechanismen mit eigenen Augen begutachten. Ich nehme an, er kommt zurück, sobald er erkannt hat, wie recht ich damit hatte, dass er Ezekiels Hilfe brauchen wird.« Sethios schien nicht im Geringsten beunruhigt zu sein. Wenn überhaupt schien er belustigt. »Kann ich dir sonst noch etwas bringen? Vielleicht etwas zum Mittagessen?«

Der Gedanke an Nahrung behagte ihr gar nicht. »Gibt es noch etwas heiße Schokolade?«

In seinen grünen Augen blitzte eine Emotion auf, die sie nicht deuten konnte. »Ich kann dir noch welche machen.«

»Das wäre annehmbar.« *Vielleicht würde es mir sogar gefallen.*

»Annehmbar, hm?« Er stand auf und ließ den Blick über ihren Körper schweifen. »Na schön, wenn wir diesen Ausdruck verwenden wollen, dann finde ich dein Kleid ebenfalls *annehmbar.*«

»Mir war viel zu warm, um eine Jeans anzuziehen«, erklärte sie. »Ein Kleid schien mir praktischer zu sein.«

»Oh, darüber sind wir uns einig.« Er zwinkerte ihr zu und ging in Richtung Küche.

Sie runzelte die Stirn, denn sie konnte nicht verstehen, warum er mit ihr in einem so aufreizenden Tonfall sprach. Caro machte sich nicht viel aus kurzen Röcken, doch ihr war so heiß gewesen, als sie erwacht war, dass sie etwas Leichtes hatte anziehen wollen, um ihre Haut atmen zu lassen.

Sethios hatte ihr kurz nach ihrer Ankunft eine Garderobe gekauft, die hauptsächlich aus Jeans und T-Shirts und einer Handvoll Sommerkleider bestand. Sie hatte sie zu Anfang ganz hinten im Schrank verstaut, da sie nicht das Bedürfnis verspürt hatte, sie jemals zu tragen. Doch heute hatte ihr Körper danach verlangt und sie hatte sich ein hellblaues Kleid angezogen, das ihr kaum bis zum Knie reichte.

Nur meine Messer lassen sich darin nicht verstauen. Sethios hatte ihr einen Satz Klingen von ausreichender Qualität besorgt, der sich momentan in ihrem Nachttisch befand. Ihr ursprünglicher Plan, sich mithilfe der Messer an ihm zu rächen, schien in ihrem jetzigen Zustand belanglos zu sein.

Sie zog die Beine unter ihren Körper und trank die heiße Schokolade aus, als Sethios auch schon mit einer neuen Tasse zurückkehrte. Er nahm wortlos die leere Tasse entgegen und baute sich wieder vor ihr auf.

»Sollen wir darüber reden?«, fragte er und verschränkte die Arme vor der Brust.

Caro schluckte und fühlte sich von seiner Größe und seinem glühenden Blick leicht eingeschüchtert, doch sie nahm an, dass er diese Wirkung beabsichtigt hatte. »Was gibt es da schon zu reden? Ich bin schwanger.«

»Deine ursprüngliche Reaktion legt die Vermutung nahe, dass wir uns über das Schicksal unseres Kindes unterhalten sollten.« Ihr entging weder, dass er die Betonung auf das Wort *unseres* legte, noch übersah sie das Beben seiner Nasenflügel. »Nicht zu vergessen, dass die Seraphim alle Entscheidungen für dich treffen. Für Gabriel ist es vielleicht nicht ungewöhnlich – verdammt, möglicherweise stört es dich genauso wenig –, aber ich finde es alles andere als normal. Du bist dein eigener Herr, doch diese Unterhaltung sollte mich mit einschließen.«

»Und wie sollte meine Entscheidung deiner Meinung nach ausfallen?«, fragte sie neugierig. Sie hatte sich bereits entschlossen, doch es wäre gut zu wissen, wogegen sie in dieser Schlacht ankämpfen würde.

»Ich bin nicht an irgendwelchen Spielchen interessiert, Engel.« Er ging vor ihr auf die Knie und legte die Hände auf die Armlehnen ihres Stuhls. »Es ist dein Körper und daher letztlich deine Entscheidung, aber ich will dir wenigstens eines sagen. Ich hatte nie den Wunsch, ein Kind zu bekommen, und habe mich nie in der Vaterrolle gesehen.«

Ihr Herz setzte einen Schlag aus, als sie den ernsten Tonfall in seiner Stimme hörte und die Aufrichtigkeit in seinen Augen sah. Seine Worte waren harsch, direkt und genau das, was sie von ihm erwartet hatte. Bis auf den Teil, als er ihr gesagt hatte, dass es ihre Entscheidung war. Bisher hatte sie nichts in ihrem Leben je selbst entschieden, sondern sich immer dem Willen der seraphischen Gesellschaft gefügt.

»Caro«, fuhr er mit sanfter Stimme fort, »auch wenn der Gedanke, es nicht zu Ende zu bringen, mich fast umbringt, so werde ich deine Entscheidung respektieren.« Er legte eine Hand an ihren Bauch. »Aber ich habe dabei geholfen, dieses Leben, das in deinem Inneren heranwächst, zu zeugen und ich würde es niemals zerstören wollen.«

Sie blinzelte ihn an. »Du willst, dass ich das Baby behalte.« Die Worte klangen fremd in ihren Ohren und sie fühlte sich, als hätte jemand sie ihrem Herzen und ihrem Mund entrissen.

»Das will ich, aber ich werde die Entscheidung nicht

für dich treffen.« Er strich mit dem Daumen über ihren noch flachen Bauch. »Ich bin sicher, du hältst es für ein entartetes Wesen, aber für mich ist es ein Wunder. Ich hätte es mir nie träumen lassen, und auch wenn ich mir wünschte, dass es unter anderen Umständen geschehen wäre, so bereue ich es keine Sekunde.«

»Entartetes Wesen hin oder her, die Schicksalslinie hat es vorausgesehen und der Hohe Rat scheint es zu erwarten.«

Ihm entfuhr ein tiefes Knurren, das sie verwirrte. »Ja. Darauf kommen wir später noch zurück.«

»Worauf kommen wir noch zurück?«

»Wie verkorkst das ist«, sagte er. »Du bist es möglicherweise gewohnt, dass andere über dich verfügen, doch mir ist der Gedanke fremd. Sie haben dich unter Vortäuschung falscher Tatsachen hierhergeschickt und erwartet, dass ich dich schwängere. Ich kann nicht verstehen, dass du deshalb nicht wütend bist.«

»Wenn das Schicksal es so wollte, dann wäre es mit oder ohne ihr Zutun geschehen.«

»Und du hattest keine andere Wahl, als dich zu fügen?« Er schüttelte den Kopf. »Das sehe ich anders. Der Zweck der Voraussicht ist es doch, dass man dadurch die Möglichkeit hat, die Zukunft zu ändern. Was hätte sie sonst für einen Nutzen?«

»Dann würdest du es also vorziehen, wenn ich mich geweigert hätte, ein Kind zu zeugen?«

»Nein, ich würde nichts an der Tatsache ändern, dass wir uns getroffen haben, und auch nichts an dem, was danach zwischen uns geschehen ist. Aber deine Ältesten haben ein falsches Spiel mit dir getrieben, und das finde ich völlig inakzeptabel.«

»Ich verstehe.« Sie war mit ihm einer Meinung darüber, dass man ihr die Wahl hätte lassen sollen und dass der Hohe Rat falsch gehandelt hatte. »Aber ich würde auch nichts daran ändern. Das müssen sie gewusst haben.«

»Tatsächlich?« Er bedachte sie mit ungläubigem Blick.

»Das wird sich zeigen. Wir müssen mehr darüber erfahren, was sie und Skye vorausgesehen haben, damit wir uns besser vorbereiten können, um unser Kind zu schützen, Caro.«

Er nahm ihr die Tasse aus der Hand und stellte sie beiseite, dann ergriff er ihre Hände. »Dein Sohn hat den Vorschlag gemacht, mich zu Osiris zu schicken, und wenn ich davon überzeugt wäre, dass ich dadurch dich und unser Kind beschützen könnte, dann würde ich darüber nachdenken. Doch bis wir nicht mehr wissen, sollten wir diese Möglichkeit nicht in Betracht ziehen. Wir müssen als Team zusammenarbeiten. Anders wird es nicht funktionieren.«

Ihr stockte der Atem, als sie seinen eindringlichen Blick sah. Er hatte jedes Wort ernst gemeint, dessen war sie sich sicher. Könnte sie sich mit diesem Mann zusammentun? Immerhin hatte er sie gleich am ersten Abend, an dem sie sich getroffen hatten, durch eine List in sein Bett gelockt und ihr Informationen versprochen, die er ihr später vorenthalten hatte.

Während der letzten zwei Wochen hatte er ihr einen Anflug von Freiheit gewährt und sie hatte im Grunde tun können, was sie wollte. Caro hatte mehr als einmal versucht, sich unsichtbar zu machen, und er hatte sie nicht aufgehalten. Genauso wenig hatte er sie seinem Willen unterworfen. Doch sie war geblieben, hauptsächlich weil sie mehr über Osiris' Seherin erfahren wollte. Und jetzt war diese Information wichtiger denn je.

»Ein Team«, wiederholte sie. »Und wenn ich es vorziehe, mich im Schutz meines eigenen Volkes aufzuhalten?«

»Du meinst dieselben Wesen, die dich auf eine fingierte Mission geschickt haben, damit du von mir schwanger wirst?« Er lächelte verschmitzt. »Wenn es dein Wunsch ist, dann werde ich dir entweder folgen oder alles tun, um dich von hier aus zu beschützen. Aber ich würde dich bitten – und sogar anflehen –, dass du mit deiner Entscheidung solange wartest, bis wir mehr über die Prophezeiung in Erfahrung gebracht haben.«

Ihre Lippen zuckten und verzogen sich fast zu einem Lächeln. »Du würdest mich anflehen?« Der Anblick würde ihr vielleicht gefallen.

Er kniff die Augen zusammen. »Das ist eine ernste Unterhaltung.«

»Ja«, stimmte sie zu. »Ich würde es nicht auf die leichte Schulter nehmen, wenn du mich anflehst.«

»Jetzt machst du dich über mich lustig«, knurrte er und umfasste ihre Handgelenke. »Ich versuche gerade, etwas Wichtiges mit dir zu besprechen, und du lächelst nur.«

»Ich lächle nicht.«

»Deine Augen lächeln.« Er rückte näher und schob sich zwischen ihre Schenkel, während er ihre Hände auf den Armlehnen des Stuhls ablegte. »Weißt du, was ich denke?«

Sie biss sich auf die Unterlippe und schüttelte den Kopf. Allerdings hatte sie dank des schelmischen Funkelns in seinen dunkelgrünen Augen eine Ahnung, worauf er hinauswollte.

»Ich denke, du magst mich«, sagte er. »Ich glaube, du wirst sogar feststellen, dass ich dir während der Schwangerschaft von Nutzen sein kann.«

Sie zog die Augenbrauen in die Höhe. »In welcher Hinsicht?«

»Zum einen wäre da die heiße Schokolade.« Er ließ ihre Handgelenke los und legte seine Hände auf ihre Knie, bevor er sie unter ihrem Kleid weiter nach oben schob. »Zudem kann ich dir Lust bescheren. Ich habe gehört, dass schwangere Frauen danach verlangen.«

»Beide Dinge haben keinen praktischen Nutzen.«

»Tatsächlich?« Er glitt mit den Fingern ihre Schenkel entlang bis zu ihrem Höschen. »Du warst vorhin ziemlich blass, Caro. Doch mittlerweile haben deine Wangen eine gesunde Farbe angenommen. Was glaubst du, ist der Grund dafür?« Seine heisere Stimme vibrierte durch sie hindurch und schärfte ihre Sinne.

Sie räusperte sich. »Mein Mittagsschlaf.«

»Mm.« Er folgte mit den Fingern ihrem Spitzenhöschen über ihre Hüfte bis hin zu ihrem heißen Unterleib. Sie krallte sich in die Armlehne, als er mit dem Daumen Druck auf ihre Klitoris ausübte. »Dein Mittagsschlaf in meinem Bett. Warum hast du dich für diesen Ort entschieden, Engel?«

Sie formte mit dem Mund Worte, die ihr entweder nur undeutlich oder überhaupt nicht über die Lippen kamen.

Das dürfte eigentlich nicht geschehen.

Es ist nicht gerade so, als könntest du noch einmal schwanger werden, sagte eine unbekannte innere Stimme.

Das ist nicht der Punkt.

Sie wollte ihre Schenkel zusammenpressen, doch sein Oberkörper hielt sie davon ab.

»Hast du Schwierigkeiten?«, neckte er sie.

»Das ist nicht …«

»Praktisch«, beendete er den Satz für sie. »Möglicherweise. Aber ich finde, es ist eine sinnvolle Methode, um dich etwas aufzulockern. Du hast es verdient, dich zu entspannen und dich wohlzufühlen, Caro. Ich will dir nur helfen.«

Ja …

Oh, sie sollte eigentlich nicht.

Aber er ließ seinen Daumen so verführerisch über ihre empfindsamste Stelle kreisen, bis sie nicht mehr gegen ihn ankämpfen wollte.

Warum sollte sie ihn aufhalten?

Weil Seraphim keine Gefühle zeigen sollten.

Doch sie sollten eigentlich auch keine Süßigkeiten genießen. Ihr entfuhr unwillkürlich ein Stöhnen, das er als Einwilligung verstand. Er riss ihr das Höschen vom Leib und sie schrie überrascht auf.

»Ich werde es ersetzen«, hauchte er an ihrem feuchten Unterleib.

Er bewegt sich so schnell.

Oh.

Seine Zunge.

Ja.

Genau dort.

Er schien genau zu wissen, wonach sie sich sehnte, ohne dass sie auch nur ein einziges Wort oder eine einzige Bitte äußerte. Dieses berauschende Gefühl war falsch, doch gleichzeitig war es so, so richtig.

Sie verwob ihre Finger in seinem Haar und warf den Kopf zurück.

Dieser Mann, dieses Wesen, hatte einen grundlegenden Teil ihres Selbst verändert. Die anderen Seraphim wären sicher entsetzt. *Sie* selbst sollte entsetzt sein.

Doch wie konnte sie etwas verschmähen, das ihr Blut derart in Wallung brachte?

»Sethios«, brachte sie im Flüsterton hervor, während sie nach Atem rang. Ihr Herz schlug ihr bis zum Hals, als ihre Gliedmaßen sich verkrampften. Es fühlte sich an, als würde sie sterben. Oder wiedergeboren werden. Sie konnte die beiden Empfindungen nicht mehr unterscheiden. Sie stand kurz davor, in ungeahnte Höhen voller fremdartiger

Gefühle zu entschweben, die sie an den Rand des Abgrunds taumeln ließen.

Und dann flog sie auf durch die Wolken der Ekstase. Ihr Körper wurde von einem Kribbeln und Beben erfasst, das ihre Seele durchströmte und sie immer höher in den Himmel und darüber hinaus katapultierte.

Diesmal war es völlig anders.

So viel intensiver.

Es war, als hätte sie sich zuvor bei jedem Orgasmus zurückgehalten, doch jetzt, da sie sich mit dem Unvermeidbaren abgefunden hatte, war sie wie entfesselt und schwebte in einen Daseinszustand, von dessen Existenz sie nicht einmal etwas geahnt hatte.

»Noch einmal«, flüsterte sie, als die Realität um sie herum wieder Gestalt annahm. »Bitte.«

Er blickte mit seinen lächelnden grünen Augen zu ihr auf. »Nur weil du so nett darum bittest.« Er leckte sie leidenschaftlich und sandte Schauer der Lust durch ihre Venen. »Du gehörst mir, Caro.«

Sie schüttelte den Kopf, obwohl seine Worte direkt in ihr Herz drangen.

»Doch, Schätzchen«, beharrte er leise. »Ich habe dich zuvor schon gewarnt und ich warne dich noch einmal. Ich behalte dich.«

Sie wollte ihm etwas entgegensetzen, doch er ließ ihre Proteste mit einem hypnotisierenden Streich seiner Zunge verstummen.

»Ich gelobe, dich zu beschützen«, flüsterte er fast ehrfürchtig. »Und ich gelobe, dein Partner zu sein.«

Ihr lief ein Schauer über den Rücken, als seine Worte tief in ihr Innerstes bis zu dem heiligen Ort drangen, den ihre Seele ausfüllte. Sie konnte sich nicht vor der Intensität verschließen, mit der er ihr dieses tief empfundene Versprechen gab.

Sie kannten einander kaum, doch dieser heilige Ort in ihrem Inneren erkannte ihn wieder. Er öffnete sich für ihn, als er sein Gelöbnis willkommen hieß und es ihm in gleicher Weise entgegenbrachte.

Was auch immer die Schicksalsgöttinnen gesehen hatten, was auch immer sie für möglich hielten, hatte nichts gemein mit dem Bündnis, das zwischen ihnen entstand.

Ein Teil von ihr wollte Sethios hassen, während ein anderer Teil, den sie am meisten verehrte, sich für eine mögliche Zukunft öffnete. Ein verbotener Blutschwur.

»Also gut.« Sie erkannte kaum ihre eigene Stimme, als ihr die Worte krächzend über die Lippen kamen. Aber er musste sie hören und sie musste sie aussprechen. »Wir werden zusammenarbeiten. Als Team.«

Er blickte ihr in die Augen, als er seinen Kopf zwischen ihren Schenkeln hob. »Dann gehöre ich dir, Caro. Was immer du willst.«

Das Herz schlug ihr bis zum Hals, als sie nickte und dem Pakt zustimmte, den sie gerade eingegangen waren. Für die Zukunft ihres Kindes. Für ihre Zukunft.

Er umfasste ihr Gesicht und strich mit seinen Lippen über die ihren, um ihre Übereinkunft mit einem Kuss zu besiegeln. Ihr wurde schlagartig klar, dass es ihr erster war.

Sethios hatte unaussprechliche Dinge mit ihrem Körper angestellt, doch er hatte sie bisher nicht geküsst. Die zärtliche Geste machte den Moment noch inniger, vor allem als er mit seiner Zunge behutsam in ihren Mund eindrang, um sich mit der ihren zu vereinen.

Sie schmeckte ihre Erregung, die ihre Sinne vernebelte und ihren Puls noch mehr beschleunigte. Es dauerte nicht lange, bis aus dem liebevollen Moment ein sinnlicher wurde. Sie spannte die Schenkel um seine Beine an und flehte ihn stillschweigend an, ihr mehr zu geben. Er grinste an ihrem Mund.

»Du willst, dass ich dich ficke«, sagte er.

»Ja.«

»Sag es mir. Ich will die Worte aus deinem Mund hören.«

»Fick mich.« Caro hätte erwartet, dass es ihr nicht leichtfallen würde, die Worte auszusprechen, doch sie kamen ihr ohne viel Aufheben über die Lippen. Nicht weil er es ihr befohlen hatte, sondern weil es sich richtig anfühlte. Soweit sie Sethios kannte, machte er nicht Liebe, sondern fickte.

»Hmm, wunderschön.« Er strich mit seiner Zunge über ihre Unterlippe und biss dann zärtlich hinein. »Leider muss ich ablehnen.«

Ablehnen? »Wie bitte?«

»Dies war nur für dich«, murmelte er und strich mit dem Daumen über ihren feuchten Mundwinkel. »Und du bist noch nicht bereit, darum zu betteln.«

»Ich … Wie bitte?« Das ergab keinen Sinn.

»Es wird nur die Vorfreude steigern, Caro, glaub mir.« Er zwinkerte ihr zu und zog den Kopf zurück. Dann strich er ihren Rock glatt. »Ich habe gerade einen köstlichen Snack genossen. Was ist mit dir? Willst du etwas zu Mittag essen?«

»Mittagessen?«, wiederholte sie völlig verwirrt.

»Ja.« Er berührte ihre Tasse mit dem Handrücken. »Die heiße Schokolade scheint so weit abgekühlt zu sein, dass du sie jetzt trinken kannst. Wie wäre es, wenn du sie genießt, während ich dir etwas zu essen mache?«

Sie warf einen Blick auf die Tasse und wandte sich dann wieder ihm zu. »Ich will nichts essen, sondern Sex.«

Er grinste. »Du hast keine Ahnung, wie gern ich die Worte aus deinem Mund höre.«

»Dann fick mich.« Es kam ihr schon wieder so leicht über die Lippen. Vielleicht würde sie das Wort ab jetzt öfter verwenden. Es machte ihr sogar Spaß.

»Oh, das habe ich vor. Aber du musst zuerst etwas essen.«

Caro starrte ihn mit offenem Mund an. An dem Abend, an dem sie sich zum ersten Mal getroffen hatten, hatte er förmlich von ihr verlangt, dass sie es miteinander trieben. Und jetzt verweigerte er ihr den Sex? »Ich verstehe das nicht.«

»Du brauchst Nahrung, Caro. Ich werde dir etwas zu essen machen.«

»Aber …«

Er presste einen Finger an ihre Lippen. »Ich will mich um dich kümmern. Bitte.«

Sie riss die Augen auf, als sie die Aufrichtigkeit in seiner Stimme hörte. Der Mann war ein wandelndes Rätsel. In einem Moment wollte er sie verführen, um sich im nächsten Moment um sie zu sorgen.

»Das Baby braucht Nahrung«, fügte er hinzu. »Für den Fall, dass du nach einer logischen Erklärung gesucht hast.«

Sie blinzelte.

Richtig. Nahrung förderte das Wachstum.

»Und danach Sex.« *Was stimmt nur nicht mit mir?* Sie sollte es nicht von ihm verlangen. Doch sie wollte es. Sehr sogar. Und es gab keinen logischen Grund dafür, außer dem Bedürfnis zu fühlen. *Dieser Mann wird mich noch umbringen.*

»Mach dir keine Sorgen, Caro. Ich werde dir geben, was du brauchst.« Er bedachte sie mit einem verruchten Lächeln.

»Warum nur habe ich das Gefühl, dass du etwas

anderes im Sinn hast als das, was ich von dir verlange?«, fragte sie gedehnt.

»Weil du schlau bist, Engel.« Er umfasste wieder ihre Wangen und küsste sie zärtlich. »Ich schulde dir aber noch einen Orgasmus, denn du hast mich so nett darum gebeten, und ich werde dir den Wunsch erfüllen.« Er hauchte die Worte an ihre Lippen und biss dann liebevoll hinein. »Aber erst, nachdem du etwas gegessen hast. Du bist zwar unsterblich, aber unser Baby braucht Nahrung.«

»Unser Baby«, wiederholte sie. Warum nur breitete sich ein warmes Gefühl in ihrer Brust aus, wenn sie die Worte aussprach? »Und du willst es wirklich tun?«

Er zog den Kopf zurück und blickte ihr in die Augen. »Ich will dich nicht anlügen, Caro. Ich habe mir nie ein Kind gewünscht, aber ich habe nicht einmal die Möglichkeit in Betracht gezogen, dieses Kind nicht mit dir zu haben. Bestimmung hin oder her, es fühlt sich einfach richtig an.«

Sie schluckte und nickte verständig. Ob die Schicksalsgöttinnen es nun gewollt hatten oder nicht, doch Caro reagierte instinktiv auf das Leben, das in ihrem Inneren heranwuchs.

Sie wollte es beschützen.

Es pflegen.

Und es aufziehen.

Es war, als hätte ihre Seele bereits gelobt, all diese Dinge zu tun, bevor sie sich bewusst dazu entscheiden konnte.

Und wie Sethios gesagt hatte, fühlte es sich viel zu richtig an, um es nicht zu tun.

»In Ordnung, doch das bedeutet nicht, dass ich dich mag«, flüsterte sie, wobei sie die Worte jedoch nicht ernst meinte.

Er grinste an ihren Lippen. »Ich hoffe doch nicht,

Engel. Andernfalls wäre unsere Partnerschaft furchtbar langweilig.«

»Und wenn ich langweilig bevorzuge?«

»Das tust du aber nicht.« Er strich mit den Lippen über ihre Wange bis zu ihrem Ohr. »Denn wenn es so wäre, dann würdest du mich nicht ficken wollen.«

Ihr fehlten die Worte. Wenn sie es verleugnete, würde sie lügen. Und wenn sie es bejahte, würde sie nur sein riesiges Ego streicheln. Das Beste wäre, wenn sie einfach schwieg, doch dadurch gab sie ihm natürlich recht.

Sethios küsste sie noch einmal leidenschaftlich, bevor er aufstand. »Zuerst musst du etwas essen, Engel. Und dann werde ich dich so lange befriedigen, bis du mich anflehst aufzuhören.«

Nun. Wenn er sie auf diese Weise umsorgen wollte, dann würde sie sich nicht dagegen wehren.

Während ihrer letzten Schwangerschaft hatte sie sich elend gefühlt und Schmerzen erlitten. Vielleicht würde es mit Sethios an ihrer Seite diesmal anders sein.

Und den Anfang würde sie mit heißer Schokolade machen.

ZWEITER TEIL
VERFLUCHTE BANDE

»Eine unbekannte Macht wird sich erheben. Sie
wird die Stärke besitzen und uns alle zerstören,
es sei denn, es werden bestimmte Maßnahmen
ergriffen, um ihren Neigungen Einhalt zu
gebieten. Sethios ist der Schlüssel.«

Skye

KAPITEL ZWÖLF

NEUE BÜNDNISSE

GABRIEL LEHNTE sich gegen die Backsteinmauer und hatte den Blick auf den Hof gegenüber gerichtet. Dahinter stand ein Gebäude, über das er alles herausfinden wollte.

Die Zentrale der Stiftung für Katastrophenhilfe, auch unter dem Kürzel CRF bekannt.

Es handelte sich um eine humanitäre Organisation, die von dem Millionär Jonathan Fitzgerald geleitet wurde, der ein Ichorianer mit minderwertigen Fähigkeiten war. Für die Öffentlichkeit war er ein Mysterium, da er gerade einmal Anfang zwanzig war und bereits eine große Firma besaß, die praktisch aus dem Nichts entstanden war. Sein Sohn Thomas Fitzgerald wohnte bei Jonathans vermeintlicher Ehefrau irgendwo in Upstate New York.

Ganz offensichtlich waren hier übernatürliche Kräfte im Spiel, doch die Menschen waren naiv. Sie zogen es vor, die einfachste Lüge zu glauben, statt das Unmögliche in Betracht zu ziehen.

Gabriel überkreuzte die Füße und wartete.

Sethios hatte ihm eine ausgiebige Beschreibung von Ezekiel gegeben. Es war nur eine Frage der Zeit, bevor der berüchtigte Attentäter hier auftauchen würde. Vor allem, da Gabriel seine Ankunft nun schon seit fast einer Woche erwartete.

Sein Versuch, Osiris' Anwesen unter die Lupe zu nehmen, war fehlgeschlagen, als er erkannt hatte, dass der Seraph eine Technik verwendete, um Suchgeräte zu dechiffrieren.

Er war trickreich, talentiert und intelligent.

Eine tödliche Kombination für einen unsterblichen Soziopathen, der Richtig nicht von Falsch unterscheiden konnte.

Für Gabriel war es ganz offensichtlich, warum der Hohe Rat den Seraph ausschalten wollte. Er hatte eine ganze Armee von Lakaien geschaffen, die alle verschiedenartige und unterschiedlich stark ausgeprägte Fähigkeiten besaßen, während sie einzig und allein dem Zweck dienten, ihn im Falle eines Kampfes zu beschützen. Allerdings schien keiner von ihnen begierig zu sein, für ihren Anführer einzustehen.

Soweit Gabriel in Erfahrung bringen konnte, hatten die Ichorianer und Hydraianer keine Ahnung, dass sie nur dank Osiris' Blut existierten.

Es war faszinierend.

Und seltsam.

Der letztendliche Zweck des Ganzen war zwar vorhersehbar, doch gleichzeitig überaus undeutlich. Warum beanspruchte er nicht sein Geburtsrecht und regierte über seinesgleichen? Warum erlaubte er ihnen, in einem Zustand der Unwissenheit zu leben? Was wollte er damit bezwecken?

Gabriel wollte die Antworten auf all diese Fragen. Und er wollte herausfinden, was sich hinter den Toren der CRF befand.

Er hatte mehr als einmal die Möglichkeit in Erwägung gezogen, sich unsichtbar zu machen und sich ins Innere zu teleportieren, um sich dort umzusehen, doch er wollte keinen Alarm auslösen. Die Runen, die das Gebäude umgaben, standen denen an Osiris' Anwesen in nichts nach, was Sethios' Theorie bestätigte, dass die beiden Männer zusammenarbeiteten.

Doch woran?

»Du siehst ihr ähnlich«, sagte eine Stimme, als ein Mann zu seiner Linken wie aus dem Nichts auftauchte. Es war der Mann, auf den Gabriel gewartet hatte. Sein langes schwarzes Haar, seine Lederjacke und das Lippenpiercing passten alle auf Sethios' Beschreibung.

»Ezekiel«, erwiderte Gabriel, ohne zu zögern.

»Seraph.« Das scharfsinnige Funkeln in den gold gesprenkelten Augen des Ichorianers ließ auf Intelligenz und Gerissenheit schließen, was Gabriel während ihrer Verhandlung später nicht vergessen sollte. »Zumindest nehme ich an, dass du ein Seraph bist, da ich deine Herkunft nicht wahrnehmen kann.«

Er ignorierte die Bemerkung. Er war nicht gekommen, um dem Mann zu erklären, dass er aufgrund seiner

Fähigkeit nicht aufzuspüren war. »Ich will mit deiner Seherin sprechen.«

Ezekiel zog eine Augenbraue in die Höhe. »Meine Seherin?«

»Ja. Diejenige, mit der Osiris dich an der Leine hält.« Gabriel verstand immer noch nicht, wie es funktionierte. Das Wesen, das vor ihm stand, strahlte Macht aus und hatte es sogar geschafft, Gabriel durch sein plötzliches Erscheinen zu überraschen. Warum würde jemand mit solchen Fähigkeiten für einen Seraph wie Osiris arbeiten? Es war nur ein weiterer Beweis dafür, dass Emotionen eine Verschwendung von Energie und Vernunft waren.

»Du hast mit Sethios gesprochen«, vermutete Ezekiel. »Du wirst mir wohl nicht verraten, wo ich ihn finden kann?«

»Nein.« Gabriel hatte gelobt, Caro zu beschützen, und das schloss auch Sethios mit ein. Zumindest für den Moment.

»Gut.« Der Ichorianer grinste. »Ich würde Osiris nur ungern irgendwelche Einzelheiten berichten wollen.«

»Willensunterwerfung?«

»Ständig.«

Gabriel nickte verständig.

Osiris hatte Ezekiel höchstwahrscheinlich mit seiner Überzeugungskraft manipuliert, damit er nach Sethios' Aufenthaltsort fragt und sämtliche Informationen dann an den meisterlichen Seraph weitergibt. Sie würden vorsichtig sein müssen, wie sie sich während dieser Unterhaltung ausdrückten, denn jedes noch so kleine Detail könnte den Zwang auslösen, Osiris Bericht zu erstatten.

»Ich bin aus eigenem Antrieb gekommen. Ich brauche Informationen und soweit ich weiß, kann ich sie von deiner Seherin erhalten.«

»Und du willst, dass ich dir dabei helfe, mit ihr in Kontakt zu treten.«

»Ja.«

Ezekiel ließ den Blick prüfend über Gabriel schweifen. *Er wägt ab, ob ich ihm von Nutzen sein kann.*

Gabriel revanchierte sich, indem er es ihm gleichtat, bevor er sich wieder auf die Zentrale der CRF konzentrierte. »Woran arbeiten Osiris und Jonathan?«

»Sie begehen Gräueltaten«, erwiderte Ezekiel, als er seinem Blick folgte. »Osiris will eine Partnerin, mit der er sich paaren kann, und letzte Woche wurde eine potenzielle Kandidatin geboren. Es hat den Anschein, als hätte man mich zu ihrem Wachhund ernannt.«

»Und im Austausch hast du weiterhin Zugang zu deiner Seherin.«

»Das ist richtig.« Ezekiel wandte sich wieder Gabriel zu. »Warum kann ich dich nicht fühlen?«

»Das liegt an meinen Genen.« Er drückte sich von der Wand ab und baute sich zu seiner vollen Größe auf, mit der er den Ichorianer nur um wenige Zentimeter überragte. »Es liegt in der Familie.«

»Faszinierend. Ich nehme an, dass dies auch der Grund dafür ist, warum ich Sethios nicht finden kann. Du musst es nicht bestätigen, richte ihm nur aus, dass er weiter so verfahren soll. Osiris ist außer sich vor Wut.« Ezekiel schien darüber entzückt zu sein und grinste sogar. »Ich denke, du könntest mir nützlich sein, Seraph.«

»Ich arbeite für niemanden.«

»Dann eben eine Partnerschaft.«

»Ich arbeite auch mit niemandem zusammen.«

»Ich verstehe.« Ezekiels Augen verdunkelten sich und seine Iriden wurden fast schwarz. »Wenn das so ist, brauchst du mich auch nicht, oder?«

Sehr clever, Ichorianer. Sehr clever.

»Was verlangst du als Gegenleistung für deine Hilfe?«
Gabriel wollte nicht um den heißen Brei herumreden und
dieses Spielchen noch weiter in die Länge ziehen. Er wollte
nur sein Ziel erreichen und diese ganze prophetische
Angelegenheit endlich hinter sich bringen.

Danach würde er vielleicht hierher zurückkehren, um
noch einen Blick auf die CRF zu werfen.

»Ich bin mir noch nicht sicher. Es kommt ganz darauf
an, wie gut du bist, Stark.«

Gabriel runzelte die Stirn. »Stark?«

»Sieh es als einen Kosenamen. Er hält mich davon ab,
deine wahre Identität in Erfahrung zu bringen, und er
passt zu dir.« Der Ichorianer zwinkerte ihm zu. »Ich
nehme an, du hast bereits vergeblich versucht, in Osiris'
Anwesen einzudringen?«

»Das Problem war weniger das Eindringen als das
Orten meiner Zielperson.«

»Und was hast du mit der ›Zielperson‹ vor?«

»Ich will sie um eine Prophezeiung bitten. Nicht mehr
und nicht weniger.«

Ezekiel beäugte ihn nachdenklich. »Ich will dabei sein
und wenn du irgendwelche krummen Dinger drehst, dann
wirst du es bereuen.«

»Es ist nicht nötig, mir zu drohen«, erwiderte Gabriel
mit ausdrucksloser Stimme. »Ich bin nur interessiert an
ihrer Vision und daran, die Einzelheiten an diejenigen
weiterzugeben, die sie wissen wollen.« Er sprach Sethios'
und Caros Namen absichtlich nicht aus, doch er wusste,
dass der Ichorianer ihn verstanden hatte, als er seine
Lippen zu einem Lächeln verzog.

»Wunderbar. Ich brauche etwas Zeit, um die Details
auszuarbeiten.« Er steckte die Hände in seine Lederjacke
und neigte mit neugierigem Blick den Kopf zur Seite.
»Hättest du Lust auf einen Drink? Ein Stück die Straße

hinunter befindet sich eine Kneipe mit großartigem Scotch. Du wirst ihn vielleicht sogar … unwiderstehlich finden.«

Es war eine Anspielung oder vielleicht eine Warnung.

Gabriels Aufgabe war es, die Seherin ausfindig zu machen. Ezekiel wollte ihm entweder helfen oder ihn auf eine Mission schicken. Es gab nur einen Weg, es herauszufinden. »Ich habe nichts Besseres vor.«

Der Ichorianer grinste. »Ausgezeichnet. Vielleicht könnten wir miteinander plaudern, als wäre das von Anfang an unser Plan gewesen?«

Aha, wir werden beobachtet. »Natürlich.«

»Wunderbar.« Er bedeutete ihm mit einem Kopfnicken, an der Zentrale der CRF vorbeizugehen. Als sie sich dem Eingangstor näherten, fragte Ezekiel: »Treibst du es immer noch mit dieser Hexe aus London?«

Gabriel unterdrückte eine Grimasse und spielte mit. »Du meinst die Frau mit den feurig roten Haaren?«

»Genau die. Ich kann mich nicht an ihren Namen erinnern. Tabby?«

»Abby.« Gabriel konnte sich nicht dazu bringen, etwas Warmherziges zu sagen, und bemühte sich stattdessen um ein Lächeln, das sich fremdartig auf seinen Lippen anfühlte. Ezekiel warf ihm einen vielsagenden Blick zu, um ihm zu verstehen zu geben, dass er es lieber lassen sollte. »Wir haben uns getrennt.«

Er zog seine Augenbrauen in die Höhe. »Das kann ich an deinem Blick sehen.« Ezekiel lächelte verschmitzt, als sie um die Ecke bogen. »Man kann nie wissen, wer gerade zuhört.«

»Und jetzt?«

»Die Luft ist rein. Ich habe nicht den Eindruck, dass jemand auf dich aufmerksam werden könnte.«

Ein Gedanke beschäftigte Gabriel. »Wie hast du mich

erkannt?« Er hätte ihn schon früher danach fragen sollen, doch er war so darauf konzentriert gewesen, endlich den ersten Schritt seiner Mission zu erledigen.

Ezekiel lächelte liebevoll. »Skye sagte mir, wo ich deine Spur verfolgen soll, doch sie hat mir nicht den Grund dafür genannt. Dann habe ich dein helles Haar gesehen und es hat mich an den letzten Seraph erinnert, den ich kurz getroffen habe. Daher habe ich angenommen, dass Skye mich deinetwegen geschickt hat.«

Das bedeutete, dass der Ichorianer sich mit der Seherin auch allein traf, vielleicht sogar häufig. Sethios hatte behauptet, dass Ezekiel sie als Gegenleistung für seinen Gehorsam nur an einem Tag im Jahr sehen durfte. Es hatte den Anschein, dass diese Behauptung nicht ganz zutreffend war.

Gabriel merkte sich dieses Detail, um sich später noch genauer damit zu beschäftigen.

Ezekiel blieb vor dem Eingang einer Kneipe stehen und legte eine Hand an die Tür. »Wir treffen uns hier in fünf Tagen. Ich werde dich auf den neuesten Stand bringen.«

Gabriel merkte sich den Namen der Kneipe und den Standort. »In Ordnung.«

»Bis dann.« Er trat ein und ging geradewegs auf einen Mann zu, der auf einem Barhocker saß. »Lieber Owen. Wir sollten uns …«

Die Tür schloss sich und Gabriel konnte den Rest des Satzes nicht mehr hören. Er dachte daran, selbst einzutreten, sei es auch nur, um zu sehen, warum das Gesicht des dunkelhäutigen Mannes am Tresen plötzlich grün anlief, doch er entschied sich, dass es ihn nichts anging.

Neugier würde ihn nicht weiterbringen. Vor allem

nicht, wenn es um die Angelegenheiten der Ichorianer ging.

Denn der Unsterbliche an der Bar war ein Hydraianer, der sich auf ichorianischem Territorium befand.

Eine unkluge Wahl, wenn man die Gesetze in Betracht zog, von denen sie regiert wurden.

Gabriel verstand davon nichts. Wenn Osiris nur die Regentschaft über seine Lakaien übernehmen würde, dann wäre dieses ganze Gezanke hinfällig. Doch es schien, als wollte Osiris genau das heraufbeschwören – Chaos.

Eines Tages würde Gabriel vielleicht dahinterkommen.

Bis dahin musste er mehr über seinen Bruder oder seine Schwester in Erfahrung bringen.

Er machte sich unsichtbar und reiste nach Hause, zu den irdischen Ländereien, die von Schutzrunen verhüllt wurden. Die Menschen wussten nichts von der Existenz dieses Gebietes und die Seraphim wollten es dabei belassen.

Er musste sich mit den Seherinnen unterhalten. Er bezweifelte zwar, dass sie ihm mehr verraten würden, doch es war einen Versuch wert.

Zumindest könnte er ihre Fähigkeiten mit denen der Prophetin namens Skye vergleichen.

Vielleicht war sie mächtiger, als er erwartet hatte.

Möglicherweise hatte sie auch gar keine Macht.

Er würde es früher oder später herausfinden.

KAPITEL DREIZEHN

FARBENFROHE WÖRTER

CARO ERWACHTE MIT KOPFSCHMERZEN.

Sie hatten sich hinter ihren Augen festgesetzt und verschleierten ihr die Sicht auf die Zimmerdecke.

Frustriert stieß sie ein leises Stöhnen aus. Diese Schwangerschaft war zwar um Längen besser als die letzte, doch jedes Mal, wenn sie versuchte, etwas allein zu tun, wie zum Beispiel zu schlafen, wurden die Schmerzen noch schlimmer.

Ihr Körper schien Sethios' Nähe zu brauchen.

Doch sie war in ihr Schlafzimmer marschiert, um ihn zu bestrafen, nachdem er ihr ihren Wunsch verweigert hatte.

Sie wollte Sex.

Er hatte schon seit Wochen nicht mehr mit ihr geschlafen. Oh, er befriedigte sie fast täglich – für gewöhnlich mit dem Mund –, doch er weigerte sich, mehr zu tun. Es war fast so, als hätte er Angst, sie zu zerbrechen.

Sie knurrte.

Der Mann trieb sie noch in den Wahnsinn. Ein jeder ihrer Gedanken wurde von Emotionen bestimmt, die sie noch nie im Leben empfunden hatte.

Wut, Lust, Frustration.

Er hatte sie in einen Seraph mit Gefühlen verwandelt.

Es gefiel ihr nicht. Genauso wenig wie der Schmerz zwischen ihren Schenkeln und das Pochen in ihrem Kopf.

Caro seufzte. Sie kannte das Heilmittel für all ihre Leiden. Es lag in Form von männlicher Perfektion nur wenige Meter von ihr entfernt im anderen Schlafzimmer.

»Verdammt«, murmelte sie. »Verdammt, verdammt, verdammt.«

Nicht fluchen, sondern ficken, meldete sich ihr Verstand zu Wort.

»Das auch.«

Sie legte eine Hand an ihren Bauch. Die Wölbung war zwar klein, aber fühlbar, was ihr verriet, dass diese Schwangerschaft ähnlich schnell verlaufen würde wie die letzte. Das bedeutete, dass sie vielleicht schon in fünf Wochen ein Baby zur Welt bringen würde. Für Seraphim entsprach eine Schwangerschaftsdauer von etwa neun Wochen dem Standard.

Es war interessant, dass sie sich nur unter gewissen Umständen und lediglich mit einem Partner paaren konnte, der genetisch perfekt zu ihr passte, doch sobald die Zeugung erfolgreich war, ließ die Geburt nicht lange auf sich warten.

Das Pochen in ihrem Kopf wurde stärker und zwang sie aufzustehen. Sie wäre im Flur fast gegen die Wand gestoßen, als sie zu Sethios' Zimmer eilte. Es war zu ihrer Routine geworden. Sie versuchte, sich so lange wie möglich von ihm fernzuhalten, und landete jeden Morgen neben ihm im Bett.

Daher überraschte es sie auch nicht, dass er einladend den Arm hob, als er hörte, wie sie die Tür öffnete. »Komm her, Schätzchen«, sagte er mit sanfter Stimme.

Caro schlüpfte zu ihm unter die Decke und wurde sofort von seiner Wärme eingehüllt. Sie schmiegte sich an seinen starken Körper und atmete seinen besänftigenden Duft ein.

In Sicherheit, schien ihr Körper ihr zuzuflüstern.

Er ließ seine Hand mit beruhigenden Bewegungen über ihre Taille kreisen, als er sie so dicht wie möglich an sich zog und ihr einen Kuss auf die Schläfe drückte.

»Besser?«, flüsterte er.

»Ja.«

»Gut.«

Der Moment war umso inniger, da er weder ein T-Shirt noch eine Hose trug. Nachdem sie in der ersten Nacht zu ihm ins Bett geklettert war und ihn nackt unter der Decke vorgefunden hatte, hatte er angefangen, Boxershorts im Bett zu tragen. Auf der einen Seite wusste sie es zu schätzen, doch auf der anderen Seite gefiel es ihr überhaupt nicht.

Caro genoss den Anblick seines nackten Körpers.

Der Mann war in jeder Hinsicht perfekt gebaut.

Sie verzog den Mund zu einem Lächeln, als sie das Bild von ihm vor Augen hatte – muskulös, hart und förmlich zum Anbeißen. Sie wollte jeden Zentimeter seines Körpers lecken und ihn so schmecken, wie er auch sie schmeckte.

Oh ja …

Sie wand sich, als ihr Unterleib von einer Hitze durchströmt wurde, die bis in ihre Gliedmaßen ausstrahlte. Ihre Finger kribbelten, als sie von dem Verlangen übermannt wurde, seinen Körper zu erforschen, während ihre Zunge etwas Anstößigeres im Sinn hatte.

Was stimmt nur nicht mit mir? Sie hatte sich noch nie im Leben von einer derartigen Begierde leiten lassen.

Sie hatte das Gefühl, als hätte Sethios einen hormonellen Schalter in ihrem Inneren umgelegt, und sie hatte keine Ahnung, wie sie ihn wieder ausschalten sollte.

Wenigstens waren ihre Kopfschmerzen verschwunden.

Caro konzentrierte sich auf ihre Atmung und passte sie Sethios' gleichmäßigem Rhythmus an. Er lag so entspannt neben ihr, dass er sie in ein berauschendes Gefühl von Geborgenheit hüllte.

Ihr Herzschlag verlangsamte sich. Ihre Muskeln entspannten sich. Und die Bilder ihrer Träume bahnten sich langsam den Weg an die Oberfläche.

Sie zerschmetterten schlagartig, als eine tödliche Präsenz ihre Sinne erschütterte.

Sie rührte sich keinen Zentimeter und wagte es nicht, eine Reaktion zu zeigen. Doch sie konnte es *fühlen*.

Sie spürte etwas Grausames, eine Aura, die hier nichts zu suchen hatte.

Wie ist das möglich?

Völlig egal. Du musst von hier verschwinden.

Sethios blieb reglos neben ihr liegen, doch sie konnte fühlen, dass er in Alarmbereitschaft war.

Er weiß Bescheid.

Und wenn er keine Ahnung hat?, fragte eine innere Stimme verzweifelt.

Nein. Sie konnte sich jetzt nicht den Kopf darüber zerbrechen.

Sie mussten sich so schnell wie möglich aus dem Staub machen.

Aber, oh Gott, wenn sie falschlag …

Sie ließ sich von ihren Instinkten leiten und brachte sie zu dem Haus mitten in Montana, das sie im Notfall aufsuchen wollten. Sethios schlang seinen Arm um sie, als er ihr in den Hals biss und ihr Blut in schnellen, heftigen Zügen einsaugte.

Caro schrie auf, doch sie verstand den Grund dafür. Ihre Kräfte hatten ihre Wirkung verloren und es einem Wesen des Bösen ermöglicht, sie zu finden.

Osiris.

Sethios hörte so schnell auf zu trinken, wie er begonnen hatte, und presste seine Stirn an ihre Schulter, während er heftig ein- und ausatmete. »Verdammt«, keuchte er. »Das war viel zu knapp.«

»Wie hat er uns gefunden?«

Er schüttelte den Kopf. Entweder wusste er es nicht oder er war noch nicht imstande, ihr zu antworten. Es schien ihn jedes Mal zu schwächen, wenn sie ihn mit sich teleportierte. Vielleicht lag es daran, dass es der natürlichen Ordnung zuwiderlief, ihn mitzunehmen. Er war kein Seraph, zumindest nicht gänzlich.

Caro blieb wachsam und wartete darauf, dass die böse Aura wiedererschien, doch es geschah nichts. Die Stille konnte jedoch täuschen, denn eigentlich hätte sie es nicht einmal spüren sollen, als Osiris sich ihnen genähert hatte. Auf irgendeine Weise hatte sie jedoch seine Präsenz wahrgenommen.

Meine Fähigkeiten durchlaufen eine Wandlung.

Warum?

Als sie mit Gabriel schwanger gewesen war, war das nicht passiert. Warum sollte dieses neue Kind anders sein?

Sethios.

Der Gedanke kam ihr schlagartig und sie schnappte nach Luft. »Ich habe ihn gespürt, weil dein Blut in meinem Inneren ist. In unserem Kind.« Sie blinzelte schockiert, als ihr der Zusammenhang gewahr wurde. »Unser Baby hat uns gerettet.«

Es war ein Zeichen für große Macht. Übernatürlich. Unglaublich. Überwältigend.

»Es ist ein dir angeborener Instinkt, das Kind zu beschützen«, flüsterte er, während er den Kopf noch immer an ihrer Schulter vergraben hatte. »Du hast uns unsichtbar gemacht, noch bevor er einen Fuß ins Schlafzimmer setzen konnte.«

»Ist er uns gefolgt?«

Sethios schüttelte den Kopf. »Ich kann ihn nicht fühlen.«

Sie wartete ab und suchte die Umgebung auch nach der kleinsten Energieverschiebung ab.

Doch im Haus herrschte Stille, während draußen die Sonne unterging.

Die Zeitverschiebung.

Natürlich.

Ihr Körper wurde von einem Beben erfasst, als das Adrenalin mit einem Mal ihren Kreislauf verließ. Sethios hielt sie aufrecht und hob sie trotz seines geschwächten Zustands in seine Arme, um sie in ein großes Wohnzimmer zu tragen. Nirgendwo war Staub zu sehen, was ihr verriet, dass er sich entweder häufiger hier aufhielt oder jemand in seiner Abwesenheit nach dem Rechten sah, was wahrscheinlicher war.

Sethios setzte sich auf einen Stuhl, während er sie immer noch im Arm hielt, dann vergrub er wieder seinen Kopf an ihrem Nacken. »Danke«, flüsterte er.

Sie runzelte die Stirn. »Wofür?«

»Dafür, dass du mich mitgenommen hast.«

Seine Worte versetzten ihr einen Stich im Herzen. Sie hatte nicht eine Sekunde daran gedacht, ihn zurückzulassen. Sie hätte leicht ohne ihn verschwinden können, auch als er sie im Arm gehalten hatte, doch sie hatte sich mit aller Kraft auf die Verbindung zwischen ihnen konzentriert, um sicherzugehen, dass er mit ihr kam.

Sie blinzelte.

Was wäre geschehen, wenn sie sich nicht zu ihm ins Bett gelegt hätte? Wenn sie in ihrem Zimmer geblieben wäre und die Präsenz dort gespürt hätte? Es war nicht möglich, jemanden mitzunehmen, wenn sie bereits dabei war, sich unsichtbar zu machen. Wenn Osiris angekommen wäre, während sie sich in getrennten Zimmern befunden hätten, dann hätte sie keine Wahl gehabt, als Sethios zurückzulassen.

Es sei denn, sie schlossen einen Blutsband. Dadurch wären sie auf einer so tiefgreifenden Ebene miteinander verbunden, dass sie ihn überall finden würde. Vorausgesetzt, sie war dazu imstande und im Vollbesitz ihrer geistigen Kräfte.

Könnte sie eine solche Verbindung in Erwägung ziehen? Ja.

Sollte sie es tun? Nein.

Sie war im Begriff, ihr gemeinsames Kind zur Welt zu bringen, doch keiner von ihnen wusste, was die Zukunft bringen würde. Ihre Partnerschaft war noch frisch.

Doch wenn sie irgendwann mehr wüssten und einander besser kannten, könnten sie über einen Blutsband sprechen.

Vielleicht.

Bis dahin mussten sie bestimmte Vorkehrungen treffen für den Fall, dass Osiris sie noch einmal aufspürte.

»Du solltest wenigstens zweimal am Tag von meinem Blut trinken. Und ab jetzt werden wir uns nicht weiter als einen halben Meter voneinander entfernen.« Das sollte ausreichen.

Sethios lachte. »Wirklich? Soll das bedeuten, dass wir auch gemeinsam duschen, Engel?«

»Ja. Du musst immer in Reichweite bleiben, damit ich dich mitnehmen kann, oder wir gehen das Risiko ein, dass ich dich zurücklassen muss.«

»Willst du uns jetzt schon aneinanderketten?« Er schien sie nicht ernst zu nehmen. »Und ich habe dir noch nicht einmal einen Antrag gemacht.«

Sie wandte sich auf seinem Schoß zu ihm um und bedachte ihn mit einem finsteren Blick. »Verstehst du denn nicht, dass ich gezwungen gewesen wäre, dich zurückzulassen, wenn ich nicht neben dir gelegen hätte?«

Ein Teil der Belustigung schwand aus seinem Gesicht, während er ihrem Blick standhielt. »Und das hätte dir etwas ausgemacht?«

»Ja.« Die Frage war absolut lächerlich. »Natürlich hätte es das.«

In seinen grünen Augen flammte ein Feuer auf. »Du hast mich mitgenommen, weil du es wolltest.«

»Du hast mich nicht deinem Willen unterworfen und mich dazu gezwungen, wenn du das damit sagen willst.« Sie konnte fühlen, wenn er seine Fähigkeit an ihr anwandte, und er hatte sie seit Wochen nicht mehr benutzt.

»Caro.« Er verwob seine Finger in ihrem Haar und zog ihr Gesicht dicht an das seine. »Du hast mich heute gerettet. Weil du es wolltest.«

»Warum bist du deshalb so verblüfft?«

»Es zeigt mir, dass ich dir etwas bedeute.«

Sie schnaubte. »Diese Art von Zuneigung ist eine menschliche Eigenschaft.«

»Es ist ein natürlicher Instinkt«, erwiderte er. »Zumindest für manche Wesen.«

»Also schön. Möglicherweise. Ich weiß es nicht. Ich konnte nur daran denken, dass ich uns beide unsichtbar machen wollte, als ich Osiris' Präsenz gespürt habe. Und ich hatte schreckliche Angst, dass du nicht wach genug sein könntest, um dich an mir festzuhalten.« Sie verstummte und biss sich auf die Unterlippe. Wenn er nicht bei Bewusstsein gewesen wäre …

Er presste seinen Mund auf den ihren und küsste sie so leidenschaftlich, dass sie nicht mehr klar denken konnte.

Ich … Oh.

Okay.

Mehr.

Sethios hatte sie zuvor schon geküsst, doch niemals auf diese Weise.

Er verschlang sie auf dieselbe Art, wie er sie auch … weiter unten verschlang.

Er fickt mich mit seinem Mund, erkannte sie. Doch es war heißer und voller Emotionen und so sinnlich, dass es ihr den Atem raubte.

Er ließ seine Hände auf ihre Hüften gleiten. Mit einer blitzartigen Bewegung drehte er sie um, sodass sie rittlings auf seinem Schoß saß, während ihr Unterleib gegen seine Lenden presste. Dann küsste er sie wieder, bevor sie richtig Atem schöpfen konnte.

Ihr ganzer Körper vibrierte vor Hitze und Erregung, die tief in ihrem Inneren ein Feuer entfachten. Sie hatte nicht gewusst, dass eine Umarmung derart erhellend und anregend und so *real* sein konnte.

Sie krallte sich in seine nackten Schultern, als er mit seiner Zunge von ihr Besitz ergriff. Er wollte sich nicht auf zivile Weise mit ihr paaren, sondern sie für sich beanspruchen und ihre Unterwerfung von ihr fordern. Sie konnte sich ihm nicht verweigern. Sie bezweifelte, dass sie es je würde tun können.

Was geschieht nur mit mir?

Vor drei Wochen noch hätte sie diesem Zwang, Sethios jeden Wunsch zu erfüllen, widerstanden. Doch jetzt? Sie wollte ihm alles von sich geben.

Er zog ihr das T-Shirt über den Kopf. Es verschwand so schnell wie ihre Vernunft. Er strich mit den Zähnen über ihren Hals, ihr Schlüsselbein und bis hinunter auf ihre Brüste. Sie wölbte sich ihm stöhnend entgegen, während sie sich in seinen Bizeps krallte.

Sethios stand auf, während sie noch immer ihre Beine um seine Taille geschlungen hatte, und setzte sich blindlings in Bewegung. Sie seufzte zufrieden auf, als ihr Rücken auf einer weichen Matratze aufkam.

»Wie viele Häuser besitzt du eigentlich?« Denn es bestand kein Zweifel, dass dieses Haus ihm gehörte.

»Mehrere.« Er zog ihr die Schlafanzughose und das Höschen aus. »Ich werde dich bis zum Morgengrauen immer wieder kommen lassen, Caro.«

Sie runzelte die Stirn. »Du meinst, dass du mich bis zum Morgengrauen ficken wirst.«

Er lächelte, als er sich zwischen ihre Schenkel kniete. »Mit meinem Mund, ja.«

Sie versuchte, die Schenkel zusammenzupressen, doch er gebot ihr mit einer Hand Einhalt. »Sethios«, knurrte sie.

»Ja, Caro?«

»Ich will nicht deinen Mund. Ich will *dich*.« Sie verlieh ihren Worten Nachdruck, indem sie seine Hand mit ihren Schenkeln zusammendrückte.

Seine Augen funkelten verrucht. »Welchen Teil von mir?«

»Du willst wirklich, dass ich es ausspreche?«

»Natürlich.«

Sie biss die Zähne zusammen. Zuerst war es das Wort *ficken*. Und jetzt wollte er noch ein weiteres Wort von ihr hören, das sie nie hatte benutzen müssen. Doch wenn sie ihn dadurch willig stimmen konnte, dann wäre es die Mühe wert. »Ich will deinen Schwanz, Sethios.«

Er lächelte. »Wo?«

»In mir.«

Er zog eine Augenbraue nach oben. »Du musst schon genauer sein, Caro. Denn ich kann dich mit meinem Schwanz auf drei Arten ficken, und wenn es nach mir ginge, dann würde ich alle drei Möglichkeiten wahrnehmen. Eindringlich.«

Er ist so vulgär. »Ich will deinen Schwanz in meiner …« Sie schluckte, denn sie brachte das anzügliche Wort einfach nicht über die Lippen. »Mitte.«

Er lachte und schüttelte langsam den Kopf. »Oh, Engel, du warst so nahe dran.«

»Sethios«, sagte sie knurrend. »Du weißt, was ich will. Hör auf, mich zu quälen, und fick mich mit deinem Schwanz oder ich werde dich mitten im Atlantik abwerfen und dich eine Weile schwimmen lassen.« Dann würde sie ihre Flügel ausbreiten und über dem Wasser schweben, während er gegen die Wellen ankämpfte.

»Das würde mir auch gefallen«, ertönte eine ausdruckslose männliche Stimme von der Türschwelle. Sie schreckten beide auf. »Oder noch besser, ich werfe ihn mitten in einem aktiven Vulkan ab.«

KAPITEL VIERZEHN

SCHEISS AUF DAS SCHICKSAL

»GABRIEL«, keuchte Caro, als ihr Gesicht eine dunkelrosa Farbe annahm.

Verlegenheit. Interessant. Offenbar hatte der Seraph begonnen, seinen Emotionen freien Lauf zu lassen. Es war nur schade, dass Sethios sich dieser neuen Entdeckung nicht eindringlicher widmen konnte. Vielleicht hätte er später Zeit dazu, nachdem ihr Sohn wieder verschwunden war.

»Dort, wo du herkommst, ist es wohl nicht gebräuchlich anzuklopfen?«, fragte Sethios wie beiläufig, als er sich über Caro beugte und dabei die Bettdecke hochzog, um ihren überaus nackten Körper zu bedecken.

»Nein«, antwortete Gabriel ungerührt.

»Warum bist du hier?«, wollte Caro wissen, während ihr erschrockener Gesichtsausdruck sich in eine gleichmütige Miene verwandelte, als sie die Decke an ihre nackten Brüste drückte.

»Sethios hat mir letzte Woche diese Adresse gegeben und mir gesagt, dass ihr im Zweifelsfall hier sein werdet.« Gabriel schaltete das Licht an und lehnte sich gegen den Türrahmen. »Da Osiris und zwei seiner Lakaien sich in der Wohnung in Paris befanden, als ich dort eintraf, habe ich angenommen, dass ihr beiden abgereist seid.«

»Hat er dich gesehen?«, fragte Sethios. Im Grunde war es egal, da Gabriel, wie auch seine Mutter, nicht so leicht aufzuspüren war, doch es wäre besser, wenn der Seraph anonym bliebe, damit er sich weiterhin mit Ezekiel treffen konnte.

»Nein. Ich hatte das Gefühl, dass etwas nicht stimmte, noch bevor ich mich materialisiert hatte. Wahrscheinlich war die Blutlinie dafür verantwortlich.« Gabriel beäugte seine Mutter. »Du warst aufgebracht.«

»Weil Osiris uns gefunden hat«, antwortete sie.

Der Seraph kniff kaum merklich die Augen zusammen. »Natürlich.« In seiner Stimme lag ein ungläubiger Unterton, doch er ging nicht weiter auf das Thema ein. »Wie dem auch sei, ich bin einen Häuserblock entfernt aufgetaucht und habe das Gebäude in meiner menschlichen Gestalt betreten. Er hat mich nicht bemerkt.«

Sethios lehnte sich erleichtert neben Caro gegen das Kopfteil des Bettes. »Gibt es etwas Neues?«

»Ja und nein. Sie geben es zwar nicht zu, aber die Schicksalslinie hält immer noch Einzelheiten zurück. Ich kann allerdings spüren, dass sie Bedenken haben. Es gibt etwas, was sie uns verschweigen wollen, doch sie haben bestätigt, dass euer Nachkomme unaussprechliche Macht haben wird. Darüber hinaus haben sie angedeutet, wie wichtig es ist, das Kind im Kreis der Seraphim und nicht unter Menschen aufwachsen zu lassen.«

»Aus deinem Tonfall entnehme ich, dass du nicht mit ihnen übereinstimmst«, bemerkte Sethios. »Warum nicht?«

Gabriel blinzelte ihn an. »In den Stimmen der Seraphim sind keine Tonfälle hörbar.«

»Du weichst meiner Frage aus.«

»Ich weigere mich, Schlüsse aus reinen Spekulationen zu ziehen«, erwiderte Gabriel nur. »Daher kann ich nicht behaupten, dass ich nicht mit ihnen übereinstimme, ich bin mir lediglich unsicher. Sie sprechen in Rätseln, die dazu gedacht sind, Gedanken anzuregen und nicht auf Wahrheiten zu schließen.«

»Prophezeiungen haben das an sich.« Zumindest die, von denen Sethios gehört hatte. »Warum würden sie bestimmte Details verschweigen?«

»Weil sie die Zukunft formen wollen.« Gabriel drückte sich vom Türrahmen ab und betrat den Raum. »Aus diesem Grund haben sie meine Mutter unter Vortäuschung falscher Tatsachen hierhergeschickt, statt sie mit dem Wissen der Vorsehung auszustatten. Sie wollten, dass ihr euch paart, und haben wohl geglaubt, dass es sie abschrecken würde, wenn sie sie vorgewarnt hätten.« Er blickte seine Mutter mit seinen hellgrünen Augen an. »Stimmst du zu?«

»Ja.« Caro zögerte nicht. »Aber das ist doch der Vorteil, wenn man die Zukunft voraussagen kann. Somit hat man die Möglichkeit, sie zu ändern. Dass sie mich nicht von ihrer Vision in Kenntnis setzen wollten, beweist doch nur, dass sie sicherstellen wollten, dass es tatsächlich geschehen würde.«

Gabriel blieb neben dem Bett stehen und steckte die Hände in seine Lederjacke. »Und deshalb will ich die ganze Prophezeiung wissen statt nur Teile davon. Sie sagten, dass du das Kind im Kreis der Seraphim aufziehen sollst, doch sie haben mir nicht gesagt warum. Mir kommen zwar einige praktische Argumente in den Sinn, aber ich vermute, dass es einen ganz bestimmten Grund dafür gibt.«

Sethios zog die Augenbrauen in die Höhe. »Sie

verlangen, dass unser Kind unter euresgleichen aufwächst?«

»Nein.« Gabriel blickte ihm in die Augen. »Sie wollen, dass Caro ihr Kind unter unseresgleichen aufzieht.«

»Und was ist mit mir?« Sethios bemühte sich erst gar nicht, den Sarkasmus in seiner Stimme zu verbergen. »Was verlangen sie von mir?«

Gabriel zuckte mit den Schultern. »Dein Name wurde nicht erwähnt.«

»Faszinierend«, erwiderte er. »Dann kann ich also tun und lassen, was ich will.« So wie immer. Es war gut, dass er eine Wahl hatte, denn er würde Caro folgen, um am Leben seines Kindes teilhaben zu können. »Ich hoffe, dein Bett ist groß genug, Engel. Du weißt ja, dass ich mich im Schlaf gern ausstrecke.«

Sie starrte ihn mit offenem Mund an. »Wie bitte?«

»Ich werde bei dir einziehen.« Er legte eine Hand an ihren Bauch. »Es ist auch mein Baby. Eure Seherinnen können sich zum Teufel scheren.«

Mit den Lippen formte sie ein niedliches »O«.

»Das überrascht dich.« Er hob seine Hand und legte sie an ihre Wange. »Was hast du denn von mir erwartet?«

»Ich … ich habe gar nichts erwartet.« Sie schluckte sichtbar. »Ich habe noch gar nicht darüber nachgedacht.«

»Nun, jetzt weißt du, dass du dir nicht den Kopf zerbrechen musst, denn ich werde bei dir bleiben, Caro.«

Ihre Augen blitzten emotionsgeladen auf und ließen ihr Gesicht erglühen.

Mein Gott, sie war auch zuvor schön gewesen, doch jetzt schien sie förmlich zu strahlen. Es würde ihr gut zu Gesicht stehen, wenn sie ihre Leidenschaft und Hingabe öfter zur Schau trüge. Er würde sein Bestes geben, um ihr diese Reaktionen so oft wie möglich zu entlocken.

Sethios betrachtete ihre Lippen, die sich zu einem Lächeln verzogen, und spürte, wie er es ihr gleichtat.

So wunderschön.

Lieblich.

Intelligent.

Und mein.

»Ich würde hier in Montana bleiben«, unterbrach Gabriel den innigen Moment. »Es ist ruhig, dünn besiedelt und leicht zu beschützen. Ich nehme an, dass Osiris euch in Paris mittels Gesichtserkennungstechnologie gefunden hat, aber ich werde Ezekiel danach fragen, wenn ich mich morgen mit ihm treffe.«

Sethios wandte sich dem Seraph zu. »Ich hatte angenommen, dass Ezekiel meinen Vater bis zu der Wohnung verfolgt hat.«

Gabriel schüttelte den Kopf. »Er war nicht dort, was mich zu dem Schluss führt, dass Osiris euch mithilfe anderer Mittel ausfindig gemacht hat. Großstädte sind voller Überwachungssysteme, und obwohl unser Blut nicht aufzuspüren ist, kann es unsere Gesichtszüge jedoch nicht verbergen.«

»Dann hat er mich also während einer meiner Ausflüge durch die Stadt gefunden.« Er hatte sich nicht die Mühe gemacht, sich zu verkleiden, was er in Zukunft jedoch überdenken würde. Allerdings sollte es in dieser Gegend von Montana kaum nötig sein.

Die meisten Anwesen um Seeley Lake waren Ferienhäuser im Besitz der Reichen, oder die Häuser befanden sich schon über Generationen im Familienbesitz. Das bedeutete, dass sie nur selten besucht wurden und die Bewohner häufig wechselten.

Die nächste Stadt lag eine etwa neunzigminütige Autofahrt entfernt.

»Gabriel hat recht, wir sollten hierbleiben«, murmelte Sethios. »Zumindest bis wir mehr wissen.«

»Gut.« Caro legte ihren Kopf an seine Schulter und seufzte zufrieden. »Mir gefällt es hier.«

»Wirklich?« Er lachte, als sie nickte. »Wir sind doch gerade erst angekommen.«

»Die Luft ist sauber«, sagte sie leise und gähnte.

»Es erinnert sie an ihre Heimat«, fügte Gabriel mit sanfter Stimme hinzu. »Geh bei Sonnenaufgang mit ihr nach draußen. Sie wird es zu schätzen wissen.« Der Seraph trat einen Schritt zurück. »Ich melde mich bald wieder.« Er wartete nicht auf eine Antwort, bevor er verschwand.

»Für ein Wesen, das sich in Gleichmut übt, zeigt dein Sohn aber ziemlich viele Gefühle«, sagte Sethios. Gabriel gab ihm immer wieder Hinweise, wie er Caro milde stimmen konnte, als wollte er sicherstellen, dass sie glücklich ist. Ein solches Verhalten zeugte von Fürsorge, die ohne Emotionen nicht möglich war.

»Unsere Blutlinie ist dafür verantwortlich«, erwiderte sie. »Wir haben zu viel Zeit unter Menschen verbracht.«

»Dein Sohn sagte, dass eure Linie nicht an die Menschheit gebunden ist.«

»Nicht direkt. Aber wir haben uns Tausende von Jahren mit ihnen beschäftigt.« Sie hob den Kopf, um ihn anzusehen. »Wir haben die Fähigkeit, unsere Aura zu verbergen, was uns zu hervorragenden Boten macht. Wir werden gesandt, um den Menschen Neuigkeiten zu überbringen und sie zu warnen. Aus diesem Grund bezeichnen uns die Menschen allgemein als Schutzengel.«

Er zog die Augenbrauen in die Höhe. »Ihr warnt Menschen?«

»Natürlich. Zumindest die vielversprechenden.« Sie lächelte. »Es kommt nicht häufig vor, aber wir sind dafür bekannt, dass wir zuweilen eingreifen. Nun, weder ich noch Gabriel hatten je die Gelegenheit, aber unsere Vorfahren.«

Faszinierend. Es gab noch so vieles, was Sethios über ihresgleichen und die Auswirkungen, die sie auf die Welt hatten, lernen musste. »Dann vereint Gabriel also deine Blutlinie und die Kriegskunst seines Vaters, doch was ist mit dir? Was ist deine zweite Blutlinie?«

»Meine Mutter hat die Gabe, jedes Leiden zu heilen, doch in mir ist sie nie erwacht. Manchmal kommt es vor, dass eine Blutlinie inaktiv bleibt und niemals gedeiht.« Ihr Blick wurde glasig und sie schien in die Ferne zu starren.

»Die Seherinnen haben vorausgesehen, dass ich sie eines Tages brauchen werde«, fuhr sie fort. »Deshalb wurde meine Mutter auserwählt, mich zu gebären, doch bisher hat sich für mich noch nicht die Notwenigkeit ergeben, die Gabe zu benutzen. Darüber hinaus habe ich nie eine Verbundenheit mit der Fähigkeit gespürt. Wahrscheinlich haben sie mit ihrer Prophezeiung nicht ganz richtiggelegen oder es gab bisher einfach noch keinen Anlass dafür.«

»Vielleicht hat es auch etwas mit deinem zukünftigen Kind zu tun«, murmelte Sethios. »Denn du würdest die Fähigkeit an sie weitergeben, nicht wahr?«

Caro dachte darüber nach und runzelte die Stirn. »Möglicherweise, doch da die Blutlinie deines Vaters derart kraftvoll durch deine Venen fließt, nehme ich an, dass seine Fähigkeiten meine übertreffen werden. Osiris ist der Seraph des Lebens und der Wiedergeburt. Er wird als eines der mächtigsten Wesen unserer Geschichte erachtet.«

»Was ist mit seiner Fähigkeit, andere seinem Willen zu unterwerfen?« Caro erwähnte immer wieder den Aspekt der Wiedergeburt, doch sie ließ dabei völlig seine andere, viel tödlichere Gabe außer Acht. »Stammt diese Fähigkeit von einer anderen Blutlinie?« Dank der

Geheimniskrämerei seines Schöpfers wusste er nichts über seine Großeltern.

Caro blinzelte ihn an. »Osiris kann nicht nur Menschen, sondern jedes atmende Wesen wiederauferstehen lassen, wobei seine Blutlinie eine der ältesten ist. Seine Gabe zeichnet sich weniger durch die Willensunterwerfung aus, sondern vielmehr durch seinen *Willen* an sich. Wenn er will, dass etwas geschieht, dann kann er es erzwingen.«

Sethios runzelte die Stirn. »Na schön, aber wie hängt das mit der Wiedergeburt zusammen?«

»Er kontrolliert Leben«, antwortete sie. »Während er für seine Fähigkeit der Wiederauferstehung bekannt ist, kontrolliert seine Linie alle Aspekte des Lebenszyklus. Genauso wie du.«

Sie sagte es mit einem so beiläufigen Unterton, als hätte sie ihm nicht gerade etwas ganz Außerordentliches offenbart.

Oh, übrigens, du hast die Gabe, das Leben zu kontrollieren.
Gut zu wissen.

»Soll das bedeuten, dass mein Vater einen Seraph töten kann?«

»Theoretisch, ja. Es gibt Gerüchte, dass er es tatsächlich getan hat, was auch der Grund dafür ist, warum er ins Exil geschickt wurde. Doch als der Hohe Rat das Edikt erlassen hat, war ich noch nicht am Leben, daher basiert das alles auf Vermutungen.«

»Soweit ich meinen Vater kenne, könnte ich mir durchaus vorstellen, dass es wahr ist.«

»Dem stimme ich zu«, murmelte sie.

»Dann sind meine Großeltern also noch mächtiger als er, nicht wahr? Könnten sie nicht benutzt werden, um Osiris zu kontrollieren?«

Sie starrte ihn an, als wäre er wahnsinnig geworden.

»Dein Vater ist der Älteste seiner Blutlinie. Es gibt niemanden über ihm. Er existiert einfach.«

Jetzt starrte er sie an. »Wie wurde er geschaffen?«

»Die Ältesten sind durch unbekannte Umstände entstanden und wurden wahrscheinlich von den Göttern gezeugt. Osiris und Gabriels Vater Adriel gehören zu den ursprünglichen Seraphim. Es gibt keine anderen Wesen, die über ihnen stehen. Ich glaube, das ist teilweise der Grund dafür, dass der Hohe Rat Osiris freie Hand lässt. Entweder die Ratsmitglieder weigern sich, eines der ältesten Wesen zu vernichten, oder sie sind dazu einfach nicht imstande.«

»Aber Skye hat seinen Untergang vorausgesagt.«

»Durch unser Kind«, erwiderte sie. »Ja.«

Ihm gefror das Blut in den Adern, als ihm die Tragweite des Ganzen bewusst wurde. »Eure Seherinnen wollen unseren Nachkommen benutzen. Deshalb wollen sie, dass du das Kind unter ihresgleichen aufziehst, damit sie die Zukunft kontrollieren können.«

Ihre Miene brachte weder Schock noch Bestürzung zum Ausdruck, was ihn vermuten ließ, dass sie bereits zu demselben Schluss gekommen war.

»Sie wollen unser Baby dazu benutzen, um entweder Osiris zu besiegen oder um irgendeine andere mögliche Zukunft zu verhindern«, fügte er mit heiserer Stimme hinzu. Er wurde von einem ihm unbekannten Gefühl übermannt und erkannte es schließlich als das Bedürfnis, sein Kind zu beschützen. »Wir dürfen das nicht zulassen, Caro. Was für ein Leben würde es führen?«

»Das eines Seraphs.«

»Eine gequälte Existenz.« Er setzte sich auf und wandte sich ihr zu. »Unser Kind wird nicht als Marionette aufwachsen, Caro. Ich habe viel zu lange im Schatten eines Puppenspielers verbracht, um zuzulassen, dass unserem

Kind ein solches Schicksal widerfährt.« Er war selbst überrascht, als er die Leidenschaft in seiner Stimme hörte. Er hatte nicht gewusst, wie sehr ihm die Zukunft ihres gemeinsamen Kindes am Herzen lag, bis er seinen Gefühlen Ausdruck verliehen hatte.

Sein Blick fiel auf die Bettdecke, die ihren Bauch bedeckte, bevor er ihr wieder in die Augen sah. Ein Befehl lag ihm auf den Lippen, den er jedoch nicht aussprach, als er ihre Tränen sah.

»Caro«, hauchte er, als seine Wut der Besorgnis wich.

Er wollte sich ihr nähern, doch sie legte eine Hand auf seine nackte Brust.

»Es ist nur …« Ihr Körper wurde sichtlich von einem Beben erfasst, was seine Sorge um sie nur noch verstärkte. »Mir geht es genauso, Sethios. Es widerspricht meinem ganzen Wesen und dem Glauben, in den ich hineingeboren wurde, doch meine Instinkte sagen mir dasselbe. Wir können die Seherinnen nicht über ihre Zukunft entscheiden lassen.«

»*Ihre* Zukunft?«, wiederholte Sethios.

Caro blinzelte. »Ich … ich weiß nicht, warum ich das gesagt habe. Aber … ich glaube, wir bekommen ein Mädchen.«

»Gibt es eine Möglichkeit, es mit Sicherheit zu wissen?« Den Menschen standen verschiedene Technologien zur Verfügung, doch er wusste nicht, ob sie auch bei einem Seraph funktionieren würden.

Sie legte eine Hand an ihren Bauch und lächelte. »Ich will die Überraschung nicht verderben. In ein paar Wochen werden wir es ohnehin wissen.«

»Ich kann es immer noch nicht fassen«, gestand er. Als Caro ihm erzählt hatte, dass die Schwangerschaft nur etwa neun Wochen anstatt wie bei den Menschen neun Monate dauerte, hatte er es nicht glauben können. Aber die

Wölbung war bereits deutlich zu sehen und Caro zeigte immer mehr Symptome, daher gab es keinerlei Zweifel, dass sie schon bald Eltern sein würden. *Oh, wow, ein Mädchen?* »Wird ihr Alterungsprozess anders ablaufen?«, fragte er mit krächzender Stimme.

Er hatte sich bereits mit der Vaterrolle abgefunden, doch diese Unterhaltung machte alles noch viel realer.

Ich werde Vater.

»Du meinst anders als bei Menschen?«, fragte Caro.

Er nickte, da er scheinbar nur das Bedürfnis hatte, ein einziges Wort über die Lippen zu bringen: *verdammt.*

»Seraphim wachsen ähnlich wie Menschen heran, bis sie irgendwann gar nicht mehr altern. Wann hast du aufgehört, dich zu verändern?«

Sethios nahm an, sie meinte damit die Veränderungen seiner körperlichen Erscheinung. »Ich glaube, ich habe aufgehört zu altern, als ich etwa fünfundzwanzig war.« Im Gegensatz zu den Hydraianern musste er nicht sterben, um wiederaufzuerstehen, doch er hatte den Verdacht, dass sein Vater ihn mehr als einmal nur zum Spaß hatte töten wollen.

»Und deine Kräfte sind mit dir gewachsen?«

»Ich schätze schon, aber ich konnte schon immer anderen meinen Willen aufzwingen.« Selbst als er noch ein Junge war, konnte er diejenigen, die sich in seiner Nähe befanden, dazu zwingen, genau das zu tun, was er wollte, ohne auch nur ein Wort zu äußern. »Aber meine andere Fähigkeit, mir die Talente anderer vorübergehend anzueignen, ist erst später zum Vorschein gekommen.« Die Gabe war nicht annähernd so ausgeprägt wie die Willensunterwerfung, doch sie half ihm dabei, sein Geburtsrecht zu verbergen.

»Seraphim wachsen ebenfalls in ihre Talente hinein. Unsere Tochter wird bei ihrer Geburt eine hervorstechende Fähigkeit aufweisen, wobei sie entweder ihre Aura verschleiern kann oder deine Gabe des Lebens besitzen wird. Während ihrer ersten fünfundzwanzig Lebensjahre wird sie ihre Fähigkeiten weiter kultivieren.«

»Wird sie imstande sein, sich unsichtbar zu machen und Flügel auszubilden?«, fragte er. »Denn ich habe diese Gabe nicht.«

»Ich bin mir nicht sicher.« Sie runzelte die Stirn. »Ich hoffe es.«

Er hoffte es ebenfalls. »Dann wird sie wie ein Mensch altern.«

»Ja. Seraphim sind in ihrer Jugend am verletzlichsten, deshalb müssen wir Maßnahmen ergreifen, um sie zu beschützen und ihr zu erlauben, ihre Fähigkeiten auszubauen.«

»Montana ist dünner besiedelt als andere Gegenden dieses Landes und würde sich für ein zurückgezogenes Leben anbieten. Oder hast du einen anderen Ort im Sinn?«

»Dieser Ort fühlt sich richtig an«, murmelte sie. »Ich bin hier … zufrieden.«

»Dann werden wir hierbleiben.«

»Ja.« Sie ließ ihre Finger über seine Brust gleiten und schlang sie dann um seinen Nacken. »Gemeinsam.«

»Ich war nie der monogame Typ, Caro«, gestand er. »Und ich hatte auch nie das Verlangen danach, mit nur einer Frau zusammen zu sein.« Die Worte, die er bereits tausendmal im Kopf durchgegangen war, klangen selbst in seinen eigenen Ohren falsch, als er sie aussprach. *Und ich hatte auch nie das Verlangen danach … bis ich dich getroffen habe.*

Nun, das ist neu.

Sie kniff die Augen zusammen. »Seraphim haben keine Lebensgefährten.«

Er räusperte sich und konzentrierte sich auf das, was

sie gesagt hatte, statt über die monogamen Neigungen nachzudenken, die ihm durch den Kopf gingen. »Was erwartest du dann von mir?«

Sie runzelte die Stirn, während sie darüber nachdachte. »Eine Partnerschaft. Ich will, dass wir zusammenarbeiten, um unsere Tochter zu beschützen.«

»Diesen Wunsch kann ich dir erfüllen.« Er verwob seine Finger in ihrem Haar, um sie festzuhalten, als sie versuchte, sich ihm zu entziehen.

»Und was sonst noch?«

Ihr Blick fiel auf seine Lippen und wanderte dann langsam nach oben. »Sex.«

Er verzog den Mund zu einem Lächeln. »Jetzt gleich? Oder in Zukunft?«

»Beides.«

»Ohne mit anderen Partnern zu schlafen?«, fragte er, denn er wollte wissen, wie sie dazu stand. Ihm missfiel der Gedanke, dass sie mit einem anderen Mann ins Bett ging, und er hatte nicht den Wunsch, eine andere Frau zu ficken. *Eine faszinierende Entwicklung.*

»Vielleicht.« Sie drückte ihn auf die Matratze und setzte sich rittlings auf ihn. Die Decke glitt an ihrem nackten Körper hinab und gewährte ihm einen Blick, den er ewig würde bewundern können. »Fürs Erste. Ja.«

Sethios war kein Mann für eine feste Bindung, doch Caro führte ihn auf eine Weise in Versuchung, wie es nur wenige vor ihr je geschafft hatten. Verdammt, die Frau hatte all seine früheren Gespielinnen im Bett in den Schatten gestellt *und* ihm bewiesen, dass sie auch seine dunklen Begierden bewältigen konnte. Warum sollte er das aufgeben?

»Fürs Erste.« Er festigte den Griff um ihr Haar und zog sie zu sich, bis ihr Busen seine Brust berührte. »Und zu einem späteren Zeitpunkt werden wir neu darüber verhandeln.«

Sie nickte und strich mit ihren Lippen über die seinen. »Ja. Wenn wir denken, dass wir etwas ändern müssen.«

»In Ordnung.« Er ließ seine Hand an ihren Nacken gleiten und drückte ihn. »Bist du bereit, mich anzubetteln, Schätzchen?«

»Ich bin bereit dafür, dass du mich mit deinem Schwanz fickst«, erwiderte sie und presste ihre Schenkel um seine Hüfte zusammen. »Du hast zuvor drei Methoden erwähnt. Ich will alle von dir lernen.«

Er zog seine Augenbrauen nach oben. »Lust auf ein Abenteuer?«

»Hör auf, dich über mich lustig zu machen, und fick mich, Sethios. Sofort.«

Mein Gott, mit einem Mund wie ihrem? Ja, vielleicht würde er sie doch bis in alle Ewigkeit behalten.

»Dein Wunsch ist mir Befehl, Liebling.«

KAPITEL FÜNFZEHN

EINE NEUE PARTNERSCHAFT

GABRIEL NIPPTE AN DEM BRANDY, den die Barkeeperin ihm eingeschenkt hatte, und entschied, dass die Marke, die Sethios ihm vor ein paar Wochen serviert hatte, besser war. Dennoch war der Drink wohlschmeckender als all die Getränke, die ihm zu Hause zur Verfügung standen.

Seraphim hielten nicht viel von Aromen, was Gabriel liebend gern geändert hätte. Genauso wie einige andere Konventionen, einschließlich dem Brauch, der es der Schicksalslinie erlaubte, die Zukunft eines jeden Lebewesens zu bestimmen.

Er leerte sein Glas und bestellte sich bei der Barkeeperin mit einem Handzeichen einen weiteren Drink, als Ezekiel die Kneipe betrat.

»Ich wusste doch, dass ich dich mag«, sagte der Ichorianer, als er sich neben ihn setzte. »Ich nehme auch einen, meine Liebe.« Die rothaarige Frau hinter dem Tresen schenkte ihnen ein Grinsen und nahm zwei Gläser zur Hand.

Ezekiel sah mit seiner Lederjacke, der Jeans, dem langen Haar, das ihm über die Schultern fiel, und seinem Lippenpiercing genauso aus wie an dem Tag, an dem sie sich zum ersten Mal getroffen hatten. Der einzige

Unterschied war, dass seine Hände diesmal tätowiert waren. »Warum hast du dir die Fingerknöchel bemalen lassen?«

»Aus Langeweile«, erwiderte er. »Es ist nur vorübergehend, denn es wird in etwa sechs Stunden verheilt sein. Das bedeutet, dass ich mich von Neuem tätowieren lassen muss, wenn ich es behalten will.«

»Das ergibt keinen Sinn.«

»Ich mag Schmerzen.«

»Ganz offensichtlich.« Denn seine Haut sah aus, als wäre sie äußerst wütend auf ihn, weil er sie derart geschändet hatte. »Vielleicht solltest du versuchen, die Schmerzen jemand anderem zuzufügen.« Ezekiel schien ihm der Typ mit einem Hang zum Sadismus zu sein.

»Oh, das würde ich, aber leider bin ich Skye treu.«

Das hatte er gar nicht wissen wollen. »Ich meinte nicht während des Sex.«

»Würdest du denn einen Mord gutheißen?«

»Solange die Strafe gerechtfertigt ist.« Gabriel schreckte nicht vor Gewalt zurück. Es gab Wesen, die es verdient hatten zu leiden. Wie Osiris.

»Ja, wir werden in der Tat ausgezeichnete Partner sein«, sagte der Ichorianer strahlend, als die Barkeeperin ihm seinen Drink reichte. »Prost.« Er hob sein Glas an und prostete Gabriel zu.

»Partner?«, wiederholte er. Hatte Gabriel ihm nicht bei ihrem letzten Treffen gesagt, dass er es vorzog, allein zu arbeiten?

»Auf unsere Partnerschaft«, sagte Ezekiel und stieß mit ihm an. Entweder war ihm Gabriels fragender Unterton entgangen oder er hatte ihn einfach ignoriert.

»Und warum genau gehen wir diese Partnerschaft ein?«

»Für die Zukunft der Menschheit.« Ezekiel leerte sein

Glas in einem Zug und knallte es auf den Tresen. »Mach schon, Stark. Wir müssen los.«

Gabriel ärgerte sich über den Kosenamen, doch er tat, worum ihn der Ichorianer gebeten hatte, und leerte sein Glas. Dann warf er der rothaarigen Barkeeperin ein paar Geldscheine auf den Tresen. »Behalten Sie das Wechselgeld.«

Ohne sich noch einmal umzublicken, folgte er Ezekiel aus der Kneipe. »Wenn du sie darum gebeten hättest, hätte sie dich sicher gevögelt«, bemerkte der Ichorianer.

»Wer?«

»Die Barkeeperin.«

»Warum?«

Ezekiel bedachte ihn mit einem vielsagenden Blick aus seinen tiefschwarzen Augen. »Dann ist es also wahr, was man über Seraphim und Sex sagt?«

»Das kommt ganz darauf an, was man sagt.«

»Dass ihr keinen habt.«

Gabriel zuckte mit den Schultern. »Fleischliche Genüsse sind Menschensache.« Obwohl seine Mutter scheinbar mittlerweile anderer Meinung war, was ihn ein wenig beunruhigte. Sethios hatte zweifellos ihre Sinne manipuliert.

»Du bist sicher noch Jungfrau«, sagte Ezekiel, was Gabriel überraschte.

»Mein Status in dieser Hinsicht ist für unsere ›Partnerschaft‹ nicht von Belang.« Außerdem hatte Gabriel nicht den Wunsch, darüber zu sprechen. Denn er war keine Jungfrau mehr. Er hatte vor zwei Jahren einmal Sex gehabt, nur um zu sehen, warum die Menschen so verrückt danach waren. Für ihn war es ziemlich eintönig gewesen.

Zugegeben, er hatte sich dafür mit einem anderen Seraph zusammengetan, die ebenso neugierig gewesen war, und sie hatten sich beide nicht besonders geschickt angestellt.

Doch das tat nichts zur Sache.

Ezekiel und Gabriel sollten sich nicht darüber unterhalten, denn das Thema hatte für ihr Vorhaben keinerlei Relevanz.

»Oh, es ist durchaus von Belang, aber mach dir keine Sorgen.« Ezekiel gab ihm einen Klaps auf die Schulter. »Ich werde das Problem für dich lösen, nachdem wir die Sache mit der Prophezeiung geklärt haben.«

Was zur Hölle stimmte nicht mit diesem Wesen? »Es ist kein Problem und muss nicht gelöst werden.«

»Da bin ich anderer Meinung, mein Freund. Völlig anderer Meinung.«

»Womit? Nein. Vergiss es. Bring mich zu Skye, damit wir diese Angelegenheit endlich hinter uns bringen können.«

Ezekiel lachte. »Leider glaube ich, dass wir erst am Anfang stehen.«

Ja sicher, das bezweifelte er. Sobald er seine Informationen hatte, würde er sie an Caro weitergeben und nach Hause zurückkehren, um ein langes Nickerchen zu machen. Dann würde er sich vielleicht auf die Suche nach einem anständigen Brandy begeben. Oder er würde einen Bourbon ausprobieren.

Ezekiel bog in eine leere Gasse und ging einige Schritte, bevor er stehen blieb. »Hier ist es gut.« Er wandte sich Gabriel zu und stemmte die Beine fest auf den Boden. »Du sagtest, dass es schwierig sein würde, Skyes Standort auszumachen, es aber kein Problem wäre, ins Haus einzudringen. Daher nehme ich an, dass du einen Weg gefunden hast, wie du die Schutzsymbole umgehen kannst, stimmt das?«

Gabriel verschränkte die Arme und nickte. »Sie sind

kompliziert, aber ich kann mich unbemerkt an ihnen vorbeiwinden.«

»Hervorragend. Dann brauchst du nur ihren Aufenthaltsort innerhalb des Geländes. Ich habe ihn, aber er ist nur sechzig Minuten lang gültig.« Ezekiel zog ein Stück Papier mit einer groben Skizze von Osiris' Anwesen hervor. Der Attentäter hatte offenkundig kein künstlerisches Talent. »Hier im hinteren Teil befinden sich die Gärten. Das hier ist ein kleiner Teich und dahinter liegt ein Irrgarten aus Hecken.«

»Ich kann mich daran erinnern, es gesehen zu haben.« Er hatte sich gefragt, welchem Zweck es wohl dient. Es machte einen wunderlichen Eindruck für ein Anwesen mitten im Nirgendwo.

»Skye streift mit Vorliebe durch diesen Irrgarten. Osiris erlaubt ihr, sich täglich eine Stunde ohne Begleitung draußen aufzuhalten. Sie geht jedes Mal dort hinein.«

Interessant. »Befürchtet er denn nicht, dass sie die Zeit nutzen könnte, um zu entkommen?« Denn Gabriel würde sie an ihrer Stelle ganz sicher zu seinem Vorteil verwenden.

»Nein. Sie kann nicht gehen.«

»Kann nicht oder will nicht?« Zwischen den beiden Möglichkeiten bestand ein deutlicher Unterschied.

»Sie kann nicht.«

»Weil Osiris ihr befohlen hat zu bleiben«, folgerte Gabriel. »Es muss einen Weg geben, seinen Bann zu brechen.«

Ezekiel blickte ihm in die Augen. »Wenn du einen kennst, dann würde ich alles für dieses Wissen geben.«

»Ich werde es mir merken«, murmelte Gabriel. Ezekiel könnte noch nützlich für ihn sein, vor allem wenn er mehr über die CRF in Erfahrung bringen wollte. Es wäre ein kluger Schachzug, Informationen mit ihm auszutauschen, und er würde Osiris liebend gern einen Strich durch die

Rechnung machen. »Und wenn jemand sie seinem Willen unterwirft und sie dazu zwingt, das Grundstück zu verlassen?«, fragte er neugierig. »Könnte man damit Osiris' Befehl nicht umgehen?« Soweit Gabriel verstanden hatte, war die Kraft der Überzeugung spezifisch und konnte nicht missverstanden werden.

Ezekiel schien von seinem Vorschlag nicht beeindruckt zu sein. Wenn überhaupt, konnte er in seinem Blick sehen, wie er in Erinnerungen schwelgte. Und ganz offensichtlich waren sie unschön.

»Osiris hat Skye befohlen, sich das Leben zu nehmen, falls sie je einen Fuß über die Grundstücksgrenze setzt. Dabei tut es nichts zur Sache, ob sie das Anwesen freiwillig verlässt oder dazu gezwungen wird.« Seine Stimme war völlig emotionslos, als er die Worte aussprach, doch Gabriel konnte sehen, wie seine Nasenflügel bebten.

»Du hast bereits versucht, sie von dort wegzuholen.«

»Natürlich. Leider kann auch die Entfernung seinem Bann nichts anhaben und er ist … sehr kreativ, wenn es darum geht, andere zu bestrafen.«

Gabriel kratzte sich am Kinn und nickte. »Es muss doch irgendeinen Weg geben. Ich werde mich näher damit beschäftigen.« Immerhin würde er sich dadurch revanchieren können, denn er stand in Ezekiels Schuld, weil dieser ihm half, zu Skye zu gelangen.

Der Ichorianer sagte weder etwas, noch dankte er ihm, doch er entspannte sich kaum merklich. Wahrscheinlich konnte er es sich nicht leisten, Hoffnung zu schöpfen. Es war deprimierend.

»Wenn du den Irrgarten betrittst, dann biege zuerst zweimal links ab. Wir treffen uns dort, dann werde ich Skye aufspüren und dich zu ihr führen. Bis gleich.« Nachdem der Ichorianer das letzte Wort ausgesprochen hatte, verschwand er.

»Offenbar brechen wir auf«, sagte Gabriel in die menschenleere Gasse hinein. »Und ich hoffe für dich, dass du mich nicht in eine Falle lockst.«

Gabriel konnte Gelächter hören.

Er machte sich nicht die Mühe, darauf einzugehen, sondern machte sich unsichtbar, um am Rand von Osiris' Anwesen wieder aufzutauchen. Eine Sekunde später wurde er von frischer Luft und Bäumen umgeben und atmete tief durch.

Er konnte verstehen, worin der Reiz lag, hier draußen zu leben. Hier gab es viel Platz, um sich frei zu bewegen und vielleicht sogar zu fliegen. Die meisten Seraphim machten sich nicht viel daraus und schwangen sich nur in die Lüfte, um ihre Stärke zu trainieren. Für die meisten seiner Art war das Vergnügen eine schändliche Emotion, doch Gabriel erhob sich hin und wieder in die Lüfte, wenn er allein sein wollte, um nachzudenken. Als er sich an seinen Flug von letzter Nacht erinnerte, reckte er seine Flügel, während seine Lippen fast ein Lächeln umspielte.

Er sehnte sich bereits nach dem nächsten Flug.

Und nicht aus praktischen Gründen.

»Es ist gefährlich, sich unter Menschen aufzuhalten«, murmelte er, als er sich dazu zwang, sich auf die Rune zu konzentrieren, die sich etwa einen halben Meter vor ihm befand. Nur ein Seraph würde das geschickt getarnte Symbol entdecken, das in einen Baum geritzt worden war.

Gabriel fügte seine eigene Markierung hinzu, um den stillen Alarm vorübergehend außer Kraft zu setzen, und durchschritt die Barriere. Falls er sich in der Nähe befand, würde Osiris vielleicht den Hauch einer Veränderung spüren, doch es würde nicht ausreichen, um ihn in Alarmbereitschaft zu versetzen. Für ihn wäre es höchstens ein unbedeutendes Ärgernis, wie das Rascheln des Windes, der vor seinem Fenster durch die Bäume wehte.

Er suchte die Gegend nach dem zweiten Schutzsymbol ab und veränderte es ebenso, dann manipulierte er noch drei weitere und betrat schließlich das Innere des Grundstücks.

Überall war es ruhig, was ihm verriet, dass er Erfolg damit gehabt hatte, die Sicherheitsmaßnahmen zu umgehen. Sie dienten ohnehin eher als Abschreckung, um eine Armee abzuhalten, statt eine einzelne Person auszusperren. Osiris würde sich nicht vor einem dahergelaufenen Eindringling fürchten, aber er würde sicher vorgewarnt sein wollen, wenn eine ganze Gruppe Angreifer sein Anwesen stürmen wollte. Einfallsreiche Magie.

Gabriel betrachtete die Umgebung, bevor er sich unsichtbar machte und sich ins Innere des Irrgartens teleportierte. Er spitzte die Ohren, um potenzielle Gefahren auszumachen, und folgte dann vorsichtig Ezekiels Anweisungen. Der Ichorianer wartete bereits mit einem teilnahmslosen Ausdruck im Gesicht auf ihn.

»Glückwunsch. Du hast gerade fünfzehn Minuten vergeudet, Stark.«

»Man braucht Geduld, um die Schutzsymbole außer Kraft zu setzen«, antwortete er unbeirrt. »Und diese Unterhaltung wird nicht lange dauern.«

»Ich werde mich daran erinnern, wenn du dich später beschwerst.« Ezekiel wandte sich um, womit er Gabriel offensichtlich bedeutete, ihm zu folgen.

Nachdem sie einige Gänge passiert und mehrere Male abgebogen waren, erreichten sie einen wunderschönen Rosengarten, in dem sich eine von Flieder umrankte Gartenlaube befand, die voller exotischer Blumen war. Eine Frau mit rabenschwarzem Haar und azurblauen Augen saß erwartungsvoll auf einer Bank. Mit ihrer schlanken Figur und blassen

Haut war sie unbestreitbar schön und sogar engelsgleich.

Wer sind ihre Vorfahren?, fragte er sich. Die meisten von Osiris' entarteten Schöpfungen wurden von einer bestimmten Aura umgeben, die sie jedoch vermissen ließ. Interessant.

Ezekiel verbeugte sich vor ihr, wobei jede einzelne seiner Bewegungen voller Ehrfurcht war, während sie ihn mit ausdruckslosem Blick betrachtete. Gabriel hätte etwas mehr Leidenschaft und vielleicht sogar eine Umarmung erwartet, doch sie beobachtete Ezekiel, als wäre er ein Insekt.

Ihre Beziehung schien ziemlich einseitig zu sein.

Möglicherweise war es eine unerwiderte Liebe? Falls es so war, dann war Ezekiel wesentlich weniger kompetent, als Gabriel angenommen hatte. Es war ohnehin unvernünftig, sein Leben aufgrund von Emotionen aufzugeben, doch sich für jemanden zu opfern, der seine Gefühle nicht erwiderte, war schlicht und ergreifend wahnsinnig.

Skye stand auf, wobei ihr weißes Gewand ihr bis auf die Knöchel reichte, und ging langsam auf Gabriel zu. »Du bist der gesichtslose Krieger, den ich in meinen Visionen gesehen habe, der Ezekiel dabei helfen soll, uns alle zu befreien.« Sie blieb direkt vor ihm stehen und starrte ihn mit unverwandtem Blick an. »Vor dir liegt eine große Herausforderung, Seraph. Ich hoffe, du nimmst diesen Weg an.«

Gabriel hatte nie viel übrig für Rätsel. »Ich bin hier, um mehr über meine Mutter zu erfahren, nicht über mich selbst.«

Sie durchbohrte ihn fast mit ihren hellblauen Augen und er hatte das Gefühl, dass sie ihn nicht wirklich ansah. »Ihre Rolle ist eine andere als deine eigene. Sie ist die

Überbringerin einer neuen Herrschaft und einer Macht, die die Welt noch nicht gesehen hat. Sethios wird der Schlüssel sein, der ihre Fähigkeiten formt und schärft. Ohne seine Führung wird sie uns alle zerstören.«

Das ergab keinen Sinn. »Meine Mutter verfügt über diese Gabe?« Warum würde sie sich erst nach einem Jahrhundert offenbaren?

»Möglicherweise.« Skye legte den Kopf schief, während sie ihn weiter anstarrte. »Die Energie wohnt deiner Mutter inne und Sethios ist der Einzige, der sie kontrollieren kann, doch ich kann ihr Gesicht nicht klar sehen. Das unbekannte Wesen wird Osiris mit der Hilfe von Sethios besiegen.«

Das Baby, erkannte er. Sie konnte Caros Schwangerschaft nicht sehen, doch sie spürte die Macht, die in seiner Mutter heranwuchs. »Was kannst du mir sonst noch sagen?«

Ihre Pupillen erweiterten sich und verliehen ihr ein gespenstisches Aussehen. »Du und Ezekiel, ihr werdet beide eine wichtige Rolle spielen.« Sie blinzelte schließlich, doch ihr glasiger Blick blieb unverändert. »Schutz. Liebe. Freiheit.« Der Schleier in ihren Augen lichtete sich teilweise und sie runzelte die Stirn. »Ein Verrat wird nötig sein, um eine Gunst zu gewinnen und die Samen zu pflanzen, denn die besten Aufstände entstehen von Grund auf.«

Warum waren alle Seher so besessen von derart farbenfrohen Formulierungen? »Was hat das zu bedeuten?«

»Wir werden auf der Seite des Bösen agieren, bis die Zeit gekommen ist, um sich dem Guten zuzuwenden«, sagte Ezekiel. Er stand einige Zentimeter von Skye entfernt und hatte die Hände hinter dem Rücken verschränkt.

»Sieben Jahre«, krächzte sie, während ihr Gesicht

immer blasser wurde. »Sethios wird ein großes Opfer bringen, um sie zu beschützen. Sie beide. Ezekiel in den Flammen. Vertrauen gefestigt. Glaube gestärkt.« Sie schnappte nach Luft und fiel dann mit einem schrillen Schrei zu Boden.

»Wir müssen gehen«, sagte Ezekiel, während Skyes Klagelaute weiter durch die nachmittägliche Luft hallten.

»Wir können sie nicht einfach so ...«

»Sofort.« Ezekiel warf der Frau, die sich am Boden krümmte, noch einen sehnsüchtigen Blick zu und wandte sich dann ruckartig den Hecken zu. »Sie sind auf dem Weg.«

Der Ichorianer verschwand ohne ein weiteres Wort und ließ Gabriel keine andere Wahl, als ihm zu folgen. Er verließ das Anwesen auf demselben Weg, den er gekommen war, wobei er die Schutzsymbole reaktivierte. Dann kehrte er zu der Gasse zurück, aus der sie zuvor verschwunden waren. Als Ezekiel dort nicht auftauchte, ging er in die Kneipe zurück und setzte sich auf einen Barhocker, um auf ihn zu warten.

Er würde sich bald sehen lassen. Ganz sicher. Ihre Unterhaltung konnte unmöglich schon beendet sein.

»Sie sind wieder da«, sagte die rothaarige Barkeeperin, wobei sie viel zu eifrig lächelte.

»Ja.« Er konnte genauso gut noch einen Drink genießen. »Kann ich einen Bourbon haben?«

Sie setzte ein breites Grinsen auf. »Sie können haben, was Sie wollen.«

Okay ... »Dann nehme ich einen Bourbon«, antwortete er gedehnt. »Egal welche Marke.«

»Ich weiß genau, was Sie brauchen.« Sie zwinkerte ihm zu und griff nach einem Glas.

Er hatte das Gefühl, dass sie mit ihm flirten wollte,

doch er konnte nicht verstehen warum. Menschen waren seltsame Wesen. Ichorianer ebenfalls.

»Um wie viel Uhr schließen Sie?«, fragte er, da er wissen wollte, wie lange er hier auf Ezekiel warten konnte. Aus irgendeinem Grund veranlasste seine Frage die Rothaarige dazu, wieder übers ganze Gesicht zu lächeln.

Oh. Natürlich. Sie dachte, er wollte wissen, wann sie mit der Arbeit fertig wäre.

Das traf es nicht ganz.

»Um eins«, murmelte sie. »Aber wenn nicht viel los ist, kann ich auch schon früher schließen.«

»Eins ist gut«, erwiderte er und warf einen Blick auf die Uhr. Damit blieben Ezekiel noch etwa neun Stunden, um hier aufzutauchen. Das sollte genügen. Und wenn er nicht erschien, dann würde Gabriel eben morgen zurückkommen. Dafür müsste er vielleicht mit der Barkeeperin schlafen, denn andernfalls könnte er sie mit seinen ständigen Besuchen in der Kneipe verärgern.

Er beäugte ihre weiblichen Kurven, als sie sich auf die Zehenspitzen stellte, um eine Flasche aus dem oberen Regalfach zu holen. Sie hatte lange Beine.

Er könnte es als eine Art Forschungsprojekt sehen, bei dem er menschliche und himmlische Erfahrungen miteinander verglich. Die Rothaarige war ziemlich hübsch, wenn auch ein wenig zu quirlig für seinen Geschmack. Möglicherweise könnte er sie knebeln oder ihren Mund anderweitig beschäftigen.

Aber nur, wenn Ezekiel nicht auftauchte.

Vielleicht auch, nachdem der Ichorianer wieder gegangen war. Er hatte ihm vorgeschlagen, dass Gabriel sie zum Zeitvertreib vögeln solle. Seinem Unterleib schien die Idee zu gefallen, vor allem als sie sich über den Tresen lehnte und ihm ihre vollen Brüste zeigte. Warum sonst würde sie ein Oberteil mit einem so tiefen Ausschnitt tragen?

Eine schamlose Geste.

Er sollte sie ignorieren, doch er würde es nicht tun. Gabriel ließ sich die Gelegenheit, etwas Neues zu lernen, eigentlich nie entgehen.

Sie stellte das Glas vor ihm ab und schenkte ihm ein. »Wie heißt du?«, wollte sie wissen, während sie ihn mit ihren haselnussbraunen Augen verführerisch anlächelte.

»Stark«, antwortete er. »Einfach Stark.«

KAPITEL SECHZEHN

VATER, MUTTER, KIND

»ICH BIN FERTIG«, rief Sethios aus dem oberen Stockwerk. »Komm her, wenn du so weit bist.«

Caros Herz flatterte aufgeregt, als sie das Messer auf der Anrichte ablegte. Das Abendessen konnte warten. Sethios würde es ohnehin nachwürzen müssen, da es all den Gerichten, die sie kochte, an Geschmack fehlte.

Die Mahlzeiten der Seraphim waren immer sehr ausgewogen. Wenn sie nicht genügend Nährstoffe enthielten, dann machte es keinen Sinn, sie zu kochen. Caro hatte damit immer übereingestimmt, bis Sethios ihr heiße Schokolade serviert hatte. Er hatte ihr danach noch weitere Dinge aufgetischt, deren unzählige köstliche Aromen sie nie wieder vergessen würde. Jetzt musste sie nur noch lernen, wie man sie zubereitete.

Später.

Sie wusch sich die Hände und ging nach oben, wo Sethios im Flur auf sie wartete.

»Zeig es mir«, forderte sie.

Er hatte fünf Tage in dem Zimmer verbracht und ihr den Zutritt verweigert. Er hatte behauptet, dass die Farbdämpfe schädlich für das Baby wären. Sie wussten beide, dass es eine Lüge war, doch sie hatte ihn nicht weiter gedrängt. Wenn er sie überraschen wollte, dann würde sie ihn gewähren lassen.

Sethios lehnte sich mit verschränkten Armen gegen die Wand. »Was bekomme ich im Gegenzug?«

»Das kommt ganz darauf an, wie gut es ist.«

»Da ich alles selbst geschaffen habe, würde ich sagen, dass es perfekt ist.«

So arrogant. »Wenn es so ist, dann kannst du alles haben, was du willst.«

Er verzog die Lippen zu einem Lächeln. »Du weißt, dass ich das als Aufforderung sehe, dich so zu ficken, wie ich es will, nicht wahr?«

»Das will ich doch hoffen.« Caro legte eine Hand an seinen flachen Bauch und stellte sich auf die Zehenspitzen, um ihn auf den Mund zu küssen. »Denn genauso habe ich es gemeint.«

Er schlang die Arme um ihre Taille und zog sie an sich. »Wie unpraktisch von dir.«

»Im Gegenteil, ich finde es sogar sehr praktisch.«

»Mm.« Er liebkoste ihre Nase. »Ich bin so froh, dass ich mich dazu entschlossen habe, dich zu behalten.«

Sie lächelte. »Spann mich nicht auf die Folter, Sethios. Zeig mir, was du geschaffen hast.«

Er strich mit dem Mund über den ihren, bevor er sie langsam in seinem Arm herumdrehte. Als ihr Rücken seine Brust streifte, flüsterte er ihr ins Ohr: »Es wird dir gefallen.«

»Beweise es.«

»So ungeduldig«, murmelte er, als er sie mit den Händen auf ihren Hüften vorwärtsschob. »Ich liebe diese fordernde Seite, die ich in dir entfesselt habe.«

»Du lobst dich aber ziemlich viel selbst.« Sie neckte ihn, weil sie wusste, dass sie ihm damit eine Reaktion entlocken würde.

»Wenn wir hier fertig sind, dann werde ich dich daran erinnern, warum ich so viel Lob verdient habe.« Er biss ihr in den Hals, woraufhin sie entzückt aufschrie.

Ich erkenne mich selbst nicht wieder, dachte sie. *Warum ist das nur so aufregend?*

Sie blieben vor einer verschlossenen Tür stehen. »Mach schon, Caro. Öffne sie«, flüsterte er ihr ins Ohr.

Mit einem Lächeln drehte sie den Türknauf herum und schnappte nach Luft, als sie sah, was sich im Inneren befand. »Oh, Sethios …«

»Einer meiner liebsten Aussprüche«, neckte er sie, als er sie weiter ins Kinderzimmer schob.

»Wie hast du all das vollbracht?«, fragte sie ehrfürchtig.

Die Wände waren hellblau gestrichen und mit weißen Schmetterlingen bemalt. Sie erinnerten sie an ihre Flügel, die sie verbarg, wenn sie ihre leibliche Form annahm. Von der Decke hingen Sterne über einem Kinderbett, dessen Bettwäsche in ähnlichen Farben gestaltet war. Daneben standen ein Schaukelstuhl und eine Kommode mit einem Wickeltisch.

»Du hast recht«, hauchte sie, bevor er etwas sagen konnte. »Es ist perfekt.«

»Nicht schlecht für jemanden, der zum ersten Mal Vater wird, oder?« Er schlang seine Arme um ihren Bauch und presste einen Kuss auf ihren Nacken. Das Kind würde in etwa zwei Wochen zur Welt kommen. Sethios kam aus dem Staunen nicht mehr heraus, weil das Baby so schnell heranwuchs, doch für Caro war es völlig normal, da es sich um eine seraphische Geburt handelte.

»Es ist perfekt«, wiederholte sie. »War das alles in den Kartons?« Der arme Bote hatte täglich irgendwelche Pakete geliefert, die zum Teil auch Gegenstände für die anderen Zimmer im Haus enthalten hatten.

Sethios hatte das Anwesen zwar gekauft, doch im

Vergleich zu seiner Wohnung in Paris war das Haus ziemlich leer gewesen. Sie wusste, dass er die Unterkunft als letzte Ausweichmöglichkeit im Notfall behalten und daher nicht viel in sie investiert hatte. Während der letzten eineinhalb Wochen hatte sich das jedoch geändert.

»Ja.« Er legte sein Kinn auf ihrer Schulter ab. »Ich habe außerdem Kleider für die kommenden sechs Monate bestellt, da ich nicht wusste, was uns hinsichtlich ihrer Größe erwartet.«

»Sie wird nicht groß sein.« Caro legte eine Hand an Sethios' Unterarm. »Und sie wird wie ein menschliches Kleinkind heranwachsen.«

»Das erzählst du mir immerzu, aber ich werde es nicht glauben können, bevor ich es nicht mit eigenen Augen gesehen habe.« Er gab ihr einen Kuss auf den Hals und dann auf ihre Wange. »Dann gefällt es dir also?«

»Das tut es.« Vielleicht liebte sie es sogar, doch sie hatte Schwierigkeiten, die beiden Begriffe zu unterscheiden. Sie fühlte sich außerdem zu Sethios hingezogen und fragte sich, wo sich die Grenze zwischen den Emotionen ziehen ließ.

Alles war so neu für sie. Das Leben der Seraphim spielte sich einfach nicht auf diese Art ab, doch je mehr sie darüber nachdachte, desto mehr erkannte sie, dass alle Gefühle durchaus auch einen praktischen Nutzen hatten. Glück zum Beispiel ließ sie die Welt mit neuen Augen betrachten. Es war nicht mehr alles nur schwarz und weiß, sondern erstrahlte in ganz neuen Farben. Ob es nun praktisch war oder nicht, es gefiel ihr auf jeden Fall besser.

»Da ist noch etwas«, sagte er und löste seine Umarmung, um eine einfache Schachtel vom Boden aufzuheben. Er legte sie in ihre Hände, dann schlang er wieder die Arme um ihre Taille und legte sein Kinn auf ihre Schulter. »Öffne es.«

Caro beäugte neugierig das Geschenk. »Hm.« Sie hob den Deckel ab und betrachtete die glänzenden silbernen Klingen. »Messer.«

»Messer«, bestätigte er mit sanfter Stimme. »Als Ersatz für die, die du in New York und Paris verloren hast.«

Sie strich mit dem Finger über die scharfe Schneide. »Du hast unsere Initialen eingravieren lassen.«

»Die Partneredition.« Er gab ihr einen Kuss auf den Nacken. »Wir werden sie im Schlafzimmer aufbewahren.«

Bei dem Gedanken zog sich ihr Unterleib zusammen. »Im Nachttisch?«

»Natürlich.«

»Damit bin ich einverstanden.«

»Das dachte ich mir.« Er biss ihr zärtlich in den Hals über ihrer Halsschlagader und seufzte. »Ich komme zwar nur ungern auf ein anderes Thema zu sprechen, aber hast du schon etwas von Gabriel gehört?«

Sie schüttelte den Kopf. Bis auf die zufriedene Energie, die von ihrem Sohn ausging, hatte sie nichts von ihm gehört, seit er sie an ihrem ersten Abend in Montana besucht hatte.

»Machst du dir Sorgen um ihn?«

Caro schüttelte erneut den Kopf. »Nein. Seine Aura ist ruhig.« Falls etwas Schlimmes geschehen wäre, dann würde sie sein Leid und seinen Schmerz spüren können.

»Wird zwischen dir und unserem Kind dieselbe Verbindung bestehen?«

»Ja.« Sie lächelte. »Ich kann sie bereits fühlen.« Zumindest die ersten zarten Bande. »Es ist noch sehr undeutlich, doch von ihr geht eine friedvolle Energie aus, wenn du in der Nähe bist.« Caro sah darin den Grund dafür, dass sie jedes Mal derart entspannt war, wenn Sethios bei ihr war, und warum sie sich so nach ihm sehnte. Denn seine Anwesenheit war auch für sie selbst tröstlich.

Sie legte die kostbare Schachtel auf dem Boden ab und wandte sich zu ihm um, um die Arme um seinen Nacken zu schlingen, als er ihre Hüften packte. »Bring mich ins Bett, bitte.«

Er lächelte. »Bist du süchtig nach mir oder nach der Lust?«

»Nach beidem.«

»Gut.« Er küsste sie viel zu flüchtig. »Ich brauche erst etwas zu essen, dann werde ich dich zum Nachtisch verschlingen.«

»Ich dachte, du hast nach einer Belohnung verlangt, weil du dein Projekt fertiggestellt hast.«

»Oh, ich werde sie einfordern, Caro, das kannst du mir glauben, aber zuerst muss ich etwas essen.« Er ließ seine Hände auf ihre Jeans gleiten und drückte ihre Pobacken. Die Geste war wie ein Versprechen für das, was er später mit ihr tun wollte.

»Das Abendessen ist noch nicht fertig, aber ich habe damit angefangen.«

»Würdest du es fertig kochen, während ich unter die Dusche springe?«

»Nur, wenn du danach mit nichts als einem Handtuch bekleidet zu mir in die Küche kommst.«

Er tippte mit dem Zeigefinger an ihre Nase. »Und so wird der Schüler zum Meister.« Sie löste ihre Umarmung, als er sich bückte, um die Messer aufzuheben. »Ich werde sie verstauen.«

»Für später?«

Er grinste und trat einen Schritt zurück. »Ich werde bald nach unten kommen.« In seiner Stimme schwang ein sinnlicher Unterton mit, während seine Augen begierig aufblitzten. Sie freute sich schon auf den Anblick, den er ihr später bieten würde.

»In Ordnung.« Caro machte sich unsichtbar und teleportierte sich in die Küche, statt die Treppe zu nehmen. Dann machte sie sich daran, das Abendessen so gut sie konnte zu kochen. Sie hatte keine Probleme damit, das Gemüse zu schneiden und die Hühnerbrust zu braten, doch das Würzen gab ihr Rätsel auf. Sie hoffte, dass die Mischung gut schmecken würde, die sie darüber streute. Sie kochte dazu noch eine Handvoll Nudeln, da sie glaubte, alles zusammen würde eine ordentliche italienische Mahlzeit ergeben.

Wie sie ihn gebeten hatte, kam Sethios nur mit einem Handtuch um die Hüften in die Küche und betrachtete das Essen auf dem Herd. »Hm.«

»Habe ich etwas falsch gemacht?«, fragte sie besorgt.

»Nun, normalerweise würde ich keine Butter, sondern Tomatensoße oder etwas Cremiges zu den Nudeln hinzufügen. Aber wir werden etwas daraus zaubern können.« Er nahm ein Stück Käse aus dem Kühlschrank und griff sich eine Reibe, dann begann er, ihn stückchenweise über die Nudeln zu reiben. »Rühr es um, bis der Käse schmilzt.«

Sie tat, wie geheißen, während er hinter ihr etwas Knoblauch und Basilikum klein hackte, das er dann ebenfalls in den Topf gab.

Er drückte ihr einen Kuss auf die Schulter. »Immer schön weiterrühren.«

Sethios nahm die Teller mit dem gekochten Gemüse und dem Hühnchen von der Anrichte und begann, sie auf dem Schneidebrett zu bearbeiten. Als er wieder an den Herd zurückkam, war das Fleisch zu kleinen Würfeln geschnitten. Er gab alles in den Topf mit den Nudeln und fügte noch etwas Käse hinzu. Dann gab er noch ein Stück Butter und Sahne hinein.

»Ich bin mir ziemlich sicher, dass du gerade eintausend Kalorien zu meinem Essen hinzugefügt hast«, bemerkte sie mit einem Lächeln.

»Improvisierte Pasta Alfredo.« Er schmiegte seine Hüfte an die ihre, als sie alles auf kleiner Hitze vermengte. »Deine Geschmacksknospen werden mir dafür danken.«

»Wahrscheinlich.« Sie hatte vor ein paar Wochen aufgehört, es zu leugnen. »Und zum Nachtisch will ich Schokolade.«

»Natürlich. Du kannst sie später von meinem Körper lecken.«

»Ich …« Essen im Schlafzimmer? Und auch noch warme Schokolade? »Das könnte mir gefallen.«

»Liebling, ich glaube sogar, dass du es lieben wirst.« Er strich mit den Zähnen über ihren Nacken und sie gab einen summenden Laut von sich, bevor er ihre Haut durchbohrte. Er schlang einen Arm um ihre Taille, um sie an sich zu drücken, während er ihren Lebenssaft einsaugte. Sie spürte einen unbändigen Drang, es ihm gleichzutun und von ihm zu trinken, doch sie unterdrückte das Verlangen.

Für den Moment funktionierte ihre Beziehung so, wie sie war.

Sie konnten später noch über die Ewigkeit sprechen.

Einen Schritt nach dem anderen.

»Ich glaube, ich bin auch süchtig nach dir, Caro«, flüsterte er, nachdem er sie nach dem berauschenden Biss wieder losgelassen hatte. Sie empfand dabei nie Schmerzen oder war benommen, sondern fühlte sich danach immer wohlig warm. Es war eine Art verbotenen Zaubers, dem sie sich jedes Mal hingab, wenn er von ihr trank.

»Und was ist mit der Lust?«, fragte sie und bezog sich

auf seine Bemerkung von vorhin. *Bist du süchtig nach mir oder nach der Lust?*

»Ich habe Tausende von Jahren mit meiner Lust gelebt, Engel. Diese unbändige Sehnsucht empfinde ich erst, seit ich dich getroffen habe.« Er nahm ihr den Löffel aus der Hand, mit dem sie die Nudeln umgerührt hatte, und führte ihn an seinen Mund, um davon zu kosten. »Wunderbar.«

Ihr lief ein wohliger Schauer über den Rücken, als sie seinen eindringlichen Unterton hörte. »Ist es cremig?«

»Sehr sogar.« Er tunkte den Löffel in die Nudeln und führte ihn an ihren Mund. »Aufmachen.«

Sie gehorchte und stöhnte auf, als ihr der köstliche Geschmack auf der Zunge zerging. »Du machst noch einen Menschen aus mir.«

»Nein, ich locke nur deine innere Weiblichkeit hervor.« Er drückte ihr einen Kuss auf die Schläfe und wandte sich um, um nach den Tellern zu greifen. »Lass uns essen, damit wir danach einander zum Nachtisch genießen können.«

KAPITEL SIEBZEHN

TEAMARBEIT

ELF TAGE.

Gabriel war drauf und dran, sich zu Osiris' Anwesen zu teleportieren, um Ezekiel aufzuspüren und ihn zu ermorden, als der Ichorianer mit einem verschmitzten Lächeln durch die Tür der Kneipe trat.

»Ich dachte mir schon, dass du hier bist, Kumpel«, sagte er zur Begrüßung und versetzte Gabriel einen Klaps auf die Schulter. Ezekiel nickte der rothaarigen Barkeeperin zu, die Gabriel mittlerweile unter dem Namen Becky kannte. »Ich nehme dasselbe wie er.«

»Ein Scotch«, schnurrte sie.

Gabriel hatte fast die letzten zwei Wochen damit verbracht, die verschiedenen Geschmackssorten zu verkosten, und festgestellt, dass seine Lieblingssorte die Marke war, die sie jetzt für Ezekiel vom obersten Regalfach holte.

Der Attentäter setzte sich neben ihm auf einen Barhocker. »Ihr beiden scheint euch mittlerweile besser zu kennen.«

»Ich musste irgendwie die Zeit totschlagen«, erwiderte Gabriel mit ausdrucksloser Stimme.

»Dann hast du also meinen Rat befolgt und die

Barkeeperin gevögelt? Gut gemacht.«

Das hatte er, aber er würde nicht mit Ezekiel darüber reden. »Ich vermute, du bist zurückgegangen, um dich um Skye zu kümmern, und hast mich deshalb eine Woche lang hier sitzen lassen.« Eine andere Erklärung für das Verschwinden des Ichorianers war für ihn nicht vorstellbar. Skyes Schrei hallte ihm noch immer in den Ohren. Gabriel hatte noch nie zuvor einen solchen Laut gehört.

»Ja.« Ezekiel nahm den Drink entgegen, den Becky ihm reichte, und lächelte. »Danke, meine Liebe. Würden Sie uns ein paar Minuten allein lassen, damit wir uns unter vier Augen unterhalten können?«

Sie fixierte Gabriel mit ihren haselnussbraunen Augen, und er nickte zustimmend. Nur weil sie ihn nackt gesehen hatte, und zwar mehrere Male, hieß das noch lange nicht, dass sie ein Recht darauf hatte, sich in seine Angelegenheiten einzumischen. Offenbar sah sie die Entschlossenheit in seinem Blick, denn sie schnaubte und stellte sich ans andere Ende des Tresens.

»Deine Manieren könnten einen Feinschliff vertragen«, bemerkte Ezekiel beiläufig.

Gabriel ignorierte ihn. »Was ist mit Skye geschehen?«

»Sie hatte eine Vision, die äußerst brutal war.«

»Hat sie etwas mit Caros Kind zu tun?« Er nahm an, dass Ezekiel mittlerweile über das Baby Bescheid wusste, vor allem nach Skyes Bemerkung über die Energie, die Caro innewohnte.

»Sie hat mit uns allen zu tun.« Der Attentäter nahm einen großen Schluck seines Drinks und leerte dabei fast sein Glas, bevor er es wieder auf den Tresen zurückstellte. »Skye ist äußerst geschickt darin, ihre Visionen auf eine sehr kryptische Weise an Osiris weiterzugeben. Er glaubt, dass sie den Untergang seiner Feinde vorhergesehen hat, wobei diese Feinde das unbekannte Wesen und Sethios sind. Von daher ist er im Moment ziemlich erfreut. Dabei weiß er allerdings nicht, dass du und ich für diesen Untergang verantwortlich sein werden.«

Gabriel schwenkte die Flüssigkeit in seinem Glas herum. »Ich hoffe, du hast noch mehr Einzelheiten.« Denn es war ausgeschlossen, dass er seine Mutter je hintergehen würde.

»Oh, ich habe noch mehr als nur Einzelheiten. Ich habe einen fertig ausgearbeiteten Plan. Und du, mein himmlischer Freund, wirst mir helfen, ob es dir gefällt oder nicht.« Er leerte sein Glas und stand auf. »Lass uns gehen. Ich will dir jemanden vorstellen.«

Die gold gesprenkelten schwarzen Augen des Ichorianers funkelten vielversprechend und voller Vorfreude. Was auch immer er ausgeklügelt hatte, es durchströmte ihn mit lebhafter Energie.

»Erzähl mir von deinem Plan.«

»Unterwegs«, erwiderte Ezekiel. »Wir vergeuden nur Zeit.«

»Ach, dann hast du es jetzt auf einmal eilig?«, fragte Gabriel.

»Ich bringe dich später zu deiner geliebten Barkeeperin zurück, damit du dich weiter mit ihr vergnügen kannst. Versprochen.«

Gabriel blinzelte nicht einmal. »Das wollte ich damit nicht sagen.«

»Ich weiß.« Ezekiel bedachte ihn mit einem verschmitzten Grinsen, das seinen Worten angemessen war. »Du kannst mir entweder folgen oder es sein lassen. Aber du wirst mir helfen, ob es dir nun gefällt oder nicht.« Er warf einen großen Geldschein neben sein leeres Glas und wandte sich dem Ausgang zu, ohne sich noch einmal umzudrehen.

Nun gut. Gabriel konnte sich weigern, Ezekiels Spiel

mitzuspielen, und auf seine angebliche Beteiligung bei dieser Angelegenheit warten, oder er konnte dem Ichorianer folgen.

Na schön.

Er hatte schon lange genug hier gewartet, da konnte er genauso gut herausfinden, was der Attentäter vorhatte.

Gabriel legte ebenfalls einen Schein auf den Tresen und eilte dem Ichorianer hinterher.

»Stark!«, rief Becky, als er die Tür erreichte.

Er wandte sich mit einer hochgezogenen Augenbraue um, als sie ihm einen verärgerten Blick zuwarf. »Ja?«, fragte er.

»Ach, vergiss es«, sagte sie schnaubend, während sie die Hände in die Hüften stemmte.

Was hatte sie erwartet? Einen Abschiedskuss? Ein Versprechen, dass sie sich morgen wiedersehen würden?

Er schnaubte. *Kommt gar nicht infrage.* Er machte sich nicht die Mühe, ihr zuzuwinken, und gesellte sich zu Ezekiel, der auf dem Bürgersteig auf ihn wartete. Der Ichorianer schüttelte langsam den Kopf und lachte. »Daran müssen wir noch arbeiten, Kumpel.«

»Woran?«

Ezekiel setzte sich in Bewegung. »An deinen Manieren.«

»An meinen Manieren ist nichts auszusetzen«, antwortete er, als er neben ihm her schlenderte.

»Nicht an menschlichen Maßstäben gemessen.«

»Ich bin aber kein Mensch.«

»Ganz offensichtlich.« Ezekiel bog in die gleiche Gasse, aus der sie beim letzten Mal verschwunden waren, und streckte ihm eine Hand entgegen. »Diesmal wirst du meine Hilfe brauchen.«

»Wie funktioniert deine Fähigkeit?«, fragte Gabriel, wobei er die Aufforderung seines Gegenübers weder annahm noch ablehnte. »Du verfolgst die Spur des Blutes und materialisierst dich dann am Ziel?«

»Ich hülle mich in Schatten und bewege mich mit ihnen an den Ort, an dem sich die gewünschte Essenz befindet. Dabei muss sie nicht unbedingt aus Blut bestehen, doch auf diese Weise spüre ich atmende Wesen auf. Ich kann mich auch, ähnlich dem Teleportieren, an einem Ort meiner Wahl materialisieren, wenn sich jemand, dessen Spur ich verfolge, in der Nähe befindet. Auf diese Weise habe ich dich bei unserem ersten Treffen in der Nähe der CRF gefunden.«

Die Beschreibung erinnerte ihn an die Fähigkeiten von Aracelis Blutlinie, die mit den Genen zur Spurensuche ausgestattet war. Alle Ichorianer und Hydraianer besaßen Gaben, die den verschiedenen Familien der Seraphim ähnelten. Gabriel kannte sich in Genetik nicht aus, doch es war nicht von der Hand zu weisen, dass Osiris' Gabe des Lebens das menschliche Genom bei der Wiedergeburt veränderte und versteckte Talente zum Vorschein brachte.

Gabriel ergriff Ezekiels Hand. »Lass uns gehen.«

»Hervorragend.«

Für ein paar Sekunden sah Gabriel nur schwarz, dann wichen die Schatten einem Balkon, der einen schwarzen Sandstrand überblickte. Zur Rechten stand ein weiß getünchtes Haus mit einem leuchtend blauen Dach und darunter lag ein Schwimmbecken. Zur Linken war ein Hügel zu sehen, auf dem ähnlich gestaltete Häuser verteilt waren. »Wir sind in Hydria«, erkannte er, als er die griechische Architektur wiedererkannte. »Warum?«

»Meinetwegen«, sagte eine sanfte Stimme hinter ihm.

Gabriel wandte sich um und erblickte einen dunkelhäutigen Mann, der unbeholfen und versteift im Inneren des Hauses stand. Er hob seinen dunklen Blick und betrachtete Ezekiel unsicher.

»Owen«, begrüßte der Ichorianer ihn mit einem Grinsen. »Du solltest dich wirklich etwas entspannen. Wenn ich dich umbringen wollte, dann wärst du längst tot.«

»Du bist bekannt dafür, dass du mit deinen Opfern spielst, bevor du sie abschlachtest«, bemerkte der junge Hydraianer. »Vergib mir, dass ich dir nicht vertraue.«

Ezekiel ließ sich auf ein überdimensionales Sofa in der Nähe der Balkontür sinken und seufzte. »Mein Ruf ist alt und überholt. Außerdem ist mir nicht mehr langweilig. Zumindest nicht mit meinen neuen Aufgaben.«

Gabriel lehnte sich mit der Schulter an den Türrahmen und verschränkte die Arme. »Ich will eine Erklärung, Ezekiel. Ich habe lange genug gewartet.«

Owen starrte ihn mit offenem Mund an, während sein Gesichtsausdruck darauf schließen ließ, dass er befürchtete, der Attentäter auf der Couch könnte Gabriel jeden Moment angreifen. Seine Überlebensinstinkte waren nicht besonders ausgeprägt, da er offensichtlich nicht wusste, dass Gabriel der Tödlichere von beiden war.

»Owen, das ist Stark«, stellte Ezekiel sie einander vor. »Er ist ein Seraph.«

Der junge Mann wäre fast gestolpert, als er eilig von Gabriel zurückwich. »Was zum Teufel tut er hier?«, fragte er mit zitternder Stimme.

»Er ist ein Teil des Plans.« Ezekiel klang viel zu vergnügt.

»Und wie lautet der Plan?«, wollte Gabriel wissen.

Der Ichorianer grinste. »Wir werden Osiris vernichten.«

KAPITEL ACHTZEHN

DIE WAHL DES RECHTEN PFADES

CARO KONNTE ihre Füße nicht mehr sehen. Innerhalb einer Woche war ihr Bauch von einer kleinen Wölbung zu einer riesigen Kugel herangewachsen.

»Wow«, keuchte Sethios, der in der Tür stand. Er war gerade draußen gewesen, um eine Runde zu laufen, was sie in ihrem Zustand keinesfalls tun konnte.

Auf seinem flachen Bauch glitzerten Schweißperlen, was in Caro das Verlangen weckte, auf die Knie zu gehen und ihn sauber zu lecken. Allerdings würde sie sich dabei wahrscheinlich den Rücken verrenken und mit dem Hintern auf dem Boden landen. Er schien von ihrer verzwickten Lage nichts zu ahnen, denn er schlenderte auf sie zu und legte eine Hand an ihren Bauch.

»Du siehst aus, als wäre es jeden Moment so weit, Caro.«

»So fühle ich mich auch«, gestand sie. »Unsere Tochter schlägt schon den ganzen Morgen lang Purzelbäume und ich kann es kaum erwarten, bis sie damit aufhört.« Während sie die Worte aussprach, trat das kleine Wesen in ihrem Inneren aus.

Sethios riss die Augen auf und ging auf die Knie. »Das habe ich gespürt.«

»Ich auch.« Caro zuckte zusammen, als ihre Tochter noch einmal austrat. »Gabriel war nicht so lebhaft.«

»Nein, er hat wahrscheinlich nur dagesessen und darauf gewartet, dass du ihm sagst, er solle herauskommen. Er scheint eher der Typ zu sein, der an Langeweile Gefallen findet.« Sethios hob ihr Schwangerschaftskleid an, das er extra für sie im Internet bestellt hatte, und küsste die Stelle oberhalb ihres Bauchnabels. Er hatte nicht vor, sie zu verführen, sondern brachte mit der liebevollen Geste seine Verehrung zum Ausdruck.

In diesem Moment wuchs Caros Zuneigung zu ihm noch mehr. Gabriels Vater hatte sie während ihrer letzten Schwangerschaft nicht einmal besucht oder sich die Mühe gemacht, nach der Geburt nach ihr oder ihrem Sohn zu sehen. Aber sie hatte es auch nicht erwartet, denn Seraphim waren nun einmal nicht fürsorglich.

Da sie jetzt allerdings einen Vergleich hatte, stellte sie fest, dass sie Sethios' Art bevorzugte. Seine Nähe beruhigte sie so sehr, dass sie kaum noch unter Übelkeit litt. Eine deutliche Verbesserung im Gegensatz zum letzten Mal.

»Hallo Kleine«, flüsterte er.

»Oh«, stöhnte Caro, als ihre Tochter auf die Stimme und die Berührung ihres Vaters reagierte. »Ich glaube, sie mag dich.«

»Natürlich mag sie mich«, murmelte Sethios, während er mit dem Finger ehrfürchtig ihren Bauch streichelte. »Ich habe ihre Mutter davon überzeugt, Schokolade zu genießen und sich anderen erfreulichen Aktivitäten zuzuwenden.« Er sah zu ihr auf und wackelte dabei mit den Augenbrauen, woraufhin sie die Augen verdrehte.

»Irgendwie habe ich das Gefühl, dass sie Letzteres nicht ganz so sehr begeistert.«

»Dadurch ist sie überhaupt erst entstanden.« Er zog ihr

das Kleid wieder über den Bauch und stand auf, wobei er ihr eine Hand an den Rücken legte. »Außerdem beglückt es ihre Mutter.« Er strich mit den Lippen über die ihren. »Und es hat ihre Mutter davon überzeugt, sich ihren Gefühlen zu öffnen.«

Sie lächelte an seinem Mund. »Ich glaube immer noch nicht, dass sie die Einzelheiten wissen will.«

»Ganz sicher nicht«, stimmte er mit sanfter Stimme zu. »Wie fühlst du dich, Liebes?«

»Wie ein Ballon, ich habe Hunger und mir ist heiß.«

»So schlimm, hm?« Er lachte. »Ich werde nur schnell duschen, dann mache ich dir etwas zu essen.« Er küsste sie viel zu zärtlich und ging davon, wobei er im Gehen seine Shorts und Socken auszog.

Sie lehnte sich an das Bett, das sie teilten. Es würde ihr große Mühe bereiten, sich in die Küche zu teleportieren, und sie brauchte all ihre Kräfte. Wenn Osiris sie jetzt fände, wäre es anstrengend genug, sich selbst und das Baby verschwinden zu lassen, und sie weigerte sich, Sethios zurückzulassen.

Blutsband, flüsterte ihre Seele ihr zu.

Das Verlangen danach wurde mit jedem Tag stärker, doch sie unterdrückte es weiterhin. Die Chancen, dass Sethios einer ewigen Verbundenheit zustimmen würde, standen ohnehin eher schlecht. Im Moment war er zwar ganz vernarrt in sie, doch sie kannten einander gerade einmal zwei Monate. Für zwei Unsterbliche kam das nicht mehr als einem Blinzeln gleich. Er hatte außerdem erwähnt, dass er nicht der monogame Typ wäre. Sie hatten sich zwar auf das Hier und Jetzt geeinigt, doch die Zukunft war ungewiss.

Caros Seele mochte damit einverstanden sein, ihn für immer behalten zu wollen, doch ihr Herz und ihr Verstand waren noch nicht davon überzeugt.

Lügnerin, tadelte ihre Seele.

»Das reicht«, murmelte sie und drückte sich vom Bett ab, wobei sie geradewegs mit Gabriel zusammenstieß, der sich vor ihr materialisierte. Sie prallte zurück auf die Matratze und schüttelte den Kopf. »Autsch.« Ihr Körper pulsierte nach der unerwarteten Kollision, während ihr Herz vor Schreck einen Satz machte. »Ich habe dich nicht gespürt.«

»Ich habe dich nicht vorgewarnt«, murmelte Gabriel. »Es tut mir leid. Ich habe endlich all die nötigen Informationen gesammelt und bin so schnell wie möglich zurückgekehrt.«

»Du hast wohl immer noch nicht gelernt, wie man anklopft«, sagte Sethios, als er nur mit einem Handtuch um die Hüften ins Zimmer kam. Wasser tropfte ihm von den Haaren auf die Schultern und schimmerte im gedämpften Licht ihres Schlafzimmers. Sie wurde erneut von dem Verlangen übermannt, das Wasser von seinen Bauchmuskeln zu lecken, und er schien sich dessen bewusst zu sein, denn er zwinkerte ihr zu.

So arrogant.

»Habt ihr alle nötigen Vorkehrungen getroffen, um hierbleiben zu können?«, fragte Gabriel sie, wobei er Sethios ignorierte.

»Für den Moment ja«, antwortete Caro und rieb sich über den Bauch. Sie saß nicht auf dem Bett, sondern lehnte vielmehr schwerfällig an der Matratze. »Sethios hat das Kinderzimmer hergerichtet und alles für ein Kleinkind sowie einige weitere Gegenstände im Internet bestellt. Aber wir haben nicht für lange Zeit vorausgeplant.«

»Dann solltet ihr das tun«, erwiderte Gabriel. »Mindestens für sieben Jahre.«

»Sieben Jahre?« Sethios zog sich ein weinrotes T-Shirt

über den Kopf und gesellte sich zu ihnen. »Das ist ziemlich konkret.«

»Skye hatte eine weitere Prophezeiung.«

»Noch eine«, sagte Sethios. »Großartig. Haben wir schon alle Einzelheiten der ersten?« Er setzte sich neben Caro aufs Bett und schlang einen Arm um ihr Kreuz, wodurch er ihr Erleichterung verschaffte.

Wie kommt es, dass er immer genau weiß, was ich brauche?

»Ja«, antwortete Gabriel. »Aber es ist so viel bedeutender, als wir dachten. Bei der Prophezeiung geht es weniger um dich oder Caro, sondern vielmehr um euer Kind. Laut Skye wird euer Nachkomme die Stärke haben, Osiris und seine Blutlinie zu vernichten.«

Die Worte hingen schwer in der Luft, während Caro ihre Bedeutung analysierte. »Seine Blutlinie«, wiederholte sie gedehnt. »Du meinst die Ichorianer und Hydraianer.«

»Ja.« Gabriels und Sethios' Blicke trafen sich. »Es sei denn, ihr könnt euer Kind vom Gegenteil überzeugen.«

Sethios zog die Augenbrauen in die Höhe. »Du meinst damit, dass ich meine Gabe der Willensbeugung einsetzen soll, um ihr zu befehlen, es nicht zu tun?«

»Ihr?« Gabriel wandte sich an Caro und sie nickte bestätigend. Sie war sich sicher, dass sie ein Mädchen zur Welt bringen würde. Der Mutterinstinkt hatte es ihr eingeflüstert. Gabriels Gesicht erhellte sich kaum merklich, dann widmete er sich wieder Sethios' Frage.

»Nein. Deine Menschlichkeit wird sie erden und möglicherweise ihre Bestimmung ändern.« Er hielt eine Hand in die Höhe, denn er war noch nicht fertig. »Osiris hat ein Problem geschaffen und sie ist die Lösung, und damit die perfekte Waffe. Aus diesem Grund wollen die Seraphim, dass Caro nach Hause zurückkehrt und sie unter unseresgleichen aufzieht. Sie wollen ihre logische

Geisteshaltung formen, damit sie eine potenzielle Zukunft erfüllt.«

»Was wäre eine andere Möglichkeit?«, wollte Caro wissen, denn sie wusste, dass es bei jeder Prophezeiung verschiedene Alternativen gab. Aus diesem Grund spielten die Seherinnen dieses Spiel. Sie genossen es, die Zukunft zu verändern, um sie ihren Bedürfnissen anzupassen.

»Osiris' Untergang ist in jeder einzelnen potenziellen Zukunft vorherrschend, doch die Vernichtung der Ichorianer und Hydraianer tritt bisher nur in einer der Visionen auf. Und zwar nur, wenn du sie unter den Seraphim ohne Sethios' Einfluss aufziehst.«

»Ich verstehe«, erwiderte Sethios, als er seinen Arm zurückzog und aufstand. »Und welchen Pfad befürwortest du, Gabriel?«

Eine Spannung hing zwischen den beiden Männern in der Luft und Caro runzelte die Stirn. »Es ist nicht seine Entscheidung«, murmelte sie. »Wir werden ihr Schicksal bestimmen.«

»Nein.« Sethios trat einen Schritt auf ihren Sohn zu. »Er hat sich bereits entschieden. Ich kann es in seinem Blick sehen. Die Frage ist nur, welchen Pfad hat er gewählt? Denn wir wissen doch beide, dass du *unser* Kind nur ohne mich aufziehen wirst, wenn ich nicht mehr da bin. Wofür hast du dich also entschieden, Gabriel?«

Ihr Sohn blickte Sethios unumwunden in die Augen. »Skyes zweite Prophezeiung beinhaltet einen Verrat der schlimmsten Art, der für euch beide schrecklich enden wird. Und ihr werdet beide furchtbar leiden.«

»Das bedeutet, dass du den ersten Pfad gewählt hast, um Caro zu retten und dich meiner und Osiris' Blutlinie zu entledigen.«

»Es wäre die logische Wahl«, erwiderte Gabriel, dessen

grüne Augen durchdringend funkelten. »Aber nein. Ich habe mich nicht für diesen Pfad entschieden.«

Caro runzelte verwirrt die Stirn, als Sethios fragte: »Warum nicht?«

»Es wäre zwar die logische Entscheidung mit dem besten Resultat, doch es würde meiner Mutter Leid zufügen.« Er wandte sich Caro zu. »Vor einiger Zeit hättest du ebenfalls den Pfad eingeschlagen, bei dem Osiris und seine entarteten Schöpfungen vernichtet werden. Ich kann fühlen, dass sich das geändert hat. Habe ich recht?«

Beide Männer durchbohrten sie mit ihrem Blick und ihr drehte sich der Magen um.

Wollte sie Osiris vernichten? Ohne Zweifel. Das stand außer Frage.

Wollte sie seine Schöpfungen vernichten? Sie presste die Lippen aufeinander. Vor zwei Monaten hätte sie keinen Gedanken daran verschwendet. Sie dürften eigentlich gar nicht existieren. Osiris hatte sie geschaffen, um den Hohen Rat von Seraph zu verärgern, und möglicherweise auch aus Langeweile. Vielleicht wollte er aber auch eine Armee um sich scharen, was noch viel schlimmer wäre.

Sie blickte in Sethios' grüne Augen, mit denen er sie verhalten anblickte, während sie über sein Schicksal und wahrscheinlich das seiner Freunde nachdachte. Es war nicht seine Entscheidung gewesen, als entartetes Wesen geboren zu werden, sondern die von Osiris. Es schien … falsch zu sein, ihn für die Verbrechen seines Vaters zu bestrafen.

Es fühlte sich auch nicht richtig an, ihr Kind dazu zu zwingen, Osiris und seine ganze Blutlinie zu bestrafen.

Laut der Seherinnen war ihr Kind jedoch dazu bestimmt, so wie es Caros Bestimmung gewesen war, mit Sethios zu schlafen und mit ihm ihre Tochter zu zeugen. Es hätte sie jemand vorwarnen und ihr die Wahl lassen sollen, um ihr Schicksal zu erfüllen. Und es war wahrlich keine lebensverändernde Entscheidung. Ein Kind aufzuziehen brauchte Zeit und Fürsorge und achtzehn Jahre waren nicht lange für jemanden, der ewig lebte.

Es war jedoch eine ganz andere Sache und eine viel größere Verantwortung, ein höheres Wesen und seine gesamte Blutlinie auszulöschen. Ihre Tochter könnte dabei ihr Leben und sogar ihre Seele verlieren. Die Seherinnen und die Seraphim würden sich wegen des Risikos keine Sorgen machen, wenn Osiris dadurch vernichtet werden könnte. Sie würden gleich mehrere Seelen opfern, wenn es nötig wäre, um ihr Ziel zu erreichen. Genauso wie sie, ohne mit der Wimper zu zucken, Caros Körper zur Verfügung gestellt hatten.

Dennoch hatten sie sich nicht die Mühe gemacht, sich Osiris schon viel früher zur Brust zu nehmen.

Warum also jetzt? Warum *ihre* Tochter? Lag es daran, dass sie es nicht ohne sie bewerkstelligen konnten, oder gab es noch einen anderen Grund?

Alles, was die Seraphim und vor allem die Seherinnen taten, diente einem Zweck. Doch wer entschied, welches Ziel es zu verfolgen galt und welches unbeachtet bleiben sollte? Der Hohe Rat? Die Seherinnen?

Seraphim waren von Natur aus nicht voreingenommen, doch Caro konnte eine gewisse Unsicherheit nicht ignorieren, die sie plagte, nachdem sie unter Vortäuschung falscher Tatsachen hierhergeschickt worden war, um ein Kind zur Welt zu bringen. Möglicherweise hätte sie sich freiwillig zur Verfügung gestellt, wenn die Ratsmitglieder sie darum gebeten hätten.

Und das war genau der Punkt. Sie baten nie irgendjemanden.

»Sie verdient es, selbst zu entscheiden«, sagte sie schließlich. »Es geht nicht darum, was ich will oder woran ich glaube, sondern um ihren freien Willen. Wenn sie unter den Seraphim aufwächst, werden sie niemals zulassen, dass sie ihre eigenen Entscheidungen trifft.« Ihre Tochter war offenbar mit ihren Worten einverstanden, denn sie wählte diesen Moment, um sich wieder zu bewegen. Diesmal vollführte sie einen schmerzhaften Salto, der Caro die Luft aus der Lunge presste.

Bitte bleib ruhig, flüsterte sie. *Es ist wichtig.*

»Wie würdest du dich fühlen, wenn unsere Tochter meinen Vater *und* seine Blutlinie vernichtet?«, fragte Sethios, dessen geduldiger Tonfall das Feuer in seinen verführerischen Augen Lügen strafte.

»Ich … ich weiß es nicht«, gestand sie.

»Du weißt es nicht«, erwiderte er gedehnt. »Dann wäre es für dich also kein Problem, wenn sie ein Massaker anrichtet und eine ganze Bevölkerung übernatürlicher Wesen einfach auslöscht?«

»Diese Wesen hätten nie existieren dürfen«, sagte Caro zwischen zusammengebissenen Zähnen. Ihr Bauch fühlte sich ungewöhnlich fest an. Sie versuchte, sich noch weiter aufs Bett zu lehnen, doch es half nicht, sie zu entspannen. Als sie sah, wie Sethios eine Augenbraue in die Höhe zog, sagte sie: »Indem Osiris sie geschaffen hat, hat er gegen die natürliche Ordnung verstoßen.«

»Er hat mich ebenfalls wider der natürlichen Ordnung geschaffen, Caro«, bemerkte er. »Und damit bin ich was, gut genug zum Ficken und sonst nichts?« Er schüttelte traurig den Kopf und wich noch einen Schritt zurück. »Und ich hatte geglaubt, wir wären uns nähergekommen.«

»Es ist nicht … das ist doch …« Meine Güte, ihr Bauch schmerzte. Sehr sogar. Sie legte eine Hand an ihren Bauch, als sie versuchte, die Worte auszusprechen, die Sethios hören wollte, doch ihr Verstand zerbarst jedes Mal in tausend Stücke, als der Schmerz sie wie Blitze durchzuckte. »Ich kenne keine …« Sie atmete heftig aus, bevor sie den Satz beenden konnte.

»Nur weil du außer mir und Ezekiel keinen von ihnen kennengelernt hast, rechtfertigt das wirklich die Vernichtung einer ganzen Rasse Unsterblicher? Sogar zwei, wenn du die Hydraianer von den Ichorianern unterscheidest.«

Sie musste schlucken. »Ezekiel wollte mich umbringen, als ich ihn zum ersten Mal getroffen habe.« Natürlich konnte sie das nicht einer gesamten Rasse anlasten. Ihre Tochter drückte auf ihre Blase und machte es ihr unmöglich, noch ein weiteres Wort zu äußern, während sie gegen die Reaktion ihres Körpers ankämpfte.

Und jetzt bin ich auch noch feucht zwischen den Schenkeln, aber auf eine unschöne Art.

Sie blinzelte.

Der Gedanke war völlig unpassend.

»Weil er dachte, dass du ein Mensch bist«, knurrte Sethios. »Und das rechtfertigt deinen Hass auf alle Ichorianer? Ezekiel ist ein Arschloch und nicht gerade das beste Beispiel.«

»Du aber schon?« Sie hatte ihn necken wollen und erkannte zu spät, dass ihre Worte den gegenteiligen Effekt hatten.

Seine grünen Augen loderten zornig. »Ich verstehe, dass ihr Osiris zerstören wollt. Verdammt, ich will ihn selbst vernichten. Aber seine Blutlinie? Das würde bedeuten, dass sie auch mich töten müsste, ihren eigenen Vater. Willst du wirklich, dass eine derartige Tat auf ihrem Gewissen lastet? Könntest du dann selbst mit deinem Gewissen leben?« In seiner Stimme schwangen tiefempfundene Emotionen mit, die sie jedoch nicht benennen konnte.

Der Schmerz schoss ihr die Wirbelsäule entlang nach

oben und zwang sie dazu, die Augen zu schließen. Ihre Zunge schmerzte, weil sie so fest darauf gebissen hatte. Er wollte eine Antwort, doch sie konnte sie nicht aussprechen. Nicht, ohne zu schreien.

»Ich verstehe«, murmelte er. »Es ist gut zu wissen, wo ich stehe.«

»Dürfte ich eure Unterhaltung unterbrechen?«, fragte Gabriel mit gelangweilter Stimme.

»Willst du mich jetzt etwa loswerden, damit ich mich nicht in die Pläne der Seraphim einmischen kann, die sie mit meinem Kind haben? Denn du wirst eine ordentliche Überraschung erleben«, sagte Sethios schnippisch und klang dabei fast gefühllos. Seine Stimme kam von der anderen Seite des Zimmers in der Nähe der Tür.

»Nein«, antwortete Gabriel. »Ich würde nur vorschlagen, dass wir Caro helfen, denn die Wehen haben gerade eingesetzt.«

Sie riss die Augen auf und blickte in seine hellgrünen Augen, als sie erkannte, dass er recht hatte. »Sie kommt zu früh.«

Gabriel zuckte nur mit den Schultern. »Nur ein paar Tage. Ich werde einige Handtücher holen.«

Im nächsten Moment war Sethios bei ihr und half ihr behutsam, sich auf die Matratze zu legen.

»Oh, du willst sicher nicht …«

»Ich kann sie ersetzen«, unterbrach er sie, bevor sie ihm sagen konnte, dass sie die Matratze nicht ruinieren wollte. »Leg dich einfach hin.«

Sie tat, wie geheißen, und zuckte zusammen, als sie einen Stich in der Seite verspürte. Doch sie musste ihm noch etwas sagen … »Sethios?«

»Ja?« Sie konnte hören, dass seine Stimme die Wärme vermissen ließ, an die sie sich so sehr gewöhnt hatte. Auch seine grünen Augen waren unterkühlter als sonst, als ihre

Blicke sich trafen. Sie freute sich darüber, dass er besorgt war, doch sie sehnte sich nach der anderen Emotion, die er ihr normalerweise entgegenbrachte und die ihr das Gefühl gab … geliebt zu werden.

»Ich konnte nicht …« Sie schrie auf, als ein höllischer Schmerz durch ihren Unterleib schoss. »Etwas … stimmt nicht.« Sie stieß die Worte beim Ausatmen aus, doch sie konnte nicht mehr einatmen und Sauerstoff schöpfen.

»Caro?« Er beugte sich über sie und richtete sich ruckartig wieder auf, nachdem er ihr Gesicht näher betrachtet hatte. »Caro!«

Sie wollte ihm antworten, doch sie konnte es nicht. Ihre Kehle war wie zugeschnürt und ihre Lunge ebenso. Ihr ganzer Körper schien nicht mehr zu funktionieren und war wie erstarrt.

Bis auf ihr Herz.

Es hämmerte wild in ihrer Brust, als sie vergeblich versuchte, Luft zu holen. Dann barst es in tausend Stücke, als sie den qualvollen Ausdruck in Sethios' Gesicht sah.

»Tu mir das nicht an, Engel. Komm schon. Atme.« Sie konnte Wärme spüren, die ihre Wangen und ihren Nacken liebkoste, doch sie kam nicht gegen die Schmerzen an.

Und dann schwebte sie. Hoch in den Wolken. Nein. Viel zu leicht. Möglicherweise. Sie blinzelte hinunter ins Zimmer und dann wieder hinauf in die Wolken, und noch einmal hinunter.

Sie wurde von einer vertrauten Energie umgeben. War es Sethios, der sie im Arm hielt und ihren Namen rief? Sie war sich nicht sicher. Sie driftete immer wieder ab …

Es durfte nicht geschehen, nicht jetzt. Es gab noch so vieles, was sie ihm sagen wollte.

Was sie über das Blutsband dachte.

Was sie über *ihn* dachte.

Über ihre Zukunft.

Und die Zukunft ihres gemeinsamen Kindes.

Sie würde nicht den Pfad der Zerstörung einschlagen. Und obwohl sie glaubte, dass die entarteten Wesen ein Problem darstellten, ging es vor allem um Osiris.

Sethios ist kein entartetes Wesen.

Oder vielleicht war er eines.

Wie dem auch sei, sie verehrte ihn. Vielleicht liebte sie ihn sogar, falls ein Seraph zu dieser Emotion überhaupt fähig war.

Ihr wurde schwarz vor Augen und die Dunkelheit verschluckte die Wolken und das Zimmer zugleich.

Rette sie, betete sie. *Rette unsere Tochter.*

Kapitel Neunzehn

Die Geburt einer neuen Macht

»Aus dem Weg«, befahl Gabriel.

»Verpiss dich«, knurrte Sethios, als er mit den Händen über Caros lebloses Körper auf dem Bett strich. Sie hatte das Bewusstsein verloren, und das musste er ändern. Irgendwie. Vielleicht.

Verdammt!

»Hast du je ein Kind der Seraphim zur Welt gebracht? Nein. Also geh aus dem Weg. Sofort.« Gabriel schob ihn beiseite. Hinter ihm stand eine wunderschöne Frau mit blonden Haaren, porzellanweißer Haut und blaugrünen Augen.

»Woher zum Teufel kommen Sie?«, blaffte Sethios, der zwischen dem Neuankömmling und dem Wunsch, Caros Sohn zu töten, hin- und hergerissen war.

»Wir haben keine Zeit.« Gabriel trat beiseite. »Hilf ihr, Leela.«

Die Frau trat einen Schritt nach vorn und stellte eine Tasche auf dem Boden ab, der sie verschiedene Gegenstände entnahm. »Ich brauche warmes Wasser«, sagte sie. »Und noch mehr Handtücher.«

Gabriel löste sich in Luft auf, während Sethios die Frau beäugte. »Sie sind ein Seraph.«

»Ja«, antwortete sie.

Er hatte nicht die Energie, sie noch weiter auszufragen. Doch es war ihm ohnehin egal, solange sie nur Caro und dem Baby half.

Er rieb sich mit der Hand übers Gesicht und seufzte. *Scheiße.* Caros Worte hatten ihn derart frustriert, dass er gar nicht bemerkt hatte, wie sich ihr Zustand verschlechtert hatte, und statt für sie da zu sein, hatte er sie von sich gestoßen.

Ich bin ein Arschloch.

Sethios kniete sich neben Caro und ergriff ihre eiskalte Hand.

»Komm schon, Liebling«, flüsterte er, »tu mir das nicht an. Komm zurück.« Es brach ihm das Herz, als er ihr bleiches Gesicht und ihre blauen Lippen sah.

Wenn ihr etwas zustößt … Er wusste nicht, wie er den Gedanken beenden sollte. Sie würde überleben. Sie musste einfach überleben.

»Sie wird wieder gesund«, sagte Gabriel, als er wiederauftauchte. »Die meisten weiblichen Seraphim sterben während der Geburt mehrere Male, da der Verlauf äußerst heftig ist. Man braucht eine Menge Energie, um einen Seraph zur Welt zu bringen, vor allem wenn er so mächtig ist wie meine zukünftige Schwester.«

»Was kann ich tun?«, fragte Sethios hilflos.

Gabriel blinzelte ihn an. »Tröste sie. Vielleicht … hilft es.«

»Das klingt nicht sehr wissenschaftlich«, bemerkte Sethios, als er sich über Caro beugte, um ihr einen Kuss auf die Stirn zu drücken.

»Das ist es auch nicht, aber meine Mutter hat während ihrer Schwangerschaft gut auf deine Fürsorge reagiert. Daher verhält es sich mit der Geburt vielleicht ähnlich. Wir werden es bald wissen.«

»Der Muttermund ist erst etwas über sieben Zentimeter erweitert«, murmelte Leela. »Uns bleibt nicht genügend Zeit.«

»Zeit wofür? Um das Baby auf natürliche Weise zur Welt zu bringen?«, wollte Sethios wissen. »Können wir nicht warten?«

»Wir können warten, aber das Kind nicht«, erwiderte Gabriel. »Seraphim verheilen schnell, selbst eine Verletzung wie diese.«

Sethios lief ein eiskalter Schauer über den Rücken, als ihm die Bedeutung seiner Worte bewusst wurde. Er legte sich neben Caro ins Bett und hielt sie so fest er konnte im Arm.

Er strich mit den Lippen über ihre Schläfe und ihre Wange und flehte sie im Geiste an, zu ihm zurückzukehren, damit sie es gemeinsam durchstehen konnten. All der Kummer, den ihre Worte ihm bereitet hatten, war verflogen, als er sich auf ihr Kind und Caro konzentrierte.

Er legte eine Hand auf ihren Bauch und flüsterte: »Noch nicht, meine Kleine. Gib deiner Mama noch ein wenig Zeit. Bitte.« Er wollte auf keinen Fall Zeuge werden, wie Caro von ihrem Kind aufgerissen wurde.

»Es hilft nichts«, sagte Leela, deren Stimme für einen Seraph ziemlich emotional war. »Wie Gabriel schon sagte, das Baby wird kommen, ob Caros Körper nun bereit ist oder nicht.«

»Ich habe dir gesagt, dass die Schwangerschaft nicht normal verlaufen ist.« Gabriel beäugte Sethios' Hand an Caros Bauch. »Das Baby reagiert auf ihn.«

Sethios ignorierte die beiden und konzentrierte sich auf seine zukünftige Tochter. »Warte auf deine Mutter, Schätzchen. Bitte. Ich weiß, dass du ihr nicht wehtun willst.« Er streichelte über Caros Bauch, während er weiter in ihr Ohr flüsterte. Leela und Gabriel hielten ihn wahrscheinlich für verrückt, und vielleicht war er das auch, doch er musste etwas tun. Er konnte nicht einfach nur danebenliegen, während Caro litt.

Während der letzten zwei Monate hatte sich so viel verändert. Was als ein vergnüglicher Zeitvertreib begonnen hatte, hatte sich in etwas verwandelt, das er nie für möglich gehalten hätte – eine Familie.

Es war nie Sethios' Bestimmung gewesen, Vater zu werden, und er hatte sicher nie den Wunsch danach gehegt. Und noch weniger hätte er sich eine monogame Beziehung mit der Mutter seines Kindes vorstellen können.

Doch Caro … Sie hatte alles verändert, einschließlich seiner Einstellung zum Leben.

Er *genoss* das häusliche Leben mit ihr. Vielleicht lag es daran, dass noch alles so neu für ihn war, aber vielleicht bestand auch eine tiefere Verbindung zu ihr, die er noch nicht wahrhaben wollte.

Was auch immer der Grund dafür war, sie hatte ihm die Augen für ein neues mögliches Leben geöffnet. Ein Leben, in dem er eine wirkliche Aufgabe hatte – nämlich für ein Kind zu sorgen und es großzuziehen. Er konnte ein anderes Wesen außer sich selbst verehren und lieben.

Caros Finger zuckten in seiner Hand, als er mit der anderen Hand spürte, wie das Baby in ihrem Bauch austrat. Ihre Augen blieben geschlossen, doch ihr Herzschlag beschleunigte sich.

»Caro?«, flüsterte er.

»Sethios«, hauchte sie.

Er hatte nicht gewusst, was ihn erwartete. Sein Name klang zwar leise und gequält aus ihrem Mund, doch als er ihn hörte, verspürte er einen elektrisierenden Stich im Herzen.

Dem Himmel sei Dank für die Unsterblichkeit.

»Ich bin hier«, versicherte er ihr. »Es ist alles in Ordnung, Liebes.«

»Ich …« Ihre Stimme versagte, als sie von einem heftigen Husten ergriffen wurde, der ihren ganzen Körper erschütterte.

»Schhhh, versuche, nicht zu sprechen.« Er streichelte beruhigend über ihren Bauch. »Ihr beide müsst euch entspannen.«

Sie schüttelte den Kopf, während sie immer noch die Augen geschlossen hatte. »Nein. Ich will nicht …« Sie schluckte, als ihre Kehle sich zuschnürte.

»Was willst du nicht, Engel?«, fragte er besorgt. *Hoffentlich sagt sie nicht, dass sie mich nicht will.* Er hatte sich vorhin wie ein Idiot verhalten, doch im Grunde hatte sie ihm gesagt, dass es ihr egal war, wenn er sterben würde. Und noch schlimmer war, dass es sie offenbar nicht kümmerte, wenn ihr eigenes Kind ihn umbringen würde.

»Du bist ein entartetes Wesen.« Sie ballte ihre Hand in der seinen zur Faust, als sein Herz einen Schlag aussetzte. Wollte sie wirklich jetzt mit ihrer Unterhaltung fortfahren? Während sie ein Kind zur Welt brachte? Wollte die Frau etwa sterben?

»Aber«, fuhr sie mit heiserer Stimme fort. Sie räusperte sich zweimal, bevor sie weitersprach, während er wie versteinert neben ihr lag. »Aber du bist *mein* entartetes Wesen.«

Er runzelte die Stirn, denn er konnte ihr nicht ganz folgen. »Wir können später noch darüber reden, nachdem …«

»Nein«, sagte sie mit festerer Stimme. Sie öffnete schließlich die Augen und er starrte in zwei feuchte Saphire. »Du bist *mein* entartetes Wesen. *Meines.*« Sie öffnete die Faust und presste ihre Handfläche an seine. »Niemand wird dich umbringen. Niemand.«

Er blinzelte überrascht.

Als er sie zuvor gefragt hatte, ob sie es wirklich verkraften könnte, wenn ihr gemeinsames Kind ihn tötete, hatte sie ihm nicht geantwortet. Er hatte angenommen, dass sie die Antwort auf die Frage nicht kannte. Doch die Entschlossenheit in ihrem Blick verriet ihm, dass sie sich durchaus bewusst war, wo sie in der Sache stand. Sie hatte ihm vorhin nicht geantwortet, weil sie dazu nicht imstande gewesen war.

Und jetzt, während ihre Tochter sie förmlich von innen zerriss, kämpfte sie nicht als Erstes darum, sie zur Welt zu bringen, sondern darum, ihm ihre Gefühle zu gestehen.

Mein.

Er musste schlucken, als dieses eine Wort ein Meer der Emotionen in ihm auslöste, denn ihm erging es mit ihr nicht anders. Doch das würde er nicht lautstark zugeben, vor allem nicht, da sie nicht allein waren.

Sie mussten immer noch ihren Standpunkt hinsichtlich der Ichorianer und Hydraianer sowie die Zukunft ihrer Tochter diskutieren, doch dem konnten sie sich später noch widmen.

»Hast du mir gerade deine Liebe gestanden, Engel?« Er senkte die Stimme und wollte sie necken, um die gespannte Atmosphäre im Raum aufzulockern, doch ihre Lippen zuckten nicht.

»Ja.« Sie zögerte nicht und sprach mit fester Stimme. Sie blinzelte nicht einmal.

»Oh, Caro.« Er umfasste ihr Gesicht mit beiden Händen. »Du bist im Moment ziemlich emotional. Wir reden später darüber, nachdem das Baby geboren wurde, in Ordnung?«

»Ich meine es ernst, Sethios«, sagte sie voller Überzeugung. »Ich würde niemals dulden …« Sie beendete den Satz nicht, als ihr ein gequälter Schrei entfuhr.

Sethios legte sofort wieder die Hand an ihren Bauch. »Hör auf, Kleines. Du tust deiner Mama weh.« In seiner Stimme schwang ein dringlicher und fordernder Unterton mit, während Caro neben ihm lag und zitterte. Er ließ seine andere Hand von ihrer Wange an ihren Nacken gleiten, als sie ihren Kopf an seine Schulter schmiegte. »Schhhh, Liebes, es ist alles gut.«

»Bitte lass mich nicht los«, flüsterte sie. »Bitte.«

»Niemals, Engel.« Er küsste sie auf den Kopf. »Ich werde dich niemals loslassen.« Die Worte schienen direkt aus seiner Seele zu kommen. Noch nie zuvor hatte er einer Frau die Ewigkeit versprochen, für gewöhnlich legte er sich nicht einmal auf den nächsten Tag fest. Doch für Caro kamen ihm die Worte völlig ungehindert über die Lippen. Er stellte schockiert fest, dass er sie ernst meinte.

Konnte dies Liebe sein? War es möglich, dass ein Wesen mit seiner Vergangenheit dazu fähig war? Ganz sicher hatte er ihre Fürsorge und Hingabe nicht verdient, noch sollte sie im Gegenzug seine begehren, doch wenn das Schicksal ihm dieses Geschenk machen wollte, würde er es sicher nicht verfluchen.

Sethios weigerte sich, sich jetzt darüber den Kopf zu zerbrechen. Er wollte jeden Moment genießen und sich den Gefühlen hingeben, solange sie anhielten. Denn schon morgen konnte sich alles ändern.

»Faszinierend«, sagte Leela und erinnerte ihn daran, dass sie nicht allein waren. »Du hattest recht, Gabriel. Das Baby reagiert auf seine Anweisungen.«

Gabriel stand mit verschränkten Armen und einem gelangweilten Ausdruck im Gesicht auf der anderen Seite des Zimmers und hatte sich an die Wand gelehnt. Als Antwort zuckte er nur mit der Schulter. Sonst nichts.

»Du hast uns noch nicht die ganze Prophezeiung erzählt.« Denn Sethios hatte ihn zuvor unterbrochen, da er hatte wissen wollen, welchen Pfad die Seraphim einschlagen wollten.

»Es hat bereits begonnen«, antwortete Gabriel. »Meine Mutter will meiner Schwester hinsichtlich ihres Schicksals eine Wahl lassen. Sie hat sich bei der Entscheidung von ihren Gefühlen leiten lassen, doch ich kann sie verstehen und bin sogar mit ihr einer Meinung. Das bedeutet, dass ich in naher Zukunft wesentlich mehr mit Ezekiel zusammenarbeiten werde, als mir lieb ist.«

»Ezekiel?«, wiederholte Sethios. »Warum?«

»Unsere Bestimmungen sind miteinander verwoben«, war alles, was er sagte.

Unter anderen Umständen hätte Sethios noch mehr Einzelheiten von ihm verlangt, doch Caros Bauch bewegte sich heftig und er wandte sich wieder ihr zu. »Bleib ruhig«, flüsterte er dem Baby zu. »Wir werden es gemeinsam durchstehen.«

»Ich kann ihre Liebe für dich durch das Band fühlen.« Caros Gesicht erhellte sich voller Ehrfurcht und ihre Augen funkelten voller Wärme. »Sie vertraut dir.«

»Das beweist, was ich schon die ganze Zeit über sage«, bemerkte Leela wie beiläufig. »Doch die Mitglieder des Rates wollen mir ja nicht zuhören. Ich bin viel zu emotional für sie.« Sie verdrehte die Augen und wirkte dabei ganz und gar nicht engelsgleich.

»Sie entstammt der Fruchtbarkeitslinie«, erklärte Caro, die ihm seine Gedanken angesehen hatte.

Leela schnaubte. »Das ist eine beschönigende Bezeichnung für Lust. Meine Spezialität ist Sex, und offenbar bin ich dadurch qualifiziert, als Hebamme zu fungieren.«

Vor zwei Monaten hätte ihn diese wunderschöne Frau

fasziniert. Doch ein anderer Seraph hatte ihn in seinen Bann gezogen und ihn auf eine Weise gezähmt, die er nie für möglich gehalten hätte.

Er wollte nur noch Caro.

Dennoch konnte er nicht umhin zu fragen: »Ihre Spezialität ist Sex? In welcher Funktion?«

»Ich bin sicher, das würden Sie gern wissen«, antwortete die Frau und schenkte ihm ein verruchtes Grinsen.

Caro umfasste Sethios' Handgelenk mit einer Hand und vergrub ihre Fingernägel in seiner Haut. Er beugte sich vor, um sie zu küssen, bevor sie sich beschweren konnte, dann rieb er seine Nase an ihrer.

»Du bist auch mein, Liebes«, flüsterte er. »Ich war nur neugierig.«

Sie durchbohrte ihn mit ihren blauen Augen. »Gut.«

Er lächelte. »Ich mag diese besitzergreifende Seite an dir. Wir können uns später noch näher damit beschäftigen.«

»Viel später«, warf Leela ein. »Denn das Baby und Caro sind so weit.«

Sethios drehte ruckartig den Kopf und es war ein Wunder, dass er ihm dabei nicht von den Schultern fiel. »Jetzt gleich?«

»Ja«, sagten Caro und Leela gleichzeitig.

Er hatte es aufgegeben, die Sache mit dem Baby verstehen zu wollen. Alles, was er zu wissen geglaubt hatte, schien keinerlei Gültigkeit zu haben. Eine Schwangerschaft, die nur zwei Monate dauerte, während die Wehen nicht einmal eine Stunde anhielten, Unsterbliche starben und wurden auf wundersame Weise wieder geheilt, und das Baby befolgte seine Anweisungen.

Sicher. Warum auch nicht?

»Soll ich etwas tun?«, fragte er mit überraschend ruhiger Stimme.

Caro drückte seine Hand. »Sprich mit ihr. Sie mag deine Stimme.«

Es war ebenso grotesk, doch seine Tochter würde angeblich einmal die Macht besitzen, um eine ganze Blutlinie auszulöschen. Warum sollte ihn das schockieren?

Er küsste Caro noch einmal, dann streichelte er ihr über den Bauch und redete dem Baby gut zu: »Also gut, meine Kleine. Es wird Zeit, aber du musst lieb zu deiner Mama sein, in Ordnung? Sie hält meine Hand mit eisernem Griff fest und ich würde sie gern behalten.«

Caro umfasste seine Hand noch fester, was ihm Anlass zur Sorge gegeben hätte, wenn sie dabei nicht gelacht hätte.

Da ist ja mein Engel, dachte er und ihm wurde warm ums Herz.

Sie musste eine hohe Schmerzgrenze haben, denn während der vergangenen zwei Monate hatte ihr Körper so einiges durchgemacht. Nur am Schweiß auf ihrer Stirn und den angespannten Falten um ihren Mund konnte er sehen, dass sie Schmerzen hatte.

Er streichelte weiter ihren Bauch und sprach mit seiner Tochter. »Ich kann es kaum erwarten, dich kennenzulernen, mein Schatz«, gestand er leise. »Ich hoffe, dass du deiner Mutter ähnlicher siehst als mir. Sie ist bei Weitem hübscher als ich.«

»Lügner«, keuchte Caro, die sich mit geschlossenen Augen darauf konzentrierte, ein Lebewesen aus ihrem Leib zu pressen.

Verdammte Scheiße, es geschieht wirklich.

Ich werde Vater.

Natürlich wusste er es, doch die Realität holte ihn schlagartig ein, als Leela Caro zum ersten Mal anwies zu pressen. Es geschah nichts, doch er konnte fühlen, dass ihr Kind kurz davor stand, das Licht der Welt zu erblicken.

»Sie ist stur«, sagte Caro murrend. »*Das* muss sie von ihrem Vater haben.«

Sethios lachte, während er mit einem Strahlen in den Augen über die Möglichkeit nachdachte. »Ich bin mir sicher, dass wir beide unseren Teil dazu beigetragen haben, Liebling.«

»Du musst noch einmal pressen«, drängte Leela. »Komm schon, Caro.«

Der Schmerz durchzuckte seinen Arm, als sein Engel seine Hand noch fester drückte. Sie wollte ihn nicht bestrafen, doch sie brauchte seine Unterstützung und er gab sie ihr. Verdammt, sie brachte gerade ein Wunder zur Welt. Da konnte er durchaus ein paar gebrochene Knochen in Kauf nehmen.

»Sie kommt«, verkündete Leela.

»Ich weiß!«, knurrte Caro, der der Schweiß von der Stirn tropfte. »Verdammt!«

Sethios biss sich auf die Unterlippe, um ein Lachen zu unterdrücken, als er das Schimpfwort aus ihrem Mund hörte. Sie fluchte immer öfter in seiner Gegenwart und schreckte auch nicht vor sexuellen Begriffen zurück.

»Komm schon, Caro. Ich weiß, dass noch mehr in dir steckt«, spornte Leela sie an. »Du schaffst das.«

Caro entfuhr eine unflätige Antwort, die Leela zum Lachen brachte. Sie war zweifellos kein gewöhnlicher Seraph. Wo hatte Gabriel sie nur aufgegabelt? Er warf einen Blick auf den stoischen Mann, der immer noch lässig an der Wand lehnte. Es war ausgeschlossen, dass die beiden ein Liebespaar waren. Vielleicht waren sie Freunde, doch Sethios bezweifelte, dass er überhaupt welche hatte.

Wieder schoss der Schmerz durch seinen Arm, als sein Engel ihn umklammerte.

»Du machst das großartig, Liebes«, murmelte er, wobei er keine Ahnung hatte, ob er damit richtiglag.

Ihr Gesicht sah aus wie das einer kriegerischen Göttin, in der ein kämpferisches Feuer loderte. Ihre prächtigen blonden Haare und ihre himmlisch schönen Gesichtszüge machten den Anblick perfekt. Es war wahrscheinlich falsch, sie in diesem Moment auf diese Weise zu betrachten, doch Sethios bezweifelte, dass es je eine Zeit geben würde, in der er sich nicht zu ihr hingezogen fühlen würde.

»Wow«, sagte Leela voller Ehrfurcht, als sie zwischen Caros Beine blickte. Ihm lag eine anzügliche Bemerkung auf der Zunge, die er jedoch unterdrückte, als er die Präsenz seiner Tochter *spürte*. Es ähnelte dem Gefühl, das er kurz vor dem Eintreffen seines Vaters immer empfand, doch es war viel mächtiger.

»Warum schreit sie nicht?«, fragte er ehrfurchtsvoll.

»Sie ist zufrieden«, flüsterte Caro, und er warf einen Blick auf ihre blassen Wangen und entfärbten Augen. Ihre Iriden schimmerten gespenstisch weiß und wirkten alles andere als natürlich.

»Caro.« Er rückte näher an sie heran und umfasste ihr Gesicht mit beiden Händen. »Sag etwas, Liebling.«

»Ist … gut«, lallte sie, als ihre Augen sich bis ins Weiße verdrehten. Ihr Körper begann zu beben, als eine magische Energie die Luft erfüllte, dann wechselte sie zwischen ihrer himmlischen und ihrer körperlichen Gestalt immer wieder hin und her.

»Leela, sag mir, dass das normal ist«, sagte er fordernd.

»Es ist normal«, sagte sie automatisch.

Er fluchte, denn er erkannte, dass er ihre Antwort aus Versehen von ihr erzwungen hatte. »Was geschieht gerade?«

»Ein Machtaustausch«, antwortete Gabriel gelassen.

»Auch das ist normal. Sie geht eine Bindung mit eurer Tochter ein.«

Caro ließ seine Hand weder los noch lockerte sie ihren Griff, doch das hielt ihn nicht davon ab, sich Sorgen zu machen. Er sah zu, wie sich ihr Wesen immer wieder veränderte und dunkel- und azurblaue Farbtöne aufblitzten, als ihre Flügel erschienen und wieder verschwanden und sie heftig blinzelte.

»Sieh nur«, flüsterte Leela.

Er musste all seine Kraft zusammennehmen, um seinen Blick von Caro loszureißen, doch dann sah er, was sie ihm zeigen wollte, und ihm stand vor Staunen der Mund offen. Seine Tochter lag sauber und in ein Handtuch gewickelt in ihren Armen. »Wie …«

»Du warst so sehr auf Caro konzentriert, dass du es gar nicht bemerkt hast«, sagte Leela leise. »Außerdem hat deine Tochter nicht einmal geschrien.«

»Ist das normal?«, fragte er besorgt. Die meisten Babys schrien doch nach der Geburt, oder?

»Für einen Seraph ja.« Die Äußerung kam von Gabriel.

»Sie badet in der Aura ihrer Mutter.« Leela betrachtete das winzige Kind in ihren Armen mit einem Lächeln. Sie hatte es in ein Handtuch gewickelt, sodass nur sein Gesicht zu sehen war.

»Sie sieht genauso aus wie Caro.« Seine Stimme brach, als er von einer Wärme durchflutet wurde, wie er sie noch nie im Leben gespürt hatte. »Sie ist perfekt.«

Er legte eine Hand an Caros Wange, während er die andere ausstreckte, um mit den Fingerknöcheln das Gesicht seiner Tochter zu streicheln. Er wurde von einer elektrisierenden Energie durchströmt, die sein Herz höherschlagen ließ.

»So viel Macht«, staunte Leela. »Ich helfe nun schon

seit Jahrhunderten bei Geburten, doch so etwas habe ich noch nie gespürt.« Sie hob den Blick und sah Gabriel mit ihren blaugrünen Augen an. »In was hast du mich da bloß hineingezogen?«

»Die Zukunft«, antwortete der Seraph. »Alles wird sich ändern.«

Leela verzog die Lippen zu einem verschlagenen Grinsen. »Das wird aber auch Zeit.«

KAPITEL ZWANZIG

EINE NEU DEFINIERTE EWIGKEIT

SETHIOS SPIELTE mit einer Strähne von Caros Haar, während sie schlief. Er hatte sie gebadet, da Leela es empfohlen hatte, und als er ins Schlafzimmer zurückgekehrt war, war weder der Matratze noch dem Bettzeug anzusehen, was noch vor einer Stunde dort geschehen war. Der einzige Beweis lag schlafend in einer Korbwiege neben dem Bett.

Seine Tochter.

Nichts von alledem war seinen Erwartungen gleichgekommen, doch er hatte es aufgegeben, Fragen zu stellen. Seraphim waren ohne Zweifel nicht menschlich.

Caro gähnte, als sie sich an seine Brust schmiegte, während ihr Körper bereits heilte und zu seiner natürlichen Form zurückkehrte. Eine weitere Eigenschaft der Unsterblichkeit. Niemand würde ihr anmerken, dass sie schwanger gewesen war und gerade ein Kind zur Welt gebracht hatte.

»Faszinierend«, flüsterte er, während ihn das Erlebte ehrfürchtig staunen ließ.

Seine Tochter reagierte neben ihm mit einem zufriedenen Laut. Er stützte sich auf einem Ellbogen ab, um in die Wiege zu spähen, und stellte fest, dass sie zu ihm aufblickte. Ihre grünen Augen waren seinen eigenen so ähnlich. So viel also zu Caros Theorie darüber, dass neugeborene Seraphim menschlichen Babys ähnelten.

»Ich dachte eigentlich, dass du blaue Augen haben würdest«, sagte er zu ihr. »Aber sie haben zweifellos den gleichen grünen Farbton wie meine eigenen.« Und sie strahlten eine Intelligenz aus, die von ihrer übernatürlichen Herkunft zeugte.

»Ich will sie sehen«, sagte Caro leise. »Bitte.«

Er wandte sich der wunderschönen Blondine neben ihm zu. »Du hast geschlafen.«

»Ich habe gespürt, wie sie aufgewacht ist, und dann habe ich dich sprechen gehört.« Sie streckte sich, wobei die Decke verrutschte und ihre Brüste zum Vorschein kamen. Zu einem anderen Zeitpunkt hätte er es als Aufforderung verstanden, doch sie waren nicht allein.

Er setzte sich auf und betrachtete seine Tochter.

»Hallo, mein Schatz«, gurrte er. »Willst du deine Mama sehen?«

Meine Güte, sie war winzig. Sie passte mit Leichtigkeit in seine Handfläche, als er sie behutsam aus der Wiege hob. Er wusste nicht viel über Babys, doch er stützte instinktiv ihren Kopf ab und legte sie vorsichtig in seine Armbeuge.

»Oh«, hauchte Caro, als er sich zu ihr drehte. »Sie ist perfekt.«

»Genau wie ihre Mutter.« Er streichelte mit den Fingerknöcheln über die Wange ihrer Tochter und lächelte. »Du brauchst einen Namen, kleiner Engel.«

»Hast du schon einen im Sinn?«, fragte Caro, als sie das Kind in seinem Arm mit strahlenden Augen betrachtete.

Er dachte kurz nach und nickte. »Ja.«

»Raus mit der Sprache.« Es war ein Befehl, keine Bitte.

Er musste lächeln, als er die Ungeduld in ihrer Stimme hörte. Seine Caro war schon wieder ganz der Engel, den er verehrte.

»*Anastasia* bedeutet ›Wiederauferstehung‹ auf Altgriechisch, aber der Name ist viel zu gewöhnlich für sie.« Er strich mit den Fingerknöcheln über ihren Hals bis auf die Decke, die ihren winzigen Körper umwickelte. So zart. »Was hältst du von Astasiya?« Er richtete die Frage nicht an Caro, sondern an seine Tochter. »Es ist eine Variante von Anastasia, doch der Name ist einzigartig, kraftvoll und wunderschön.«

Sein Herz machte vor Entzücken einen Satz, was ihn in seiner Wahl bestätigte.

»Er gefällt ihr«, sagte Caro leise. »Und mir ebenso. Als Kurzform können wir sie Stas nennen.«

»Das ist ein beliebter menschlicher Jungenname in Russland und Osteuropa«, sagte Gabriel, der in der Tür stand. »Aber passend.«

Sethios hob den Kopf und sah, wie Leela neben Gabriel stand und das Baby mit einem strahlenden Blick betrachtete. *Sie ist ganz sicher kein gewöhnlicher Seraph.*

»Sie wird einmal eine Herzensbrecherin«, verkündete die Blondine fröhlich. »Ich freue mich schon darauf, sie in ein paar Jahrzehnten kennenzulernen.« Ihr Blick fiel auf ihr Handgelenk, als wollte sie auf die Uhr sehen, obwohl sie keine Armbanduhr trug. »Also gut, ich glaube, meine Arbeit hier ist getan. Es sei denn, ihr braucht mich noch.«

»Eine Rune«, sagte Gabriel.

Alle Augen richteten sich auf ihn, doch es war Caro, die zuerst das Wort ergriff. »Wie bitte?«

»Astasiya braucht etwas Dezentes, ein Mal, das sie als Sprössling tarnt. Es würde erklären, warum sie gegenüber ichorianischen Kräften immun ist, und würde sie gegenüber Hydraianern empfindsam machen, zumindest bis sie erwachsen ist.«

»Warum sollten wir das tun?«, wollte Sethios wissen. Er spürte, wie eine unsichtbare Macht sein Herz umschloss und ihn an das verletzliche Wesen an seiner Brust erinnerte. »Es tut mir leid, kleiner Engel.« Dabei wusste er jedoch nicht, ob seiner Tochter die Bedeutung seiner Worte oder sein Tonfall missfiel. »Du hattest unrecht Caro, das hier ähnelt einer menschlichen Geburt in keiner Weise.« Er war sich sicher, dass Neugeborene nicht auf diese Weise reagierten.

»Sie ist außergewöhnlich, selbst für einen Seraph«, sagte sie mit Stolz in der Stimme, dann blickte sie Gabriel mit zusammengekniffenen Augen an. Dafür, dass sie nur mit einer Decke umhüllt war, machte sie einen durchaus majestätischen Eindruck. »Erkläre mir, warum eine Rune notwendig ist.«

»Sie ist zu ihrem Schutz.« Er betrat schließlich das Zimmer, doch nur, um sich gleich wieder gegen die Wand zu lehnen, wobei er die Hände in den Hosentaschen vergrub. »Laut Skye wird sie eines Tages fälschlicherweise für einen Sprössling gehalten werden und die Rune wird eine Erklärung für einige ihrer ungewöhnlichen Eigenschaften bieten. Im Grunde wird sie ihre Identität schützen, bis sie bereit ist, der Welt zu zeigen, wer sie wirklich ist.«

Sethios schnaubte, als er die Begründung hörte. »Wir werden bei ihr sein, um sie zu beschützen, daher wird eine Rune nicht nötig sein.«

»Nein. Das werdet ihr nicht.« Zum ersten Mal blitzten Emotionen in den Augen des Seraphs auf. Es war nur flüchtig, aber seine Augen strahlten eine tiefe Traurigkeit aus, die alle im Raum zum Schweigen brachte. »Skye hat die Prophezeiung so verändert, dass Osiris nichts von

Astasiya weiß. Doch in sieben Jahren wird ein Opfer nötig sein, um ihre Identität zu schützen. Wenn einer von euch beiden sich weigert, dann wird er von ihr erfahren und sie vernichten.«

Eisige Kälte erfüllte plötzlich den Raum, die Sethios' Herz gefrieren ließ. Weder er noch Caro brachten auch nur ein Wort heraus.

»Ezekiel hat einen Plan entworfen, den ich perfektioniert habe, doch dafür sind einige Schachzüge nötig, die in einer bestimmten Reihenfolge ausgeführt werden müssen, damit der Plan funktioniert. Nur ein Fehltritt, und wir riskieren, Astasiya zu verlieren.« Er blickte Caro in die Augen. »Ich habe alle möglichen Szenarien gehört, Mutter, und während es der einfachste Weg wäre, Astasiya unter den Seraphim aufzuziehen und zu beschützen, bin ich nicht überzeugt, dass sie dort wirklich sicher sein wird. Meiner fundierten Meinung nach wäre es besser, sie hierzulassen, und ich bin bereit, einen Blutschwur abzulegen. Für meine Schwester.«

Caro und Leela schnappten nach Luft, woraufhin Sethios die Stirn runzelte. »Was hat das zu bedeuten?«, fragte er.

»Er bietet sich an, Astasiya die Treue zu schwören«, erklärte Caro, deren Stimme voller Staunen war. »Es ist eine Ehre, die nur den Mitgliedern des Hohen Rates zuteilwird.«

»Wenn die Prophezeiungen recht haben – und ich glaube, das haben sie –, dann benötigen die Mitglieder des Hohen Rates meine Loyalität nicht mehr. Meine Schwester dagegen schon. Und sie wird in eurer Abwesenheit meine Hilfe brauchen, um Erfolg zu haben. Es gibt keinen anderen Weg.«

»Indem er sich ihr gegenüber verpflichtet, wird er von der seraphischen Gesellschaft geächtet werden und wird sich daher frei unter den Menschen bewegen können. Dadurch hätte er die Möglichkeit, wenn nötig über sie zu wachen.« Caro schüttelte traurig den Kopf. »Das kann ich nicht von dir verlangen, Gabriel. Du hast schon so viel für uns getan.«

»Du verlangst überhaupt nichts von mir. Ich sage dir nur, was ich tun werde. Schon bald wird ein Edikt eintreffen, in dem du aufgefordert wirst, mit Astasiya zu ihnen zurückzukehren. Wahrscheinlich wird es auch eine Aufforderung beinhalten, Sethios zu beseitigen. Wirst du dich fügen?«

Sethios musste ihn nicht fragen, was der letzte Teil zu bedeuten hatte. Die Seraphim würden von Caro verlangen, ihn zu töten. Es wäre der einzige Weg, denn solange er lebte, würde er nicht zulassen, dass sie ihm sein Kind entriss.

»Das werde ich nicht tun.« Caro hob ihr Kinn an. »Und wenn sie mich zwingen wollen, werde ich ihnen auf tödliche Weise antworten. Unsere Tochter wird die Wahl über ihre Zukunft haben.«

»Werden sie überhaupt eine Möglichkeit haben, dich zu finden?«, fragte Sethios neugierig. »Ich meine, du hast doch die Fähigkeit, dich zu verbergen, nicht wahr?«

Ihre Augen funkelten verschmitzt. »Das ist richtig, und ich verberge mich schon, seit wir hier angekommen sind. Die Einzige, die mich außer Gabriel finden kann, ist meine Mutter, und sie schlummert mindestens noch einige Jahrzehnte lang.«

»Die Mitglieder des Rates könnten sie wecken«, warnte Leela. »Aber ich werde dich informieren, falls sie es tun.«

»Willst du etwa auch deine Treue schwören?«, fragte Caro schockiert.

»Noch nicht, da du mich vor Ort brauchst und der Rat nicht wissen darf, dass ich über alles Bescheid weiß.

Deshalb hat dein brillanter Sohn mich auch hierher teleportiert. Ich habe tatsächlich keine Ahnung, wo auf der Erde wir uns momentan befinden. Und da er mich gezwungen hat, zuerst von ihm zu trinken, werden unsere Ältesten nicht imstande sein, mich aufzuspüren.«

Sie versetzte Gabriel einen leichten Stoß mit dem Ellbogen, woraufhin er sie mit einem halbwegs verärgerten Blick bedachte. »Was ist denn los? Du weißt doch, dass du brillant bist.«

»Ja, aber deshalb musst du mich nicht gleich berühren.«

Sie verdrehte die Augen. »Im Ernst, Gabriel. Du solltest wirklich etwas lockerer werden.«

»Fang gar nicht erst an.«

»Oh, das muss ich auch nicht.« Sie schenkte ihm ein verschmitztes Lächeln, als sie ihn von oben bis unten betrachtete. »Du hast dich in New York bereits gut amüsiert, nicht wahr?«

Er räusperte sich. »Können wir ihr die Rune geben und uns auf den Weg machen? Ich muss noch ein paar Dinge erledigen und diese Prinzessin der Lust nach Hause bringen.«

»Prinzessin der Lust?«, wiederholte Leela mit einem Lachen. »Das ist ein neuer Spitzname.«

Er beachtete sie nicht und durchbohrte Caro stattdessen mit einem flehenden Blick. »Es ist der beste Weg, um sie zu beschützen. Nimm meinen Vorschlag an.«

»Du brauchst meine Zustimmung nicht«, erwiderte Caro mit sanfter Stimme. »Ich vertraue dir voll und ganz.« Sie wandte sich Sethios zu. »Er ist derjenige, den wir um sein Einverständnis bitten müssen. Ohne seine Zustimmung kann ich dich nicht gewähren lassen.«

Es war eine Bekundung ihrer Solidarität. Sie würden fortan alle Entscheidungen gemeinsam treffen.

Sethios freute sich darüber, dass sie sie vor allen zur Schau stellte.

»Könntet ihr uns ein paar Minuten allein lassen, damit wir darüber unter vier Augen reden können?« Er richtete die Bitte an die anderen im Raum, während er Caro betrachtete.

»Natürlich.« Gabriel trat einen Schritt nach vorn und breitete die Arme aus. »Darf ich?«

»Du willst sie halten?«, fragte Sethios, wobei er sich nicht sicher war, wie er dazu stand. Er genoss es, sie in seinen Armen zu halten.

»Ich werde das Haus nicht verlassen«, erwiderte Gabriel. »Ich will nur ein Wörtchen mit meiner Schwester über ihre zukünftigen Partner wechseln.«

Sethios erstarrte. »Partner?«

Gabriels Blick verdunkelte sich. »Ja.«

»Sie wird keine Partner haben.« Sie war nur ein Baby. *Sein* Baby. »Dazu wird es nicht kommen.« Auch wenn sie irgendwann erwachsen sein würde, würde er sie einsperren und all die Männer, die um sie warben, umbringen. Damit wäre das Problem gelöst.

»Oh, ich bin ganz deiner Meinung.« Gabriel beäugte Astasiya mit einem beschützerischen Funkeln in den Augen.

Leela schüttelte den Kopf. »Sie ist noch nicht einmal zwei Stunden alt und ihr beide wollt ihr schon einen Keuschheitsgürtel verpassen.«

»Mir bleiben ein paar Jahre, um sie weichzuklopfen«, murmelte Caro, wobei sie mit dem Zeigefinger über Astasiyas kleine Stupsnase strich. »Mach dir keine Sorgen.« Sie blickte mit lächelnden blauen Augen zu Sethios auf. »Übergib sie Gabriel, damit er sie mit seiner brüderlichen Weisheit erhellen kann. Wir können uns derweil über die Rune und ein paar andere Dinge unterhalten.«

Sethios dachte darüber nach, welchen Punkt er zuerst ansprechen wollte, doch er gab ihrer Bitte nach und reichte Astasiya an Gabriel weiter. Er konnte fühlen, dass seine Tochter bei ihrem Bruder zufrieden sein würde.

»Wie kann ich sie spüren?«, fragte er leise, als die beiden Seraphim den Raum verließen, wobei seine Tochter sicher in Gabriels Armen lag. Plötzlich durchschoss ihn ein anderer Gedanke. »Warte mal, kann Osiris sie fühlen? Kann sie aufgespürt werden? Hat …«

Caro presste einen Finger an seine Lippen und bedachte ihn mit einem belustigten Funkeln in den Augen. »Unsere Tochter ist in Sicherheit, Sethios. Du bist durch dein Blut mit ihr verbunden, deshalb kannst du sie fühlen.«

»Aber Osiris ist mein Vater. Kann er sie nicht ebenfalls spüren?« Denn das Blut seines Vaters floss durch Sethios *und* Astasiya.

Sie schürzte die Lippen. »Wenn sie sich träfen, würde er vielleicht eine gewisse Vertrautheit spüren, ohne jedoch den Grund dafür zu kennen. Und was die Wahrscheinlichkeit angeht, dass er sie aufspüren wird? Er kann dich auch nicht ausfindig machen, nicht wahr? Dasselbe gilt für sie.«

Er entspannte sich ein wenig, doch er war noch nicht ganz überzeugt. »Bist du sicher?«

»Ja. Blutsbande sind vorherrschend bei denjenigen, die sich ihnen verpflichten, sowie zwischen einem Elternteil und seinem Kind. Du bist mit Osiris weit mehr verbunden als Astasiya es je sein wird.«

Er schnaubte. »Wenn ich meine Verbindung zu ihm trennen könnte, dann würde ich es tun.« Denn er wollte ganz und gar nicht an seinen Vater gebunden sein. Der einzige Vorteil, den er aus seiner Verwandtschaft mit ihm zog, war seine Gabe der Willensunterwerfung.

»Es gibt …« Sie verstummte und verzog den Mund. Er zog eine Augenbraue in die Höhe und wartete darauf, dass sie den Satz beendete, als er gespannt abwartete. Sie räusperte sich und setzte sich auf, wobei sie die Decke an ihre Brust drückte. »Es gibt einen Weg, die Verbindung zu trennen, doch dafür ist es notwendig, eine Verpflichtung einzugehen.«

Er horchte auf. »Eine Verpflichtung, was zu tun?«

»Nicht was, sondern wem gegenüber.« Sie atmete tief durch, während ihr Gesicht einen Ausdruck annahm, den er bereits an dem Abend an ihr gesehen hatte, an dem sie sich zum ersten Mal getroffen hatten. Gleichgültigkeit. »Seraphim können Blutsbande miteinander eingehen. Es kommt nicht häufig vor, aber es ist ein Weg, ein Teil einer anderen Blutlinie zu werden und gewissermaßen eine neue Familie zu gründen. Die Empfindungen, die du gerade in Verbindung mit Astasiya erlebst, könntest du auch mit jemand anderem haben, doch es ist keine vorübergehende Bindung. Sie würde … ewig bestehen.«

»Und würde dadurch die Verbindung zu meinem Vater unterbrochen werden?«

»Grundsätzlich ja, denn du würdest einen neuen Familienzweig gründen.« Selbst in ihrer Stimme schwang ein gleichgültiger Unterton mit, während in ihren Augen jedoch ein Anflug von Emotionen aufblitzte.

»Kommt es häufig vor, dass Seraphim Blutsbande schließen?«

Sie schüttelte den Kopf. »Nein. Es geschieht nur, wenn die Schicksalsgöttinnen es für nötig halten, doch hin und wieder …« Sie verstummte und wandte den Blick ab. »Seraphim finden nur selten zusammen, es sei denn, es gibt eine logische Begründung für eine Verbindung. Ich habe jedoch von einigen wenigen gehört, die eine Bindung eingegangen sind, weil sie es wollten.«

»Aus Liebe«, deutete er ihre Worte.

Ihre Pupillen erweiterten sich. »Ja. Wie du dir denken kannst, ist es verpönt, doch es ist bereits vereinzelt vorgekommen.«

»Wenn das Blutsband erst einmal geschlossen wurde, ist es dann noch möglich, sich an jemand anderen zu binden?«

In ihren Augen loderte ein Feuer, als sie sich ihm wieder zuwandte. »Nein. Das würde den Zweck eines Blutsbands verfehlen.«

Deshalb hatte sie auch gesagt, dass es auf ewig bestehen würde. Er betrachtete ihr engelhaftes Gesicht, das auf den ersten Blick so zerbrechlich schien, doch gleichzeitig eine Entschlossenheit ausstrahlte, die er verehrte. Sie war eine Kriegerin, die sich unter einem Meer der Schönheit verbarg. Die perfekte Partnerin. Die Mutter seines Kindes. Die Frau, die seine Zukunft in Händen hielt.

»Eine Verpflichtung bis in alle Ewigkeit«, flüsterte er.

»Ja.«

»Das ist viel verlangt.«

»Es ist auch für einen Seraph ein großes Opfer«, entgegnete sie.

Sie hatte recht. Es wäre nicht nur eine Verpflichtung für ihn selbst, sondern auch für sie. »Wir wären für immer miteinander verbunden, Engel. Bist du dir sicher, dass du das tun willst?«

»Ich habe es dir nicht angeboten.«

Sein Mund umspielte ein Lächeln, als er mit sanfter Stimme erwiderte: »Doch, Caro, das hast du.« Sie hatte es zwar nicht ausgesprochen, doch alles an ihrem Verhalten und das Funkeln in ihren Augen deuteten darauf hin, dass sie es wollte. »Würde unser Band auch meine Verbindung mit Astasiya verstärken?«

»Ja.«

»Wodurch wir sie noch besser beschützen könnten.«

Caro schluckte und wandte wieder den Blick ab. »Ja.«

Er strich mit den Fingerknöcheln über ihre Wange, bevor er seine Hand an ihren Nacken gleiten ließ. Er wollte, dass sie ihn ansah und nicht die langweilige Wand anstarrte. »Welche Vorteile hätte das Blutsband sonst noch, Engel? Hättest du dadurch die Möglichkeit, meine Gefühle und Stimmungen wahrzunehmen?«

Ihre blauen Augen nahmen einen traurigen Ausdruck an, als sie ihn anblickte. »Ja, genauso wie du meine spüren könntest. Darüber hinaus würden sich unsere Fähigkeiten vermischen. Das bedeutet, dass ich imstande sein werde, andere meinem Willen zu unterwerfen, und vielleicht sogar die Gabe hätte, andere zu hypnotisieren, denn du sagtest, dass sich die Blutlinie deiner Mutter durch diese Fähigkeit auszeichnet. Und du würdest dich dauerhaft verschleiern können, was der Zweck meiner Blutlinie ist.«

»Ich verstehe.« Er strich mit dem Daumen über ihre Halsschlagader. »Was sonst noch?«

»Wir werden imstande sein, uns einander Nachrichten zu übermitteln, so wie Gabriel und ich.«

»Hm.« Er betrachtete sie mit eindringlichem Blick. »Es ist eine ziemlich große Verpflichtung, Caro.«

Sie schloss die Augen und nickte. »Ja.«

»Wir kennen uns erst seit zwei Monaten und die Ewigkeit ist eine lange Zeit«, fügte er hinzu.

Sie nickte wieder und presste die Lippen zu einer angespannten Linie zusammen, die es ihr unmöglich machte, etwas zu erwidern.

Er beugte sich zu ihr vor und strich mit den Lippen über die ihren. »Es wird nicht leicht werden«, flüsterte er.

»Und ich bin mir sicher, dass es Momente geben wird, in denen wir es bereuen, wobei du es wahrscheinlich eher bedauern wirst als ich. Ich bin anmaßend, skrupellos und ziemlich festgefahren in meiner Art. Und was noch viel wichtiger ist, ich bin nicht unbedingt der Mann, den sich eine Frau als einen treuen Partner wünschen würde.«

Sie nickte auch jetzt und stimmte seinen Einwänden zu, oder sie akzeptierte sie, was noch wahrscheinlicher war. Denn all das entsprach der Wahrheit.

»Aber«, fuhr er mit sanfter Stimme fort, »während ich mir meiner Verfehlungen durchaus bewusst bin, weiß ich, dass sie in Bezug auf dich nicht existieren. Du bist die Einzige, die ich in meinem Leben will, Caro. Und ich werde bis in alle Ewigkeit für dich und für uns kämpfen, wenn du mich haben willst.«

Dreitausend Jahre waren eine lange Zeit. Er kannte seine Vorlieben besser als irgendjemand sonst, wusste, was er am Leben liebte, was er verabscheute, was er genoss und wonach er sich sehnte. Und Caro erfüllte alle Anforderungen und passte perfekt zu ihm.

Sie brachte ihn zum Lachen. Sie bezauberte ihn im Bett und auch außerhalb des Schlafzimmers. Sie bekämpfte ihn. Sie hatte keine Angst vor ihm. Und sie weigerte sich, sich ihm zu ergeben.

Zwei Monate waren nicht mehr als ein kurzer Augenblick, doch wenn man so lange gelebt hatte wie Sethios, dann wusste man, wie man die Dinge im Leben zu nehmen hatte. Und Caro faszinierte ihn auf eine Weise, wie es nur wenige vor ihr vermocht hatten.

Die Ewigkeit mit ihr würde nicht leicht sein, aber er wollte es sich nicht leicht machen. Er wollte eine Herausforderung. Er sehnte sich nach einer Partnerin, die ihn in seine Schranken weisen konnte und ihn gleichzeitig erregte.

Caro verkörperte alles, was er begehrte, und noch viel mehr. Es war ein bedeutender Vorteil, dass er durch ihr Blutsband auch Astasiya besser würde beschützen können. Wie konnte er sich eine solche Gelegenheit entgehen lassen?

»Schließ ein Blutsband mit mir, Caro.« Er legte eine Hand an ihre Wange. »Wenn du mich für immer haben willst.«

KAPITEL EINUNDZWANZIG

BLUTSBANDE

CAROS HERZ SETZTE einen Schlag aus. »Du willst, dass wir das Blutsband eingehen?«

Sie war sich sicher gewesen, dass er ablehnen oder sie im schlimmsten Fall sogar auslachen würde. Aber Sethios überraschte sie einmal mehr.

Er zögerte keine Sekunde. »Ja.«

»Wegen Astasiya?« Sie wusste, dass ihre Tochter der wahrscheinlichste Grund war, und würde diese Möglichkeit akzeptieren. Dennoch hielt sie den Atem an, während sie auf seine Antwort wartete.

»Deinetwegen«, erwiderte er dicht an ihren Lippen. »Unseretwegen. Unsere Beziehung ist nichts Vorübergehendes, Caro. Das war sie nie.« Ihre Wangen brannten förmlich, als er ihr Gesicht mit beiden Händen umfasste. »Wir haben ein Leben zusammen gezeugt und dabei etwas zwischen uns erschaffen, das viel gewaltiger ist. Du hast mich mit einer Erfahrung beglückt, von der ich nie geglaubt hatte, dass ich sie mir wünschte.«

Die Emotionen schnürten ihr die Kehle zu und sie spürte, wie ihr die Augen brannten. Ihr war nicht bewusst gewesen, wie sehr sie sich nach dieser Verbundenheit mit ihm gesehnt hatte, bis er seine Zustimmung gegeben hatte.

Es fühlte sich richtig an, als hätte das Schicksal selbst ihre Vereinigung angeregt.

Sie musste schlucken, als die Zeit sich zu verlangsamen schien. »Das Blutsband ähnelt einer Heirat, doch es ist viel intensiver und für die Ewigkeit. Nichts kann es zerbrechen, nicht einmal ein Seraph, der so stark ist wie du.«

Seine Lippen verzogen sich zu einem atemberaubenden Lächeln. »Ich dachte, ich wäre ein entartetes Wesen. Und kein Seraph.«

Sie legte eine Hand an seine Brust. »Für mich bist du Seraph genug.«

Er hatte zwar weder Flügel noch die Fähigkeit, sich unsichtbar zu machen, doch von ihm ging eine Macht aus, die so hell strahlte wie ein Leuchtfeuer. Und er zog sie auf unaussprechliche Weise in seinen Bann.

»Du bist besser als ein Seraph«, verkündete sie mit sanfter Stimme. Er hatte sich um sie gekümmert, ihr beigebracht zu fühlen, hatte ihr gezeigt, was es bedeutete, Lust zu empfinden, und hatte ihr eine wunderschöne Tochter geschenkt. Sie konnte durch die Verbundenheit zu ihr spüren, wie sie lächelte. »Du hast mich unwiderruflich verändert und ich will nie wieder so sein wie früher.«

Vor zwei Monaten hatte sie noch ein langweiliges Leben geführt, es war ihr nur nicht bewusst gewesen. Jetzt fühlte sie sich lebendiger denn je und hatte dem Mann, der neben ihr saß, dafür zu danken.

Er küsste sie leidenschaftlich, als er seine Zunge in ihren Mund gleiten ließ und jeden Zentimeter erforschte. Sie reagierte mit derselben Leidenschaft, als ihr Körper sich dem seinen fügte, als würde sie nur unter seiner Führung leben.

»Caro«, hauchte er, als er sie auf die Matratze drückte und sich auf sie legte. Er hatte irgendwann sein Handtuch durch eine Jeans ersetzt, doch er hatte sich nicht die Mühe gemacht, ein T-Shirt anzuziehen.

Seine Brust brannte auf ihrem nackten Busen und brachte alle Nervenenden ihres gerade verheilten Körpers auf wunderbare Weise zum Kribbeln. »Ich werde das hier niemals leid sein«, gelobte sie, als sie sich ihm entgegenwölbte.

Sethios stützte sich auf den Ellbogen zu beiden Seiten ihres Kopfes ab, während er seinen Unterkörper zwischen ihre Schenkel schmiegte. »Ich habe mit Tausenden von Frauen und auch Männern geschlafen, und zuweilen auch mit beiden zusammen, wenn ich mich gelangweilt habe. Die meisten meiner Erfahrungen waren nicht der Rede wert. Und wenn ich ehrlich bin, kann mich nichts mehr überraschen und mein Interesse an neuen Partnern schwindet für gewöhnlich schnell.«

Er presste einen Finger an ihre Lippen, als sie ihm sagen wollte, dass seine Worte nicht besonders romantisch waren und sie sie eigentlich gar nicht hören wollte. Sie hätte es vorgezogen, wenn er einfach den Mund gehalten hätte.

»Aber«, fuhr er mit einem Lächeln in der Stimme fort, »du überraschst mich, Caro. In jeder Hinsicht. Als ich mit dir am ersten Abend verhandelt habe, glaubte ich, dass ein paar Stunden mit dir meine Neugier befriedigen würden. Doch stattdessen hat sie sich nur gesteigert. Und seitdem ist diese Neugier zu einer ewigen Flamme entfacht, die für die kommenden Jahrhunderte und vielleicht sogar für immer brennen wird.

Doch ich bin nicht derjenige, der sich darüber Sorgen machen muss, das Interesse zu verlieren, sondern du. Ich habe mir schon tausendmal die Hörner abgestoßen, aber du nicht. Und das, meine liebste Caro, ist für mich die größte Herausforderung. Ich muss dafür sorgen, dass dein Interesse an mir nicht erlischt – bis in alle Ewigkeit.«

»Ich habe das Gefühl, dass dein Ego sich der Herausforderung stellen wird«, entgegnete sie mit todernster Miene.

Er lachte. »Oh, es ist eine Aufgabe, die ich gern meistern will. Und zwar jeden Tag.«

Sie versuchte zu lächeln, doch etwas beschäftigte sie noch immer, auch wenn er auf ihr lag und mit ihr über ihre leidenschaftliche Zukunft sprach. Er hatte möglicherweise recht damit, dass ihr Mangel an Erfahrung ein Grund dafür wäre, ihr Band zu missachten. Dennoch war er derjenige, der bereits mehrere Male zugegeben hatte, dass längerfristige Beziehungen nicht gerade zu seinen Stärken zählten.

Sollte Sethios ihr je untreu werden, dann würde Caro dasselbe tun – allein schon, um den Schmerz seines Verrats zu überdecken. Denn es wäre ein Verrat, vor allem weil sie dann dank des Blutsbandes imstande wäre, seine Emotionen zu spüren. Er runzelte die Stirn, als er sie betrachtete. »Ich wollte dir mit meiner Vergangenheit nicht wehtun, Liebes. Ich wollte dir damit nur erklären, dass mein Entschluss, mit dir dieses Band einzugehen, durch meine Vorgeschichte nur bestärkt wird. Ich habe lange genug gelebt, um zu wissen, dass die Beziehung zu dir ein wahres Geschenk ist. Doch du erfährst gerade zum ersten Mal in deinem Leben, was Lust und Leidenschaft bedeuten, deshalb werde ich dich für die Ewigkeit bei Laune halten müssen, und zwar körperlich, geistig und emotional.«

»Willst du damit sagen, dass wir eine monogame Beziehung führen werden?«, fragte sie zaghaft.

»Ja.«

Sie runzelte die Stirn. »Aber vor ein paar Minuten hast

du noch zugegeben, dass du nicht unbedingt der Mann bist, den eine Frau sich als treuen Partner wünschen würde. Was bedeutet das für uns?«

»Das bedeutet, dass wir für immer füreinander kämpfen werden«, antwortete er. »Und wie ich schon sagte, bin ich bereit zu kämpfen, wenn du es auch bist.« Er berührte ihren Mund flüchtig mit seinen Lippen. »Ich bin dir, unserem Kind und uns verpflichtet. Du musst es nur sagen.«

Eine Last fiel von ihren Schultern, als der Raum von tanzendem Licht durchflutet wurde. Sethios blickte ehrfürchtig auf sie herab, während seine Augen leuchtend grün strahlten. Er verlagerte sein Gewicht auf einen Ellbogen und strich mit der anderen Hand über ihre Federn.

»Mein himmlisches Ich ist einverstanden«, flüsterte sie. Sie hatte nicht vorgehabt, ihre ätherische Gestalt anzunehmen, doch seine Worte hatten ihre Seele vor Freude jauchzen lassen und das Glücksgefühl war so überwältigend, dass ihre Flügel zum Leben erwacht waren. Es hätte eigentlich schmerzen sollen, da sie zwischen ihren Schulterblättern und der Matratze eingeklemmt waren, doch sie war viel zu überschwänglich, um sich deshalb den Kopf zu zerbrechen.

Caro presste ihre Lippen an seinen Mund und legte all ihre Gefühle in den einen Kuss. Er erwiderte ihre Leidenschaft und verwob seine Zunge mit der ihren, bis sie schwach und bebend unter ihm lag und sich nur noch nach mehr sehnte.

»Es gibt noch eine Sache, die wir besprechen müssen, Liebes.« Er sprach die Worte an ihren Lippen und sie schmeckten nach Lust und Begierde. »Die Rune.«

»Wenn Gabriel sagt, dass sie Astasiya beschützen wird, dann glaube ich ihm. Er hat sich während der letzten

Wochen eingehend mit ihrer Zukunft beschäftigt. Unseretwegen.«

Sethios liebkoste ihre Nase und gab einen summenden Laut von sich. »Nicht unseretwegen, er hat es für sie getan. Er versteckt sich zwar hinter einer Maske der Gelassenheit, aber ich habe vorhin die Art gesehen, mit der er sie betrachtet hat.«

Caro lächelte, denn sie hatte es ebenfalls bemerkt. »Er würde ihr nie Schaden zufügen. Und wenn ich ihn richtig verstanden habe, dann arbeitet er mit Ezekiel zusammen.«

»Ja, er hat erwähnt, dass sie sich an Ezekiels Plan halten wollen und ihre Schachzüge richtig ausspielen müssen. Ich nehme an, dass die Rune einer dieser Züge ist.« Sethios strich mit den Lippen über ihr Kinn hinunter zu ihrem Hals, wo er die empfindsame Haut direkt unter ihrem Ohr liebkoste. »Wenn du denkst, dass es die richtige Entscheidung ist, dann vertraue ich auf deine Instinkte. Du weißt über Runen besser Bescheid als ich.«

Wenn es überhaupt möglich war, dann schwoll ihr Herz bei diesen Worten noch mehr an.

Vertrauen, erkannte sie. *Eine Partnerschaft.*

In Zukunft würden sie alle Entscheidungen gemeinsam treffen und als Team agieren. Für immer. Es war der einzige Weg, wie ihre Beziehung funktionieren konnte, und es würde den Grundstein für ihr Blutsband legen.

Vielleicht war sie wahnsinnig geworden, weil sie daran dachte, sich für alle Ewigkeit an ihn zu binden, doch es fühlte sich richtig an. Die Schicksalsgöttinnen hatten sie verkuppelt, damit sie ein Kind zeugte. Vielleicht hatte auch die Beziehung zwischen ihr und Sethios zu ihrem Plan gehört, doch sie machte sich keine Gedanken mehr über ihre Vorhersagen und Pläne. Dies war ihr Leben und sie wollte ihre eigenen Entscheidungen treffen. Einschließlich dieser.

»Dann werden wir ihm die Erlaubnis geben, sie mit einer Rune zu versehen und ihr seine Treue zu schwören. Es ist die beste Möglichkeit, sie zu beschützen.«

Sethios nickte zustimmend an ihrem Nacken.

»Und wir werden das Blutsband jetzt gleich eingehen«, fügte sie beherzt hinzu. »Beiß mich.«

»Mit Vergnügen«, murmelte er und strich mit den Zähnen über ihre erhitzte Haut. Als er die Schneidezähne in ihr Fleisch grub, entfuhr ihr ein Seufzen, das tief aus ihrem Inneren zu kommen schien, während ihre himmlische Seele aufgeregt flatterte. Er saugte ihren Lebenssaft ein, als ihre Flügel unter ihr ein raschelndes Geräusch von sich gaben. Sie hatte noch nicht wieder ihre körperliche Form angenommen und vielleicht würde sie damit noch eine Weile warten.

Caro verwob ihre Finger in seinem dichten Haar und schloss zufrieden die Augen, während er von ihr trank. Er würde diesmal mehr als gewöhnlich brauchen, was sie ihm nicht sagte, sondern ihm zu verstehen gab, indem sie ihn dicht an sich presste.

Er spannte seine Muskeln an, als er gerade den Kopf zurückziehen wollte, doch sie hielt ihn fest und reckte ihren Nacken, um sich ihm noch weiter zu öffnen.

Sie ließ ihn trinken, bis sie ein Kribbeln in den Zehen und Fingerspitzen spürte. »Hör auf«, flüsterte sie.

Er zog den Kopf zurück, wobei seine grünen Augen machtvoll strahlten. »Es ist berauschend.«

Ja, sie konnte es sich denken, doch sie hatte es nie selbst erlebt. Sie legte eine Hand an seine Schulter und drückte ihn auf die Matratze.

Er ließ sie gewähren und zog eine Augenbraue in die Höhe. »Du versuchst wohl, das Kommando zu übernehmen, Caro?«

»Ich habe immer das Kommando, Sethios«, erwiderte sie. Sie war erschöpft, denn sie hatte viel Blut verloren.

»Wenn du es sagst, Engel.«

Sie versuchte zu lächeln, doch ihre Lippen waren viel zu kalt. Sie zog ihre Flügel ein, als sie sich auf ihn legen wollte. Sie hatte das Gefühl, als strömte Eis durch ihre Venen, während ihre Glieder schwer wurden.

Vielleicht hatte Sethios doch zu viel Blut getrunken.

»Warte.« Er packte ihre Hüften und zog sie auf seinen Körper.

Sie presste dankbar einen Kuss auf sein Kinn, bevor sie seinen Hals liebkoste und die Schlagader fand. Doch als sie ihren Mund öffnen wollte, um ihn zu beißen, bewegte sich ihr Kiefer keinen Zentimeter.

Meine Seele ist nach dem Machtaustausch mit Astasiya noch nicht gänzlich geheilt, erkannte sie wie benommen. Sie hatte es so eilig gehabt, das Blutsband mit Sethios einzugehen, dass sie ihren eigenen himmlischen Heilungsprozess völlig außer Acht gelassen hatte.

Sie wollte die Augen öffnen und es ihm sagen, doch ihre Kehle fühlte sich viel zu wund an. Verdammt. Sie würde warten müssen, bis sie geheilt war, und dann von vorn anfangen.

»Engel?« Sethios hob ihr Kinn an, um sie zu betrachten, und runzelte die Stirn. »Du warst noch nicht bereit.«

Sie blinzelte als Antwort, während ihr Herz seufzte, weil er sie so gut kannte.

»Hm.« Er schob sie auf die Seite und legte ihren Kopf an seine Schulter, dann biss er sich ins Handgelenk seiner freien Hand. Er presste die Wunde an ihren Mund. »Trink, Liebes.«

Der erste Tropfen seines Blutes fiel auf ihre Zunge und sie zuckte zusammen. Sie hatte nie zuvor den Lebenssaft eines anderen Wesens gekostet und wusste nicht, wie er schmeckte. Er schien ihren zu genießen, daher hatte sie nicht erwartet, dass er einen so bitteren Beigeschmack hatte.

Dann rann er ihr die Kehle hinunter und sie riss die Augen auf.

Er lachte. »Ja, manchmal dauert es einen Moment.«

Oh.

Süß.

So, so süß.

Wie die edelste Schokolade gemischt mit Wein.

Ambrosia.

Caro trank noch einen Schluck und schloss die Augen.

Ja. Mehr, bitte.

»Trink so viel, wie du brauchst«, flüsterte er, während er sein Handgelenk fest an ihre Lippen presste. Sie leckte über die Wunde und biss daneben in sein Fleisch, als sie zu heilen begann. Er spannte den Arm um ihre Schultern an und zog sie dichter an sich, wobei sie ihren Unterschenkel zwischen seine Beine schob.

Zwischen ihnen floss eine elektrisierende Spannung, als die Energie seines Körpers in den ihren überging. Wow, es fühlte sich unglaublich an. Sie wollte mehr und saugte begierig sein Blut ein, das ihr ganzes Wesen erfüllte.

»Später wirst du das mit meinem Schwanz tun«, flüsterte er mit rauer Stimme.

Sie presste die Schenkel zusammen. Ein anderer Teil ihres Körpers würde seinen Schwanz später lutschen – der Teil, der ein summendes Geräusch von sich gab, während der heiße Strom zwischen ihnen floss.

»Verdammt«, stieß er hervor. »Ich kann deine Erregung *fühlen*.«

Sie hätte mit einem Lächeln reagiert, wenn sie nicht gerade ebenfalls seine Begierde und sein Verlangen gespürt hätte. Sie erbebte bis ins Mark und riss sich mit einem tiefen Stöhnen von seinem Handgelenk los. Sie legte sich auf ihn und küsste ihn mit einer Unerbittlichkeit, die sie selbst nicht ganz verstand.

»Ich brauche dich. Sofort.« Sie ließ die Hände an seine Jeans gleiten, knöpfte sie auf und zog den Reißverschluss hinunter, um seiner steifen Männlichkeit zur Freiheit zu verhelfen. Sie ließ ihm keine Zeit, die Hose auszuziehen, sondern setzte sich rittlings auf ihn und nahm ihn in sich auf.

»Scheiße«, keuchte er und wölbte ihr seine Hüfte entgegen, während sie ihn ritt.

Sie wurde von den Empfindungen überwältigt, die ihr Bewusstsein ausschalteten und sie zu einem leidenschaftlichen Tier werden ließen. Ihre Flügel erschienen und verschwanden wieder, als ihre himmlische Seite begierig war, mit ihrem ebenbürtigen Partner zu spielen.

Du bist mein.

»Ja«, knurrte Sethios. »Und du mein.«

Mein Gott, dieses Band ging viel tiefer als alles, was sie je gefühlt hatte oder für möglich gehalten hätte. Bis auf den Machtaustausch hatten die Seraphim nie über die Einzelheiten gesprochen. Sie hatte auch nie etwas Vergleichbares mit ihren Eltern oder ihrem Sohn erlebt.

Aber mit Sethios.

Er überraschte sie immer wieder von Neuem und auch in diesem Fall versetzte er sie in Erstaunen. Um sie herum erfüllte ein Zauber die Luft und verstärkte die Empfindungen ihrer verbundenen Körper, während eine unbändige Energie durch ihre Venen floss. Sowohl die vertrauten als auch die fremdartigen Kräfte durchströmten ihren Körper, der vor Erregung bebte.

Caro ritt Sethios bis zur Besinnungslosigkeit, wobei

ihre Brüste auf und ab wippten und ihre Vernunft sich unter einem Nebel der Sinnlichkeit verbarg.

Er hielt ihre Hüften fest und zwang sie zu einem kraftvollen Rhythmus, der sie in orgastische Höhen erhob. Er folgte ihr über den Abgrund und sie schwebten gemeinsam in eine Ewigkeit aus Vergessenheit und Glückseligkeit. Sie verweilten so minutenlang, vielleicht auch stundenlang, bevor sie schließlich erschöpft auf ihm zusammensackte.

Er drückte sie auf die Matratze und legte sich auf sie, während sein steifer Schwanz noch immer in ihr war. Er küsste sie ehrfürchtig und flüsterte immer wieder ihren Namen, als er mit langsamen und bedächtigen Bewegungen weiter in sie hineinstieß.

»Sethios.« Sie ließ ihre Fingernägel über seinen Rücken gleiten, als sie sich der Ekstase entgegenwölbte, die er ihr bereitete. Seine Emotionen liebkosten ihr Herz, während er ihr wortlos seine Hingabe und Fürsorge bekundete. Caro wusste, dass er sie begehrte, doch es raubte ihr fast den Verstand, als sie die tiefe Verehrung fühlte, die in seinem Inneren für sie wuchs. Liebe war ein zu schwaches Wort, um ihre Verbundenheit zu beschreiben. Seelengefährten würde es vielleicht treffen. Oder Himmelspartner. Eine neue Blutlinie. »Eine neue Familie.« Sie spürte die Worte an ihrem Nacken. »Wir haben etwas geschaffen, das niemand zerstören kann. Ich kann dich so tief in mir fühlen, Caro. Dein innerer Aufruhr, deine Sorgen, deine Freuden, dein Herz.« Er erbebte. »Verdammt, ich kann alles fühlen.«

»Ich auch«, flüsterte sie.

All der Hass, den er für Osiris empfand.

Seine Angst, dass Caro ihn nicht akzeptieren würde, weil er ein Halbblut war. Er schien sich dieser Furcht nicht einmal selbst bewusst zu sein.

Seine Sorge um die Zukunft ihrer Tochter.

Sein tiefgründiges Verlangen, sich immer selbst vor allen anderen zu schützen, wobei er zum ersten Mal im Leben feststellte, dass ihm nicht nur ein, sondern gleich zwei Wesen mehr bedeuteten als er selbst.

Sie erzitterte unter ihm, als ihr Herz noch mehr anschwoll. Ihre Sorgen um seine Treue waren wie weggewischt. Er hatte zwar eine Vergangenheit, doch in seiner Zukunft sah er nur sie.

»Mein für immer«, gelobte er.

»Für immer«, bestätigte sie.

Sie konnten die Zufriedenheit ihrer Tochter spüren, die durch die Blutlinie vibrierte und für einen Augenblick ihre Zweisamkeit unterbrach. Doch dann verschwand sie wieder, als Sethios Caro leidenschaftlich küsste, denn manche Dinge waren nicht für junge Gemüter bestimmt.

Er ergriff mit seiner Zunge und seinem Körper von Caro Besitz, als er sie noch einmal über den Abgrund stieß und sie auf der Welle der Glückseligkeit schweben ließ. So viele Empfindungen. So viel Verehrung. So viel Herz.

Nichts.

Niemand.

Würde ihnen diese Verbundenheit jemals nehmen können.

Eine Bindung, die Zeit und Raum trotzte.

Die Schicksalsgöttinnen sollten verdammt sein. Sethios und Caro würden alles überstehen. Selbst die dunkelsten Momente, die am Horizont aufzogen.

Dritter Teil
Zerschlagene Bande

»Memento mori. Bedenke, dass du sterblich bist.«

Osiris

KAPITEL ZWEIUNDZWANZIG

WIE ALLES BEGANN

SIEBEN JAHRE SPÄTER …

»ASTASIYA, was habe ich dir über den Einsatz deiner überzeugenden Kräfte gesagt?« Sethios zog eine Augenbraue nach oben und bedachte den kleinen Blondschopf neben ihm mit einem vielsagenden Blick.

Sie verzog den Mund, während ihre grünen Augen nachdenklich funkelten. »Dass ich sie nicht in Gegenwart von Fremden einsetzen soll«, sagte sie gedehnt. »Aber ich wollte die Eiscreme haben und er wollte sie mir nicht geben.«

»Das ist aber noch lange kein Grund, sie von ihm zu verlangen.«

Sie verschränkte die Arme vor der Brust und versuchte, ebenfalls ihre Augenbraue in die Höhe zu ziehen. »Aber du verlangst von Mom ständig irgendwelche Dinge, die sie nicht tun will, nur weil *du* es willst.«

Caro biss sich auf die Unterlippe, um nicht zu lächeln, doch er konnte ihre Belustigung durch das Band spüren.

Niedlich, dachte er an sie gerichtet, bevor er sich vor seine Tochter kniete. »Was ich mit deiner Mommy tue, ist nicht dasselbe, und außerdem geht es dich nichts an. Zwinge ich etwa Fremden meinen Willen auf?«

Ja, sandte Caro ihm stillschweigend durch ihr Band zu. Zumindest glaubte er, dass sie ihm genau das sagen wollte, denn er sah plötzlich ein Bild von ihr vor sich, wie sie wiederholt nickte.

Das ist nicht besonders hilfreich, sandte er zu ihr zurück.

Astasiya presste die Lippen aufeinander und schüttelte langsam den Kopf. »Nein, wir lassen es Fremde nicht sehen.«

»Und warum zwingen wir Fremden unseren Willen nicht auf?«, fragte er mit sanfter Stimme.

»Weil sie es nicht verstehen und dafür sorgen können, dass etwas Schlimmes geschieht.«

Das war gut genug. »Braves Mädchen.« Es war nicht leicht, eine Tochter zu haben, die andere dazu zwingen konnte, nach ihrer Pfeife zu tanzen. Glücklicherweise war Astasiya bei Weitem intelligenter als ein durchschnittliches menschliches Kind. Sie verstand zwar nicht voll und ganz, warum sie sich von den anderen unterschied, doch sie hatte begriffen, dass sie ihre besonderen Fähigkeiten niemandem zeigen durfte.

Zumindest für gewöhnlich.

Er stand auf und streckte ihr eine Hand entgegen. »Willst du später eine Runde üben?«

Ihre grünen Augen funkelten aufgeregt. »Ja!«

Caro und Sethios bemühten sich, täglich mit ihr an ihren überzeugenden Kräften zu arbeiten. Die anderen Fähigkeiten mussten entweder nicht so sehr gefördert werden oder waren noch nicht aktiv. Den Schicksalsgöttinnen sei Dank dafür, denn es war nicht leicht, ein Kind darin zu unterweisen, wie es seine Gabe der Willensunterwerfung richtig anwenden konnte.

»Hat er etwas bemerkt?«, fragte Caro, als sie zu ihrem Wagen gingen.

»Ja, aber ich habe mich darum gekümmert.« Er hatte dem Mann mit Nachdruck zu verstehen gegeben, dass seine Tochter einfach nur bezaubernd war und man ihr nur schwer einen Wunsch abschlagen konnte. Der ältere Mann hatte mit einem verwirrten Lächeln zugestimmt und war kein bisschen klüger als zuvor.

»Gut. Wir brauchen …« Sie verstummte, als sie ihren Sohn erblickte, der in seiner himmlischen Gestalt an ihrem Wagen lehnte. Er hatte seine blauweißen Flügel stolz ausgebreitet, während er sie mit der für ihn typischen Gelassenheit beobachtete. Sethios konnte jedoch einen Anflug von Schmerz in seinem Blick erkennen, als er seine Mutter beäugte.

Caro schaute sich auf dem Parkplatz um, bevor sie flüsterte: »Ich bin gleich zurück.« Sie machte sich unsichtbar, um sich zu ihrem Sohn zu gesellen, woraufhin Astasiya sich erschrocken umsah.

»Ach!« Seine Tochter stampfte frustriert mit dem Fuß auf. »Mom schummelt immer, wenn wir Verstecken spielen! Sie hat mir nicht einmal gesagt, dass sie spielen will.«

Er lachte. »Sie ist nur weggegangen, um sich mit einem alten Freund zu unterhalten.« Sie hatten sich darauf geeinigt, Astasiya nichts von Gabriel zu erzählen, bis sie älter war. Sie hatte ohnehin schon genügend Fragen hinsichtlich ihrer Herkunft, und die Seraphim würden nur zu ihrer Verwirrung beitragen. Glücklicherweise würde sie weder ihn noch andere ihresgleichen sehen können, bis sie nicht selbst die Fähigkeit entwickelt hatte, sich unsichtbar zu machen.

»Ein himmlischer Freund?«, flüsterte Astasiya lautstark.

»Ja.« Er drückte beruhigend ihre Hand. »Ich bin mir

sicher, dass sie gleich zurück …« Er verstummte, als ihn ein stechender Schmerz durch das Band erreichte und ihn mitten in die Brust traf.

»Mom!«, rief Astasiya, da sie es ebenfalls gespürt haben musste. Sie wollte zum Wagen laufen, denn sie konnte offensichtlich fühlen, wo ihre Mutter sich befand, doch Sethios hielt sie zurück, während er seinem Engel in die Augen blickte. In ihrem Gesicht spiegelte sich ein Ausdruck entsetzlichen Schreckens wider, als Gabriel verschwand.

Er hob Astasiya auf den Arm und ging geradewegs zu Caro. »Was ist los?«

»Sieben Jahre«, flüsterte sie. Sie war kreidebleich, als sie ihre körperliche Gestalt annahm. »Es ist Zeit.«

Astasiya streckte ihre Hände nach Caro aus, denn sie wollte sie berühren, nachdem sie den Schmerz ihrer Mutter gespürt hatte.

»Es geht mir gut, kleiner Engel«, versicherte Caro ihr. »Es geht mir gut.«

»Mommy hat Schmerzen«, flüsterte Astasiya. »Große Schmerzen.«

»Ich weiß, Baby. Aber es geht mir gut.« Sie zog ihre gemeinsame Tochter in die Arme und hielt sie fest, als sie die Augen schloss. »Ich liebe dich.«

»Ich liebe dich auch, Mommy«, flüsterte sie.

»Ich werde dir die Welt zu Füßen legen, wenn ich kann, mein Schatz. Für immer und ewig.«

»Ich will nur dich, Mommy.«

»Ich weiß, Baby. Ich weiß.« In ihrer Stimme lag so viel Kummer.

Sieben Jahre.

Es ist Zeit …

Sethios' Magen verkrampfte sich, als er die Entschlossenheit durch seine Verbundenheit mit Caro spürte. Nachdem sie die ganze Prophezeiung dieses Tages gehört hatten, hatten sie gemeinsam entschieden, dass sie es durchziehen würden. Um Astasiyas willen.

»Es ist der einzige Weg«, flüsterte Caro und wiederholte die Worte, die er geäußert hatte, als sie ihre Wahl getroffen hatten.

Oder wir riskieren das Leben unserer Tochter, waren die Worte, die unausgesprochen zwischen ihnen in der Luft hingen.

»Heute?«, fragte er.

Sie nickte. »Das war unsere Warnung. Uns bleibt eine Stunde.«

Es zerriss ihm das Herz, als ihm bewusst wurde, dass er seine Tochter vielleicht für die nächsten Jahre oder sogar Jahrzehnte nicht wiedersehen würde. Er konnte nicht wissen, wie lange es dauern würde.

Caro reichte ihm seine Tochter und er drückte sie so fest an sich, dass sie anfing zu murren. Doch er lockerte seinen Griff nicht, während seine Seele zerbrach und er sich seinem Schicksal ergab.

Er sorgte sich weniger um sich selbst, sondern um seine beiden Engel. Sie waren die Liebe seines Lebens.

Caro schlang die Arme um sie, während ihre Aura dasselbe erbitterte Schutzbedürfnis ausstrahlte, das sie für ihn und ihre gemeinsame Tochter empfand.

Und dann blickte sie ihm wieder in die Augen, während sich in ihren eigenen das Versprechen widerspiegelte, das sie einander gegeben hatten. Sie wollten alles und jeden überwinden, der sich ihnen in den Weg stellte, egal wie schmerzhaft oder schwierig es sein würde. Sie würden einander niemals verraten.

Du bist mein, sagte er ihr.

Du bist mein, stimmte sie zu.

»Lasst uns nach Hause gehen«, sagte er hörbar. »Wir müssen uns vorbereiten.«

Caro nickte und nahm den Autoschlüssel, damit er Astasiya auf der Fahrt ein letztes Mal im Arm halten konnte. Sie schmiegte sich an seine Brust, wobei ihr blondes Haupt gegen sein Kinn drückte, und schniefte. »Du machst mir Angst, Daddy.«

»Hab keine Angst, mein Schatz«, murmelte er. »Du bist stärker, als du denkst.«

»Warum bist du dann so traurig?«

»Weil man manchmal im Leben für die Liebe das höchste Opfer bringen muss. Und obwohl es der richtige Weg ist, tut es trotzdem weh.« Er drückte ihr einen Kuss auf den Kopf und zog sie an sich. »Aber für dich, mein kleiner Engel, würde ich alles geben. Genauso wie deine Mutter. Und jetzt ist die Zeit gekommen, da wir es beweisen müssen. Das ist alles.«

Sie blickte mit feuchten Augen zu ihm auf. »Das verstehe ich nicht.«

»Ich weiß, mein Engel. Ich weiß.« Er strich ihr das Haar aus dem Gesicht und drückte sie wieder an sich. »Eines Tages werde ich dir alles erzählen, das schwöre ich. Aber für heute werden wir ein letztes Mal Verstecken spielen, einverstanden? Kannst du dich an den Ort erinnern, an den wir immer gehen? Der Ort, an dem Mommy uns nie finden kann?«

Sie runzelte verwirrt ihre kleine Stirn. »Ja?«

»Wenn wir nach Hause kommen, will ich, dass du dorthin gehst und nicht wieder herauskommst. Egal was geschieht. Hast du verstanden?«

Sie schniefte wieder. »Ich will heute nicht spielen, Daddy. Bitte zwing mich nicht.«

Er lächelte sanft mit traurigem Herzen. »Du musst heute spielen, mein kleiner Engel. Für mich und deine Mommy. Nur für den Fall, dass die bösen Männer kommen, in Ordnung?«

»Wegen der Eiscreme?«, flüsterte sie und riss die Augen auf.

Caro fuhr in die Einfahrt und warf ihm einen vielsagenden Blick zu.

»Nein, Liebling, nicht wegen der Eiscreme. Die bösen Männer, die vielleicht kommen werden, kommen meinetwegen und wegen deiner Mutter, nicht deinetwegen. Deshalb musst du dich verstecken und darauf warten, dass ich dich finde, genauso wie all die anderen Male, wenn wir das Spiel gespielt haben.«

Sie zog die Nase kraus. »Aber diesmal fühlt es sich anders an.«

Weil du ein brillantes kleines Mädchen bist, dachte er, als er die Fahrertür aufzog. »Es ist genauso wie all die anderen Male«, log er. »Du musst dich nur verstecken und solange warten, bis wir dich finden. Dann werden wir uns eine Eiscreme besorgen.«

Caros Gesicht fiel in sich zusammen, als sie die Lüge hörte, doch sie lächelte gerade noch rechtzeitig, als Astasiya sie anblickte. »Geh schon, mein Schatz. Ich will dich nur kurz umarmen, und dann lauf zu deinem Ort. Ich werde versuchen, dich zu finden.«

Sethios gab ihr noch einen Kuss und drückte sie an sich, um sich von ihr zu verabschieden. Dann tat er das Schwierigste, was er je tun musste. Er setzte sie ab und ließ sie gehen. Er wusste, dass es der einzige Weg war, um sie zu beschützen. Osiris musste glauben, dass Caro und Sethios diejenigen waren, die eine Bedrohung für ihn darstellten. Sie konnten nicht riskieren, dass sein Vater von Astasiyas Existenz erfuhr. Sie mussten sie beschützen.

»Oh, mein kleiner Schatz«, murmelte Caro, als sie Astasiya fest an ihre Brust drückte. »Ich liebe dich mehr als das Leben. Das weißt du doch, oder?«

»Ich liebe dich auch, Mommy.« Sie gab Caro einen

Kuss auf die Wange. »Bitte vergiss mich nicht, wenn ich mich verstecke.«

»Ich werde dich nie vergessen, mein kleiner Schatz. Niemals.«

»Niemals«, stimmte Sethios zu, als es ihm die Kehle zuschnürte. »Und nun geh schon, mein kleiner Engel. Versteck dich.«

Caro stellte sich neben ihn und zwang sich zu einem Lächeln. »Geh, mein Schatz. Wir werden dich finden. Ich schwöre es.«

Astasiya schien fast die Wahrhaftigkeit ihrer Worte und des Spiels infrage zu stellen, doch Sethios lächelte und winkte ihr zu, und sie rannte in Richtung ihres geheimen Ortes, den er nur für diesen heutigen Tag geschaffen hatte.

Sobald sie außer Sichtweite war, ließ Caro sich in seine Arme fallen, während ihr Körper voller Traurigkeit bebte. »Sag mir, dass wir die richtige Entscheidung getroffen haben«, forderte sie. »Sag es mir.«

»Es ist die einzige Entscheidung«, antwortete er mit sanfter Stimme.

»Warum tut es dann nur so weh?«

»Weil wir unsere Herzen opfern«, flüsterte er. »Für die Liebe.«

Sie schüttelte den Kopf an seiner Brust, doch sie sagte nichts mehr. Denn es gab nichts mehr zu sagen oder zu tun. Sie konnten nur erdulden, was ihnen bevorstand. Für Astasiya.

Er hielt Caro im Arm und küsste ihr Haar, ihre Stirn, ihre Schläfe und ihre Lippen. Er brannte sich jeden Zentimeter der Frau ins Gedächtnis, die er über die Jahre lieben und ehren gelernt hatte. Seine Gefährtin. Seine andere Hälfte. Seine Partnerin.

Wenn sie ein paar Jahrzehnte getrennt verbringen mussten, würde sie das nicht umbringen.

Astasiya würde sie retten. Solange ihr nächster Schachzug der richtige wäre.

»In alle Ewigkeit«, flüsterte Caro.

»In alle Ewigkeit«, erwiderte er und küsste sie leidenschaftlich. Er hatte unzählige Stunden mit ihr im Bett verbracht und in ihren Armen gelegen, doch er begehrte sie immer noch so sehr wie an dem Abend, an dem sie sich zum ersten Mal getroffen hatten. Vielleicht sogar noch mehr, denn heute kannten sie einander so unglaublich gut.

Er verkrampfte sich, als eine vertraute Präsenz seine Sinne in Aufruhr versetzte. In diesem Moment wusste er, dass die Stunde vorüber und die Zeit gekommen war.

»Nun, es ist lange her«, murmelte Ezekiel, als er ihn mit einem unbarmherzigen Blick bedachte. Seine Aufgabe war eine der schwierigsten.

»Ezekiel«, erwiderte Sethios. »Das ist eine unerfreuliche Überraschung. Welchem Umstand verdanken wir deinen Besuch?«

Ein schmerzerfüllter Ausdruck huschte über das Gesicht seines ältesten Freundes, doch er war ebenso schnell wieder verschwunden, wie er gekommen war. »Osiris würde gern mit dir und dem Seraph sprechen.«

»Darauf wette ich.« Sethios grinste. »Du kannst ihm sagen, dass ich nicht mit ihm reden will.«

»Es war keine Bitte.«

Nein, ganz sicher nicht. »Du musst doch sicher gewusst haben, dass wir nicht einfach so nachgeben würden, also was hast du vor?« Sethios und Ezekiel wussten beide, was geschehen würde, doch keiner von beiden konnte es zugeben, ohne die Scharade auffliegen zu lassen.

Wie durch Zauberei hielt er plötzlich eine Pistole in der Hand und feuerte eine Kugel direkt in Sethios' Brust, bevor dieser noch ein weiteres Wort sagen konnte. Es war genau so, wie Gabriel es beschrieben hatte, doch er hatte dabei nicht das brennende Gefühl erwähnt, das sich jetzt in seinem Körper ausbreitete.

»Verda…« Seine Stimme versagte, als er auf die Knie fiel und von unerträglichen Schmerzen gepackt wurde. Caro stieß neben ihm einen Schrei aus, der von einem Röcheln unterbrochen wurde, als sie wahrscheinlich von einer weiteren Kugel getroffen wurde, bevor sie sich unsichtbar machen konnte.

Sethios' Haut stand in Flammen, doch er konnte sie nicht fühlen, da seine Venen von einem unglaublichen Druck durchströmt wurden.

Was zum Teufel ist das für eine Waffe?

»Feuerkugeln«, erklärte Ezekiel wie beiläufig. »Jonathans Wissenschaftler haben sie für die Sentinels in der CRF entwickelt. Ich glaube allerdings, dass sie noch daran arbeiten sollten, denn es sollte eigentlich nicht so offensichtlich sein. Und was soll ich sagen, es ist ziemlich offensichtlich.«

Arschloch, dachte Sethios, als sein Körper von Krämpfen erschüttert wurde. Er konnte fühlen, wie seine Haut in bemerkenswerter Geschwindigkeit schmolz und wieder verheilte. Da er der Blutlinie eines Seraphs entstammte, konnte er nicht sterben. Und sein Körper arbeitete mit aller Kraft daran, ihn weiter atmen zu lassen, obwohl Ezekiel seinen Kreislauf mit irgendeiner Technologie bombardiert hatte.

Sein Blut stand buchstäblich in Flammen. Und nach den Qualen zu urteilen, die er von Seiten ihrer Blutlinie wahrnahm, erging es Caro nicht anders.

Scheiße.

Das war *nicht* Teil des Plans gewesen. Genauso wenig wie Ezekiels wahnsinniges Lachen oder der plötzliche

Schock, den er von Astasiya ausgehend durch das Band wahrnahm.

Durch die Flammen blickte er in ein Paar entsetzte Augen, die ihn aus der Ferne anstarrten. Verdammt. Sie hätte das nicht sehen sollen. Sie hatte sich verstecken sollen. *Was auch immer geschehe*, hatten sie einander versprochen. Doch sie hatte das Versprechen gebrochen, denn sie hatte durch das Band hindurch die Schmerzen gespürt.

Sie hatten sie im Stich gelassen. Zumindest würden sie es, wenn Osiris jetzt auftauchte.

Lauf!, befahl er ihr mit letzter Kraft. *Versteck dich!*

Ihr Gesicht verzog sich zu einer gequälten Miene, als er sie dazu zwang, ihre kleinen Beine in Bewegung zu setzen. Gabriel erschien in seiner Form direkt hinter ihr. Für den Bruchteil einer Sekunde sah er Sethios in die Augen und bedachte ihn mit einem ermutigenden Nicken, dann waren die beiden verschwunden.

Sethios entspannte sich trotz seiner schrecklichen Lage, denn er war froh, dass sein Kind in Sicherheit war. Gabriel würde sie beschützen.

»Nun«, drang eine dämonische Stimme durch das Chaos, das von Sethios' Körper Besitz ergriffen hatte. »Ich sehe, dass du endlich einen Weg gefunden hast, Ezekiel.«

»Ja, Sire«, antwortete Ezekiel mit selbstgefälligem Tonfall. »Ich habe eine Spur verfolgt, die mich schließlich zum Ziel geführt hat.«

»Welche Spur?«

»Ein Telefonanruf zwischen einem Ladenbesitzer und seiner Frau. Er hat behauptet, dass ihm jemand seinen Willen aufgezwungen hätte, und das ausgerechnet wegen Eiscreme.« Ezekiel lachte, als Sethios' Herz einen Schlag aussetzte. Sein Freund hatte absichtlich nichts davon erzählt, dass ein kleines Mädchen ihre Macht der

Überzeugung hatte spielen lassen, doch wenn Osiris nach Einzelheiten fragte, könnte all das hier vergebens sein.

Caro musste dasselbe gedacht haben, denn er konnte ihre Panik durch das Band spüren, die auch dann nicht nachließ, als er versuchte, sie zur Ruhe zu gemahnen. Das Feuer erstarb bereits und die chemische Reaktion, die sein Blut in Flammen gesetzt hatte, schien sich aufzulösen. Es waren höchstens fünf Minuten oder vielleicht sogar noch weniger Zeit vergangen.

»Ich dachte, der Zweck dieser Kugeln ist es, den Körper vollständig zu verbrennen«, fügte Ezekiel hinzu und lenkte damit geschickt vom Thema ab. »Ich hatte mich schon darauf gefreut, dabei zuzusehen, wie der Seraph sich aus der Asche erhebt.«

Osiris lachte. »Vergiss nicht, Jonathan auszurichten, dass er noch daran arbeiten soll.«

»Wird gemacht.« Ezekiel ging in die Hocke und schob Sethios die Pistole unters Kinn, um seinen Kopf anzuheben. »Ah, da bist du ja. Du bist bereits dabei zu heilen. Soll ich ihn noch einmal erschießen, Sire?«

»Nein, wir brauchen das Spielzeug nicht mehr. Ich werde mich jetzt um alles kümmern.«

»Schade.« Ezekiel stand auf und steckte die Waffe in die Tasche.

»Schnapp dir zuerst den Seraph. Es gibt ein paar Dinge, die ich von ihr wissen will.«

Durch das Band waren unendliche Qualen spürbar, als Ezekiel Osiris' Befehl befolgte und Sethios gegen seinen Beschützerinstinkt ankämpfte. Es war hilfreich, dass er sich noch nicht bewegen konnte, da sein Blut sich zuerst in seinen Venen regenerieren musste. Wenn der Heilungsprozess erst einmal beendet war, dann wäre er wieder im Vollbesitz seiner Fähigkeiten.

»Wunderschön«, murmelte Osiris, als er einen Schritt auf sie zutrat. »Sag mir, junges Wesen, wie heißt du?«

»Caro«, krächzte sie, während der Schmerz so stark wie ein Leuchtfeuer durch das Band ausstrahlte. Der Scheißkerl hatte sie gezwungen zu sprechen, bevor ihr Körper geheilt war.

»Ich kenne dich nicht.« Osiris trat näher, wobei sein Fuß neben Sethios' Kopf landete. »Sag mir, wer dich geschickt hat und warum.«

»Hoher Rat. Edikt.« Ihre Stimme drang durch ihre wunde Kehle, wobei ihre Worte kaum hörbar waren.

»Ich verstehe.« Sethios konnte es zwar nicht sehen, doch er spürte, wie Osiris sich am Kinn kratzte. Das tat er immer, wenn er kurz davor stand, eine wahrhaft schreckliche Tat zu begehen. »Ich will wissen, wie das Edikt lautet. Sofort.«

Sethios zuckte zusammen, als er erkannte, wie grausam es war, einen solchen Befehl an jemanden in Caros Lage zu richten. Ihre Kehle war noch nicht gänzlich geheilt, doch sie würde jedes einzelne Wort aussprechen müssen.

»Der Hohe Rat von Seraph …« Sie hielt inne, um zu husten, wobei ihre Stimme nur ein elendiges heiseres Krächzen war.

»Mach schon, Kind. Ich habe nicht den ganzen Tag Zeit.«

Sethios stieß ein Knurren aus, als seine Instinkte ihn übermannten und er seine Gabe einsetzte. Als er jedoch versuchte, Osiris zu stoppen, zerfiel der Befehl in seinem Kopf zu Asche.

Scheiße.

Sein Vater hatte ihn gezwungen, seine Fähigkeiten *nicht* einzusetzen, was bedeutete, dass er Caro wahrscheinlich verboten hatte, sich unsichtbar zu machen.

Dennoch war Sethios entschlossen und wagte noch

einen Versuch. Er hatte noch nie zuvor versucht, seine Kräfte gegen seinen Vater einzusetzen, doch seine Fähigkeiten waren kein Vergleich zu den seinen. Vor allem, da Sethios immer noch im Heilungsprozess begriffen war.

Osiris versetzte ihm einen harten Tritt gegen den Kopf. »Warte, bis du an der Reihe bist, mein Sohn. Ich komme gleich zu dir. Raus mit der Sprache, Kind. Sofort.«

Die Welt drehte sich um ihn herum, als Caro ihm gehorchte. »Der Hohe Rat von Seraph erlässt für Osiris h-hiermit f-folgendes B-Blutedikt.«

Verdammt, die Worte waren kaum hörbar und sandten Impulse schrecklicher Qualen durch das Band. Sethios versuchte noch einmal, gegen die Kräfte seines Vaters anzukämpfen, doch der Seraph war zu stark für ihn.

Er ist der Einzige, der mir je das Gefühl gegeben hat, schwach zu sein …

»Deine u-unsterblichen M-Machenschaften der v-vergangenen Zeit sind ein d-direkter Verstoß gegen d-deinen eigentlichen Zweck, den du in dieser D-Dimension zu erfüllen hast. Da du deine jenseitigen Fähigkeiten dazu verwendet hast, um das Blut der Menschheit zu v-vergiften, werden wir dich mit weiteren fünf Jahrtausenden E-Einsamkeit bestrafen.«

Sie wurde von einem schrecklichen Hustenanfall geschüttelt, während ihr das Edikt weiterhin unter Zwang über die Lippen kam. »Wir werden nur dann M-Milde w-walten lassen, nachdem d-du die Erde wieder von deinen abscheulichen A-Ausgeburten befreit hast. Falls du dieser Aufforderung nicht nachkommst, könnte das weitere M-Maßnahmen seitens des Rates nach sich ziehen.«

Sie schnappte nach Luft, während in ihrer Aura ein Sturm aus Zorn und Schreck tobte. Sie hatten beide gewusst, dass sie Schmerzen erleiden würde, doch nichts konnte schlimmer sein, als dabei zusehen zu müssen, wie Osiris Caro auf diese Art folterte.

Sethios hielt mit aller Kraft an dem Gedanken fest und sandte Caro eine Nachricht, all ihre Energie zusammenzunehmen.

»Nun, es ist wirklich faszinierend.« Sein Vater klang fast belustigt. »Du hast sieben Jahre gebraucht, um mir diese Nachricht zu überbringen? Du muss die unfähigste Botin sein, die der Hohe Rat je zu Gesicht bekommen hat. Die Mitglieder werden mir danken, dass ich ihnen die Arbeit erspare und mich deiner annehme.«

»Ich habe sie behalten«, brachte Sethios hervor, dessen Rachen ebenfalls wund und rau war.

»Wie bitte?«

»Ich habe sie behalten«, wiederholte er. »Ich habe sie meinem Willen unterworfen und sie gezwungen zu bleiben.« Es war nicht gelogen, da es tatsächlich auf diese Weise begonnen hatte.

»Warum?«

Sethios zwang sich dazu, so gut er konnte mit der Schulter zu zucken, obwohl er immer noch am Boden lag. »Sie ist ein guter Fick.« Die Worte schmerzten mehr in seinem Herzen als in seiner Kehle, vor allem als er spürte, wie Caro neben ihm zusammenzuckte. »Außerdem konnte sie sich unsichtbar machen«, fügte er hinzu, wobei er sich von Sekunde zu Sekunde stärker fühlte. »Es ist eine nützliche Fähigkeit, wenn man vor einem Geistesgestörten auf der Flucht ist.«

»Ich verstehe.« Ein grausamer Unterton schwang in seiner Stimme mit, als er ihm ein tödliches Lächeln schenkte. »Und das Band zwischen euch beiden hast du demnach auch erzwungen?«

Sethios erstarrte. Caro war überzeugt davon gewesen,

dass Osiris nicht imstande sein würde, ihre Verbundenheit zu fühlen.

Was bedeutete das für Astasiya?

Konnte sein Vater sie ebenfalls wahrnehmen?

Ihm gefror das Blut in den Adern, das den Rest des Feuers, das ihn noch vor einigen Augenblicken vernichtet hatte, zum Erlöschen brachte. Er zwang sich dazu, den Kopf anzuheben, als er in die Augen blickte, die seinen eigenen so ähnlich waren.

»Ich habe sie auch dazu gezwungen.« Er versuchte, seine Stimme so gleichgültig klingen zu lassen, wie er nur konnte. »Dadurch war es einfacher, mein Wesen vor dir und Ezekiel zu verbergen.«

»Das ist wahr.« Sein Vater tippte sich ans Kinn und dachte darüber nach. »Ein einleuchtender Trick.«

Sethios' Schultern entspannten sich kaum merklich, als er all seine Kraft zusammennahm, um aufzustehen. »Du weißt, dass es mir nur ums Überleben geht.«

Osiris starrte ihn mit einem ausdruckslosen Ausdruck in den Augen an. »Das ist mir klar, aber ich weiß auch, wann du lügst. Und in dieser Angelegenheit sagst du mir nicht die Wahrheit. Du liebst sie.«

Sethios lachte, obwohl seine Brust schmerzte. »Tatsächlich?«

Sein Vater zog herablassend eine Augenbraue in die Höhe. »Willst du es etwa leugnen?«

Er zuckte wieder mit den Schultern. »Ich kann sie gut leiden.«

»Und du?« Osiris wandte sich an Caro. »Willst du mir etwa auch erzählen, dass du ihn nicht liebst?«

»Seraphim lieben nicht.« Eine typische Antwort. Caro hatte dabei sogar ihren alten stoischen Tonfall aufgesetzt. Er war froh darüber, denn das bedeutete, dass sie sich von der Feuerkugel vollständig erholt hatte.

»Aber das stimmt nicht«, murmelte Osiris. »Ihr vergesst, dass ich der Seraph des Lebens bin. Ich kann fühlen, wie stark das Band zwischen euch ist, und dafür ist eine emotionale Bindung erforderlich.« Seine Lippen umspielte ein Lächeln. »Ich kann nicht erwarten, es zu vernichten.«

Sethios lief ein eiskalter Schauer über den Rücken. Caro hatte behauptet, dass Blutsbande undurchdringlich waren. Wie konnte sein Vater das ihre zerschlagen?

Er spürte Caros Besorgnis durch das Band, als ihre Panik überwältigend wurde. Wenn Osiris die Verbindung zwischen ihnen zerstörte, welche Auswirkungen hätte es auf Astasiya?

Gabriel hatte sie vorgewarnt, dass sie für eine unbestimmte Zeit unendliche Qualen durchstehen müssen, doch diesen Teil hatte er nicht erwähnt. Hatte Skye es etwa vorhergesagt? Hatte Ezekiel sie alle verraten? Er blickte seinem besten Freund in die Augen, doch sein Gesichtsausdruck blieb völlig neutral. In seinen tiefschwarzen Augen war nicht einmal der Anflug von Traurigkeit zu sehen.

Scheiße.

Sethios wusste, dass der Attentäter alles für Skye tun würde, und da Caro jetzt ein Teil seines Lebens war, konnte er es sogar verstehen. Doch war er wirklich imstande, sie auf diese Weise zu quälen? Sethios wollte glauben, dass sein bester Freund sie zumindest vorgewarnt hätte.

»Ah, das Schweigen ist eine Wonne und beweist, dass ich recht habe. Es ist ein Band der Liebe.« Osiris grinste und ließ seine Zähne blitzen. »Ich werde euch angemessen bestrafen und werde euch vielleicht sogar gestatten weiterzuleben. Doch ihr könnt mir glauben, wenn ich euch sage, dass ihr den Tod vorziehen würdet.«

Weder Caro noch Sethios war imstande, etwas zu erwidern. Was sollten sie auch sagen? Wenn sie ihn anflehten, würde das den wahnsinnigen Seraph nur noch mehr anspornen.

»Ich weiß, was du denkst, junges Wesen«, fuhr Osiris fort. »Du glaubst, dass es unmöglich ist, ein Blutsband zu zerschlagen, und du hast recht damit, allerdings nur, solange beide Seraphim am Leben sind. Doch wenn einer von ihnen stirbt, bricht die Verbindung ab.«

»Es ist nicht möglich, einen Seraph zu töten«, knurrte sie. »Wenn es so wäre, würde ich dich umbringen.«

»Oh, in dir brennt ja ein loderndes Feuer!« Er klatschte eifrig in die Hände. »Ja, es wird mir ein Vergnügen sein, dich zu zerbrechen. Und, mein Sohn, ich kann sehen, warum sie dir gefällt.« Er ließ den Blick gemächlich an Caro auf und ab schweifen, wobei Sethios wütend die Hände zu Fäusten ballte. »Du hast eine gute Wahl getroffen.«

»Rühr sie nicht an.« Sethios konnte eine Menge Qualen ertragen, doch die Schändung seiner Partnerin? Niemals. Ausgeschlossen.

Was willst du denn tun?, flüsterte ihm eine dunkle Stimme zu.

Ihn töten.

Wie?

Mit bloßen Händen.

In seinem Kopf hallte ein Lachen wider, das dem seines Vaters viel zu ähnlich war, obwohl Sethios wusste, dass es unmöglich war. Osiris besaß keinerlei telepathische Fähigkeiten. Es war nur sein Unterbewusstsein, das ihm einen Streich spielte.

Arschloch.

»Und da haben wir den Beweis der Liebe«, sagte sein Vater. »Ich habe es zuvor schon gespürt, doch jetzt entflammt sie wie das heißeste Feuer der Welt. Wie faszinierend.«

Sethios verschränkte die Arme vor der Brust. »Lass mich wissen, wenn du mit der Angeberei fertig bist. Du langweilst mich.«

Ein Teil seiner Belustigung erstarb, während seine smaragdgrünen Augen einen harten Ausdruck annahmen. »Du langweilst dich? Tatsächlich? Nun, dem sollten wir Abhilfe schaffen.« Er kratzte sich am Kinn und wandte sich wieder Caro zu. »Wie ich schon sagte, durch den Tod wird ein Band zerschlagen. Zumindest wird es dadurch schwer, miteinander in Kontakt zu treten. Und obwohl ein Seraph immer wieder heilen und wiedergeboren wird, wird der immer wiederkehrende Zustand des Todes die Verbindung im Wesentlichen zerstören.«

Ein Anflug von Angst floss durch das Band, als ihnen beiden die Bedeutung seiner Worte bewusst wurde.

»Aber ich kann euch nicht beide außer Gefecht setzen. Wo bliebe denn da der Spaß?« Sein Blick fiel auf Sethios, wobei er eine bösartige Energie ausstrahlte. »Ich befehle dir, sie zu vergessen, und werde dir nur hin und wieder zu meiner Belustigung erlauben, dich an sie zu erinnern. Währenddessen wird sie an der tiefsten Stelle des Ozeans versenkt werden, wo sie machtlos ist und immer wieder von Neuem sterben wird. Bis in alle Ewigkeit.«

Eine machtvolle Energie durchströmte Sethios, als er vergeblich versuchte, den Bann zu brechen, mit dem sein Vater seine Fähigkeiten außer Kraft gesetzt hatte, während das Monster, das ihm gegenüberstand, nur lächelte.

Caro ergriff Sethios' Hand und drückte sie fest. In seinen Gedanken hallte das Gelöbnis wider, das sie einander gegeben hatten, und erinnerte ihn an ihr gegenseitiges Versprechen.

Manchmal muss man für die Liebe das höchste Opfer bringen, sagte sie zu ihm. *Wir werden uns wiederfinden. Bis in alle Ewigkeit.*

Als er spürte, dass sie sich ihrem Schicksal ergab, war er gleichermaßen erzürnt und bezaubert. Obwohl er alles getan hätte, um ihr gemeinsames Kind zu beschützen – von dem Osiris offensichtlich nichts wusste –, war der Gedanke, seine Erinnerungen an Caro aufzugeben und zuzulassen, dass sie unter den Wellen des Ozeans begraben wurde …

Verdammt.

Er weigerte sich.

Doch er konnte es nicht aufhalten. Seine Fähigkeiten waren zwar stark, doch sie erwachten kaum in seinem Inneren. Osiris hatte sein inneres Feuer zum Erlöschen gebracht.

»Ich hatte wirklich etwas mehr Widerstand erwartet«, murmelte sein Vater. »Es ist schade, dass du nach all den Jahrhunderten offensichtlich immer noch nicht dein volles Potenzial erreicht hast.«

»Und warum glaubst du, dass du damit etwas zu tun hast?«

»Weil du mein Sohn bist«, erwiderte Osiris mit einem Lächeln. »Und du kennst mich besser als die meisten. Nun, sollen wir endlich zur Sache kommen?«

Sethios öffnete den Mund, um ihm eine sarkastische Bemerkung an den Kopf zu werfen, doch im nächsten Moment konnte er sich weder daran erinnern, was er sagen wollte, noch wusste er, warum er etwas hatte erwidern wollen.

Seltsam.

Er blickte sich um und runzelte verwirrt die Stirn, als er seine Umgebung wahrnahm.

Montana.

Richtig. Er besaß hier ein Haus. Es war sein

Zufluchtsort, wenn er sich verstecken wollte. Er hatte wohl eine ziemlich wilde Nacht hinter sich.

Er spürte eine warme Hand in seiner und senkte den Blick. Dann hob er den Kopf und erblickte das schönste Wesen, das er je gesehen hatte.

Aha, er hatte sich letzte Nacht offenbar mit dieser Schönheit vergnügt. Schade, dass er sich nicht daran erinnern konnte. Nach ihrem gepeinigten Blick zu urteilen war es sicher schmerzhaft gewesen.

Hm. Warum löste das plötzlich eine tiefe Traurigkeit in seinem Inneren aus?

Sie starrte ihn mit einem derart gequälten Ausdruck in den Augen an, dass er den Schmerz sogar fühlen konnte. Wie merkwürdig. Er wischte ihr eine Träne von der Wange und lächelte. »Es ist schon in Ordnung, meine Schönheit. Ich verspreche dir, beim nächsten Mal zärtlicher zu sein.«

Sie schloss die Augen und ließ die Schultern hängen. Was hatte er ihr letzte Nacht nur angetan? Sie schien nicht verletzt zu sein. Vielleicht verbargen sich die Male unter ihrer Kleidung. Er genoss es, seine Liebesbisse zwischen den Schenkeln einer Frau anzubringen.

Ein weiterer stechender Schmerz schoss ihm durch den Körper und verwirrte all seine Sinne.

Was zum Teufel geschieht nur mit mir?

»Ich hasse dich«, flüsterte sie. »Eines Tages werde ich dich umbringen.« Die Entschlossenheit in ihrer Stimme schockierte ihn, doch nicht annähernd so sehr wie die Antwort, die auf ihre Worte folgte.

»Nein, junges Wesen. Das wirst du nicht tun.«

Sethios blickte seinem Vater in die Augen. »Was tust du hier, Dad?«

»Ich löse ein Problem«, antwortete er leichthin. »Geh mit Ezekiel ins Haus zurück, während ich mich um deinen Müll kümmere.«

Mit einem Schulterzucken ließ Sethios die Hand der Frau los. Schließlich war sie nicht einmal allzu eindrucksvoll gewesen. »Sicher. Viel Spaß.«

Ein weiterer Schmerz traf ihn im Unterleib und er zuckte zusammen. Dann sah er dem Engel neben sich in die Augen und blinzelte. Für den Bruchteil einer Sekunde hätte er schwören können, dass er sie kannte. Doch dann verschwand das Gefühl so schnell wieder, wie es gekommen war.

Seltsam.

Er brauchte eine Dusche und vielleicht einen starken Drink.

Ezekiel wartete mit ausgestreckter Hand und verhaltenem Blick auf ihn.

Sethios runzelte die Stirn. *Was verbirgst du, alter Freund?*

Er versuchte verzweifelt, sich daran zu erinnern, wie er hierhergekommen war und warum er sich mit der fremden Frau neben ihm derart verbunden fühlte. Warum befand sich sein Vater hier an dem Ort, der für Sethios eine Zuflucht war …

Ich habe Osiris nie von diesem Ort erzählt. Und Ezekiel auch nicht. Sethios hatte immer vorgehabt, ihn, wenn nötig, als Rückzugsort zu nutzen.

Er blickte in die wunderschönen blauen Augen der Blondine. Dann sah er ein Bild vor seinem geistigen Auge aufblitzen, wie er sie im Arm hielt. Kurz darauf erschien eine Vision von ihnen beiden, wie sie Liebe machten. Dann ein kleines blondes Mädchen. Ihre Tochter? Es war ein Leben, von dem er weder etwas wusste, noch hätte er es sich je gewünscht.

»Du bist ein Seraph«, erkannte er und ließ den Blick an ihr auf und ab schweifen. »Und obendrein ein bezaubernder.«

»Zerbrich dir ihretwegen nicht den Kopf«, sagte sein

Vater. »Ich werde mich um alles kümmern. Folge Ezekiel und warte auf mich.«

Ein Hauch Überzeugungskraft schwang in der Stimme seines Vaters mit und Sethios setzte sich in Bewegung. Er verdrehte die Augen. »Ich gehe ja schon, Vater. Spar dir das Theater.«

»Du weißt doch, wie sehr ich eine gute Show genieße.«

Leider war sich Sethios dessen durchaus bewusst. Er drehte sich noch einmal zu der ihm vertrauten Frau um, dann streckte er Ezekiel die Hand entgegen und sah zu, wie sie verschwand.

Als die Wände seines alten Zimmers um ihn herum erschienen, wurde sein Herz von einem quälenden Schmerz gepackt, der ihm die Luft zuschnürte. Mit einem Schrei sackte er zusammen, als seine ganze Welt aus den Angeln gehoben wurde.

»Was ist passiert?«, wollte er mit krächzender Stimme wissen.

»Willkommen in meiner Welt«, erwiderte Ezekiel nur und ging davon.

Sethios sah ihm nach, während sein Körper zu schwach war, um sich zu bewegen.

Sein Herz raste, als er schlagartig von einer unbändigen Angst ergriffen wurde, die von seinem Unterleib in seinen ganzen Körper ausstrahlte. Er bekam keine Luft mehr und krümmte sich vor Schmerzen, doch er wusste nicht warum. Dann schwirrte das Gesicht des wunderschönen Seraphs durch seinen Kopf, während ihre Emotionen wie ein elektrischer Strom durch ihn hindurchrauschten.

Er wiegte sich vor und zurück, als ihre schreckliche Angst sein ganzes Wesen erfüllte, dann verspürte er einen schmerzenden Stich in der Lunge.

Verdammt. Er konnte nicht atmen.

Jede seiner Poren wurde von Wasser durchflutet, bis er gurgelnd nach Luft schnappte.

Er hatte das Gefühl, dass sein Zimmer im Ozean versenkt wurde, doch er konnte das Sonnenlicht sehen, das durch die geöffneten Fenster fiel.

Es ergab keinen Sinn.

Aber es tat so verdammt weh. Sein ganzer Körper vibrierte vor Schmerzen, als er verzweifelt versuchte, Luft zu holen, und das Salz ihn von innen durchdrang.

Ich sterbe, erkannte er.

Er war dabei zu ertrinken.

In seinem eigenen Zimmer.

Er rollte sich zu einer Kugel zusammen, als ihm Tränen über die Wangen strömten. Als ihm das Leben durch seine Finger rann, war es nicht der Todeskampf, der am meisten schmerzte, sondern das Gefühl des Verlusts, das sein ganzes Wesen erfüllte. Er konnte spüren, wie eine Verbindung zu etwas zerbrach, das ihm so lieb und teuer war, von dem er jedoch nicht das Geringste wusste.

Als er langsam in die Bewusstlosigkeit abdriftete, schwirrte ein fremder Name durch seine Gedanken. Er würde für immer in seinem Herzen leben.

Caro …

EPILOG

GABRIEL ZUCKTE ZUSAMMEN, als das Band zu seiner Mutter einmal mehr zerbrach.

Er hatte gehofft, sie durch ihre Verbindung ausfindig machen zu können, um sie aus ihrem Gefängnis zu befreien, doch Osiris hatte sie irgendwo in den Tiefen des Ozeans versenkt und Gabriel war allein nicht imstande, sie zu finden. Dafür brauchte er ein weitaus mächtigeres Wesen, wie das junge Mädchen, das seine Hand hielt.

Nachdem er Wochen damit verbracht hatte, ihr Vertrauen zu gewinnen, und das Band, das durch seinen Treueschwur entstanden war, als sie noch ein Baby gewesen war, von Neuem gefestigt hatte, hatte sie schließlich aufgehört zu weinen. Sie hätte nicht dabei zusehen dürfen, wie ihre Eltern in Flammen aufgingen, doch ihre Neugier und ihr mutiges Herz hatten sie aus ihrem Versteck getrieben. Wäre Gabriel nicht im richtigen Moment aufgetaucht, hätte es ein katastrophales Ende nehmen können.

Doch sie war in Sicherheit und unversehrt und stand jetzt neben ihm in Havre, Montana.

Er hatte die Familie selbst ausgesucht, die alles über ihn

und das außergewöhnliche Mädchen wusste, das er in ihrer Obhut lassen würde.

Niemand sonst wusste davon, nicht einmal Caro und Sethios. Er konnte nicht riskieren, dass Osiris ihren Widerstand brach und den Aufenthaltsort ihrer Tochter erfuhr. Alle anderen, einschließlich Ezekiel, gingen davon aus, dass Gabriel sie aufziehen würde, wobei er jedoch erst später eine Rolle spielen würde.

»Bist du bereit?«, fragte er mit sanfter Stimme.

Sie schüttelte den Kopf, während sie am ganzen Körper zitterte.

»Sie werden dich beschützen, genauso wie deine Eltern es immer getan haben.«

Sie biss sich auf die Unterlippe und warf einen Blick auf das Haus. »Aber Mommy spricht immer noch mit mir. Sie braucht Hilfe.«

Er verzog verständnisvoll das Gesicht. Seine Mutter, die wahrscheinlich versuchte, ihm keine Nachrichten zu übermitteln, sandte dennoch immer wieder schreckliche Bilder von ihrem wiederholten Tod durch das Band. Die Visionen würden mit der Zeit nachlassen und Astasiya hoffentlich nur in ihren Träumen verfolgen. Wenn nicht, würde er die Rune auf ihrem Rücken so verändern, um ihr zumindest einen Anschein von Frieden zu verschaffen.

»Ich werde nach deiner Mutter suchen«, gelobte er. »Aber du musst hierbleiben, in Ordnung? Eines Tages werden wir gemeinsam nach ihr suchen.«

»Versprochen?«, fragte sie, während sie ihn mit einer Intensität anstarrte, die ungewöhnlich für ein siebenjähriges Mädchen war.

»Ich schwöre es«, erwiderte er und drückte ihre Hand. »Wir werden sie finden.«

»Gemeinsam«, sagte sie fordernd.

»Gemeinsam«, stimmte er zu. *Wenn du bereit bist.*

»Gabriel«, flüsterte eine sanfte Stimme. Aus dem Augenwinkel sah er den Anflug von marineblauen Flügeln, als der Seraph, den er für diese Aufgabe angefordert hatte, neben ihm erschien.

Es wird Zeit, Lebewohl zu sagen, dachte er.

Er verspürte einen seltsamen Stich im Herzen, als er auf das kleine blonde Mädchen herabblickte, das seine Hand hielt. Er weigerte sich, darüber nachzudenken, und ging vor ihr auf die Knie. In ihrem Blick lag so viel Intelligenz und Macht, doch sie hatte es verdient, eine Kindheit zu erleben. Und er war entschlossen, ihr das zu ermöglichen.

»Astasiya«, murmelte er, »du wirst dich nicht an mich erinnern, wenn wir uns das nächste Mal wiedersehen, aber ich werde dafür sorgen, dass du die Wahrheit erfährst, wenn die Zeit dafür gekommen ist.«

Sie legte ihre winzige Stirn in Falten. »Aber ich kenne dich doch.«

»Ja, aber ich will, dass du mich vergisst, zumindest fürs Erste. Es ist nur zu deiner eigenen Sicherheit.« Er blickte Vera in ihre geduldigen Augen. »Alles von dieser Woche, einschließlich Osiris, falls sie ihn gesehen hat.«

»Was ist mit dem Tod?«, fragte sie.

»Diese Erinnerung muss in ihr wachsen«, erwiderte er. »Und Ezekiel muss dabei der Bösewicht sein.«

Vera nickte. »Dafür werde ich sorgen. Sonst noch etwas?«

»Ja. Ich will, dass sie an Caros wahren Absichten zweifelt.«

»Das wird nicht leicht sein.«

»Genau aus diesem Grund habe ich den besten Erinnerungs-Manipulator um Hilfe gebeten.« Er wandte sich wieder dem sehr verwirrten Mädchen neben ihm zu. »Sieh in mir deinen persönlichen Seraph, Astasiya. Ich werde immer über dich wachen.« Zur Verwunderung des Seraphs, der sie beobachtete, gab er dem Mädchen einen Kuss auf die Stirn und erhob sich dann wieder. »Jetzt, Vera.«

»Ich habe bereits begonnen«, flüsterte sie.

Er nickte. »Auf Wiedersehen, kleine Schwester.« Gabriel machte sich unsichtbar und drückte noch die Türklingel, bevor er völlig verschwand.

Die Davenports würden sie jetzt aufziehen, wobei ihnen mehrere Schutzengel zur Seite standen.

Wir werden uns wiedersehen. Schon bald.

Die Geschichte geht weiter mit *Himmlische Bande…*

ANGEL BONDS – HIMMLISCHE BANDE
UNSTERBLICH VERFLUCHT - BUCH 5

Der Tod lauert für Astasiya Davenport an jeder Ecke.
Ein dunkles Schicksal verbirgt sich in den Schatten der
Nacht.
Und eine ungebetene Prophezeiung erscheint am
Horizont.

Mit ihrer Zukunft in Scherben verlässt Astasiya sich auf
Issac Wakefield, dass er sie liebt und unterstützt. Sie
sehnen sich nach nur einem einzigen weiteren
gemeinsamen Augenblick, einer einzigen weiteren Nacht,
bis ein Massaker alles um sie herum zerstört.

Wird ihre Beziehung in der Glut der Vernichtung
untergehen oder wird die Liebe sich durchsetzen?

Königreiche werden fallen.
Neue Mächte werden aufsteigen.
Und ein Seraph wird sich aus der Asche der Vernichtung
erheben.

Ein Krieg der Unsterblichen steht bevor.
Der Tod wird regieren.
Das Endspiel beginnt.

Nur für Leser über 18 Jahre geeignet.

AMAZON

USA Today Bestsellerautorin Lexi C. Foss ist eine Schriftstellerin, verloren in der Welt der Computer. Sie lebt in Atlanta, Georgia mit ihrem Mann und ihren haarigen Gesellen. Wenn sie nicht gerade schreibt, ist sie mit Sicherheit auf Reisen. Viele der Orte, die sie schon besucht hat, lassen sich in ihren Büchern wiederfinden, einschließlich der mystischen Welt von Hydria, die auf der griechischen Insel Hydra basiert.

Würden Sie gern über Neuerscheinungen informiert werden? Dann tragen Sie sich für ihren Newsletter ein: www.lexicfoss.com/newsletter

Besuchen Sie Lexi im Netz!
www.lexicfoss.com
E-Mail: lexicfoss@gmail.com

www.ingramcontent.com/pod-product-compliance
Lightning Source LLC
Chambersburg PA
CBHW071849220626
47052CB00002B/37